Chris Bradford

Samurai
Der Ring des Wassers

AF640519

© Matthew Bould

Chris Bradford trägt unter anderem den Schwarzen Gürtel in Taijutsu, der geheimen Kampfkunst der Ninja. Aus seiner Leidenschaft für die japanische Kultur entstand seine Abenteuer-Reihe „Samurai“. Er lebt mit seiner Frau in den South Downs, England.

Chris Bradford

SAMURAI

DER RING DES WASSERS

Fünfter Band

Aus dem Englischen von Wolfram Ströle

Ravensburger

MIX
Papier | Fördert gute Waldnutzung
FSC® C111262

5 7 8 6 4

Ungekürzte Ausgabe
© 2012, 2021 Ravensburger Verlag GmbH
Postfach 2460, D-88194 Ravensburg

Die Originalausgabe erschien 2011
unter dem Titel »Young Samurai. The Ring of Water«
bei Puffin Books/Penguin Books Ltd, 80 Strand,
London WC2R 0RL, England

Text Copyright © 2011 by Chris Bradford

Covergestaltung: Paul Young
Landkarte: Gottfried Müller

Alle Rechte vorbehalten

Printed in Germany

ISBN 978-3-473-58583-0

ravensburger.com/service

Im Gedenken an meine Großeltern,
die immer über mich wachen

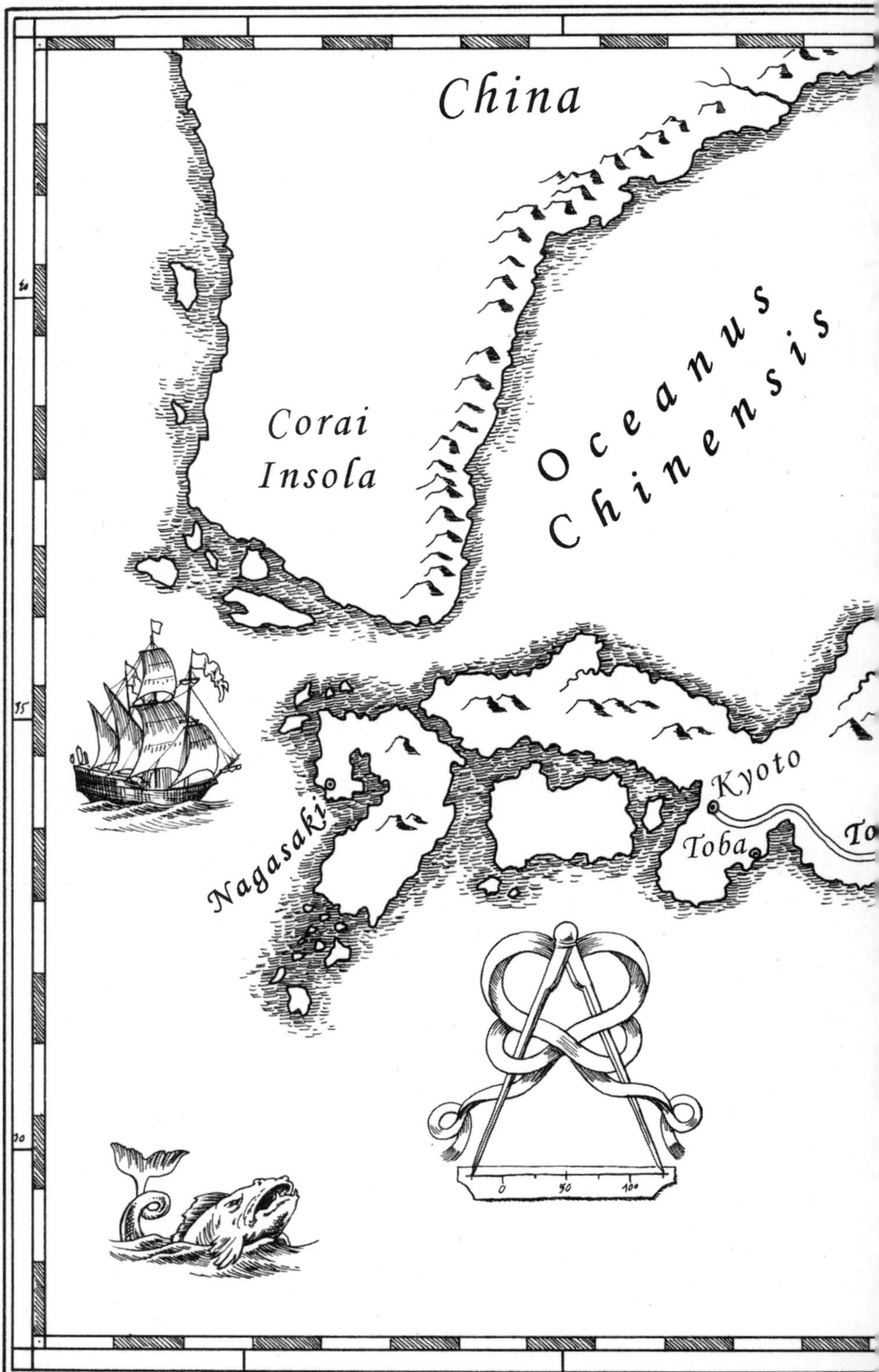
China
Corai
Insola
Oceanus
Chinensis
Kyoto
Toba
Nagasaki
0
50
100

Terra
de
Iesso
Mare Iaponia
Edo
Japan im
17. Jahrhundert

Inhalt

Prolog

Der Brief

Japan, 1614

Liebste Jess,
ich hoffe, dieser Brief erreicht dich irgendwann. Bestimmt glaubst du, ich sei schon vor Jahren auf dem Meer umgekommen. Du wirst dich freuen zu hören, dass ich lebe und wohlauf bin. Vater und ich sind im August 1611 in Japan angekommen. Leider muss ich dir mitteilen, dass Vater bei einem Überfall auf unser Schiff, die Alexandria, *getötet wurde. Ich habe als Einziger überlebt.*
Die vergangenen drei Jahre habe ich in einer Samuraischule in Kyoto zugebracht. Ihr Leiter, ein japanischer Krieger namens Masamoto Takeshi, nahm mich in seine Obhut. Aber ich hatte es trotzdem nicht leicht.
Ein Auftragsmörder, ein Ninja, der sich Drachenauge nennt, sollte den Portolan unseres Vaters stehlen. Du erinnerst dich bestimmt an dieses Logbuch, es war für Vater sehr wichtig. Dem Ninja gelang es zwar, seinen Auftrag auszuführen, doch konnte ich das Buch mithilfe meiner Freunde, die ebenfalls Samurai sind, zurückholen.

Eben dieser Ninja hat auch unseren Vater ermordet. Ich kann dir versichern, dass der Schurke jetzt tot ist, auch wenn dich das kaum trösten wird. Er hat seine gerechte Strafe erhalten. Nur leider erweckt sein Tod Vater nicht wieder zum Leben. Ich vermisse ihn unendlich und könnte seinen Rat und seinen Schutz zurzeit gut gebrauchen.
Japan wird gegenwärtig von einem Bürgerkrieg gespalten. Ausländer wie ich sind nicht mehr willkommen. Als Flüchtling muss ich jeden Tag um mein Leben fürchten. Jetzt wandere ich in Richtung Süden, durch dieses merkwürdige, fremdartige Land. Ich versuche die Hafenstadt Nagasaki zu erreichen, in der Hoffnung, dort ein Schiff zu finden, das mich zurück nach England bringt.
Auf dem Tokaido, der Straße, auf der ich unterwegs bin, lauern allerdings zahlreiche Gefahren und viele Feinde trachten mir nach dem Leben. Hab aber keine Angst um mich. Masamoto hat mich zum Samurai ausgebildet und ich werde kämpfen, bis ich zu dir nach Hause zurückgekehrt bin.
Eines Tages kann ich dir hoffentlich persönlich von meinen Abenteuern berichten.
Möge Gott dich bis dahin schützen, geliebte Schwester.

Dein Bruder Jack

PS: Nachdem ich diesen Brief am Ende des Frühjahrs geschrieben hatte, wurde ich von Ninja entführt. Aber ich fand heraus, dass sie gar nicht meine Feinde waren, wie ich geglaubt hatte. Sie haben mir sogar das Leben gerettet und mich in der Lehre der fünf Ringe unterwiesen, der fünf großen Elemente des Universums – Erde, Wasser, Feuer, Wind und Himmel. Die Fertigkeiten im Ninjutsu, die ich mir erworben habe, übertreffen alles, was ich als Samurai gelernt habe. Aber weil unser Vater von Ninja getötet wurde, fällt es mir immer noch schwer, den Weg des Ninja in voller Überzeugung zu gehen.

侍

1

Das Amulett

Japan im Herbst 1614

Einen schrecklichen Moment lang erinnerte sich Jack an gar nichts.

Er hatte keine Ahnung, wo er sich befand, was geschehen war und was er tun sollte. Nicht einmal, wer er war, wusste er. Mit der Verzweiflung eines Ertrinkenden klammerte er sich an jede Erinnerung, die ihm einfiel.

Ich heiße Jack Fletcher … und komme aus London in England … Ich bin fünfzehn … Ich habe eine kleine Schwester, Jess … Ich bin Matrose an Bord des Handelsschiffes Alexandria … Nein! Ich bin ein Samurai. Ich habe eine Kampfschule in Kyoto besucht … die Niten Ichi Ryū … Aber ich bin auch ein Ninja … Das kann nicht sein – der Ninja Drachenauge hat doch meinen Vater umgebracht!

Der Kopf dröhnte ihm und er spürte, wie die Ohnmacht ihn erneut überwältigte. Er kämpfte dagegen an, hatte aber nicht genügend Kraft. Die bruchstückhaften Erinnerungen lösten sich wieder auf und verschwanden in der Leere der Bewusstlosigkeit.

Das pausenlose Rauschen von Wasser weckte ihn erneut.

Er hörte es durch den dicken Nebel in seinem Kopf hindurch und begriff, dass es regnete. Ein Wolkenbruch ging prasselnd nieder und übertönte alle anderen Geräusche. Jack zwang sich, die Augen zu öffnen. Er lag auf einem Lager aus Stroh. Durch das mit Reet gedeckte Dach über ihm sickerte Wasser und fiel ihm ins Gesicht.

Das ständige Tropfen war zum Verzweifeln. Jack versuchte ihm auszuweichen, aber er konnte sich nicht bewegen, alles tat ihm weh. Stöhnend vor Schmerzen drehte er den Kopf zur Seite und blickte in das Gesicht einer Kuh. Die Kuh erwiderte seinen Blick mürrisch wiederkäuend und sichtlich verärgert darüber, dass sie ihren kleinen Stall mit ihm teilen musste. Soweit Jack es beurteilen konnte, war er mit dem Tier allein.

Unter Schmerzen stützte er sich auf den Ellenbogen auf. Der Raum verschwamm vor seinen Augen und eine Welle der Übelkeit stieg in ihm hoch. Er beugte sich über den mit Stroh bedeckten Boden und spuckte grüne Galle. Die Kuh war über dieses unwürdige Benehmen noch weniger erfreut und wandte sich ab.

Neben das provisorische Strohlager hatte jemand einen Krug mit Wasser gestellt. Jack setzte sich auf und trank. Zuerst spülte er sich den Mund aus, dann nahm er einen großen Schluck. Das Schlucken fiel ihm schwer. Sein Hals war wund vom sauren Inhalt seines Magens, den er erbrochen hatte. Er nahm einen zweiten Schluck, diesmal vorsichtiger, und die Schmerzen ließen ein wenig nach.

Sein Zustand war beklagenswert. Seine Unterlippe war

aufgeplatzt, das linke Auge geschwollen. Blutergüsse bedeckten Arme und Beine und seine Rippen schmerzten, schienen aber bei genauerer Prüfung wenigstens nicht gebrochen.

Was war passiert?

Er trug einen schmutzigen, zerlumpten Kimono, der gewiss nicht ihm gehörte. Soweit er sich erinnern konnte, hatte er zuletzt das blaue Gewand eines *komusō* getragen, eines Mönchs der Leere, da er mit dieser Verkleidung ungehindert durch Japan reisen konnte. Er war zur Hafenstadt Nagasaki im Süden unterwegs gewesen. Dort hoffte er ein Schiff zu finden, das ihn nach Hause, nach England, und zu seiner kleinen Schwester Jess bringen würde.

Panik stieg in ihm auf. Wo waren seine ganzen Habseligkeiten? Suchend sah er sich nach seinen Schwertern und der Tasche um. Doch abgesehen von der Kuh, einem Haufen Stroh und einigen verrosteten Geräten für die Feldarbeit war der Stall leer.

Ganz ruhig, ermahnte er sich. Jemand war so freundlich, mir Wasser hinzustellen. Vielleicht hat er meine Sachen, überlegte er.

Mit zitternder Hand nahm er noch einen Schluck aus dem Krug, um einen klaren Kopf zu bekommen. Doch so angestrengt er auch überlegte, er konnte sich nicht an die vergangenen Tage erinnern. Er wusste noch, dass er vom Dorf der Ninja im Gebirge aufgebrochen war und ungehindert die Grenze der Provinz Iga erreicht hatte. Dann brach die Erinnerung ab.

Durch die offene Tür sah er, dass draußen der Regen nachließ. Er nahm einfach an, dass es Morgen war, obwohl es wegen der dunklen Regenwolken am Himmel genauso gut hätte Abend sein können. Er hatte die Wahl – entweder er wartete, bis derjenige, der ihm das Wasser hingestellt hatte, auftauchte, oder er ergriff die Initiative und suchte selber nach seinen Sachen.

Während er noch Kraft zum Aufstehen sammelte, merkte er plötzlich, dass er etwas in der linken Hand hielt. Er öffnete die Finger und sah einen Beutel aus grüner Seide, auf den mit Goldfaden ein symbolischer Kranz und drei Schriftzeichen aufgestickt waren: 乗大寺. In dem Beutel spürte er ein rechteckiges Stück Holz. Er wusste, um was es sich handelte, er musste nur kurz überlegen, wie es hieß …

Ein *omamori*, genau! Ein buddhistisches Amulett.

Sensei Yamada, der ihn an der Niten Ichi Ryū in der Philosophie des Zen unterrichtet hatte, hatte ihm eins geschenkt, als er zu seiner Reise aufgebrochen war. Es sollte ihn beschützen.

Doch handelte es sich nicht um sein *omamori*. Sein Amulett hatte in einem Säckchen aus roter Seide gesteckt.

Wem gehörte es also?

2

Die Verhaftung

Unsicher schwankte Jack aus dem Stall. Draußen gaben seine Beine unter ihm nach und er fiel in den Morast. Eine Weile ließ er nur das kalte Regenwasser über sein Gesicht rinnen und wartete, bis er genügend Kraft hatte, es noch mal zu versuchen.

Der Stall grenzte an die Rückseite eines einfachen, einstöckigen Holzhauses mit einem Reetdach und Wänden aus Bambus. Das Haus hatte hinten eine Schiebetür. Jack fasste sie ins Auge, stand mühsam wieder auf, stolperte und fiel mehr oder weniger auf die Tür zu. Mit einem letzten Stolperschritt erreichte er sie und hielt sich erleichtert am Rahmen fest.

Warum bin ich so schwach?, überlegte er, während er verschnaufte.

Er schob die Tür auf und trat in die winzige Küche. Über einem Feuer kochte ein Topf mit Fisch-Nudelsuppe vor sich hin. Unmittelbar vor ihm befand sich eine zweite Tür mit einem in der Mitte geteilten Vorhang aus weißer Baumwolle. Er lugte durch den Spalt. Offenbar befand er sich in einem Teehaus am Rand der Straße. Der Boden war mit

Strohmatten belegt und vor ihm stand ein Tresen mit grünem Tee und Reiswein. Dahinter kamen einige niedrige Holztischchen, ansonsten war der Raum unmöbliert. Nach einer Seite war er offen und nur durch einen großen Vorhang vor Wind und Wetter geschützt.

Am anderen Ende des Raums sah Jack einen mit einer Schürze bekleideten älteren Mann stehen. Offenbar war das der Besitzer und Wirt. Er war klein, hatte dürre Beine und schütteres Haar und redete erregt auf einen Gast ein, der einen ziemlich heruntergekommenen Eindruck machte. Er trug einen einfachen schwarzen Kimono, verziert mit einem Familienwappen in Form einer weißen Kamelienblüte, hatte einen struppigen Bart, wirre schwarze Haare und blutunterlaufene Augen. Auf dem Boden neben ihm lagen ein breitkrempiger Strohhut und zwei schartige Schwerter – eines davon lang, das andere kürzer. Zwar handelte es sich nicht um Jacks Schwerter, aber er kannte die Bedeutung eines solchen Schwertpaares: Ihr Besitzer bekleidete den Rang eines Samurai.

»Ihr müsst jetzt zahlen und gehen!«, sagte der Wirt entschieden zu dem Gast. Doch der Art nach zu schließen, wie er die Hände knetete, hatte er Angst vor dem Samurai. Zu Recht. Die Samurai waren die herrschende Klasse Japans und es konnte den Alten leicht den Kopf kosten, wenn er einem ihrer Vertreter nicht den gebührenden Respekt zollte.

Der Samurai antwortete nicht und nahm nur verärgert einen Schluck aus seiner Tasse.

»Ich rufe sonst die Polizei«, drohte der Wirt.

Der Samurai murmelte undeutlich vor sich hin und knallte eine Münze auf den Tisch.

»Das … reicht leider nicht«, sagte der Wirt mit aussetzender Stimme, denn sein Mut drohte ihn zu verlassen. »Ihr hattet seit gestern Abend *drei* Krüge Sake!«

Schnaubend suchte der Samurai in den Ärmeln seines Kimonos nach Geld. Zwei weitere Münzen kamen zum Vorschein, aber sie fielen ihm aus der Hand und rollten über den Boden.

Der Wirt sammelte sie hastig ein und wandte sich erneut an den Samurai. »Jetzt müsst Ihr gehen.«

Der Samurai starrte ihn finster an. »Ich habe … für den Sake bezahlt«, lallte er und drückte einen Krug mit Reiswein an die Brust. »Und jetzt trinke ich ihn auch … und zwar bis auf den letzten Tropfen.«

Der Wirt fügte sich nur ungern, aber der mörderische Blick in den Augen des Samurai hielt ihn davon ab, weiter auf seiner Forderung zu beharren. Unter Andeutung einer Verbeugung zog er sich zurück und beeilte sich, den einzigen anderen Gast des Teehauses, einen schnurrbärtigen Mann mittleren Alters, zu bedienen.

Jack überlegte gerade, wie er den Wirt auf sich aufmerksam machen sollte, da hörte er jemanden erschrocken nach Luft schnappen. Ein Mädchen, kaum älter als vierzehn, war neben dem Tresen aufgetaucht und starrte ihn mit aufgerissenen Augen an. Sie hatte ein schmales Gesicht und schwarze, zu einem Knoten zusammengebundene Haare. In den zitternden Händen hielt sie ein Tablett mit klirrend wackelnden Teetassen. Jack fiel ein, dass er bestimmt einen furchtbaren Anblick bot, und versuchte sie mit einem Lächeln zu beruhigen. Sogar das tat ihm weh.

Das Mädchen stellte das Tablett ab und hatte sich rasch wieder gefasst. Sie bedeutete Jack, einzutreten und sich an einen Tisch zu setzen. Jack zögerte, unschlüssig, ob der Samurai von seiner Anwesenheit erfahren sollte. Doch das Mädchen winkte ihm wieder, führte ihn zu einem Platz und verschwand in der Küche. Wegen des Samurai hätte Jack sich nicht zu sorgen brauchen. Er war so betrunken, dass er nicht einmal den Kopf hob. Der andere Gast dagegen blickte überrascht herüber, weniger wegen Jacks erbärmlichen Zustands als vielmehr wegen seines ausländischen Aussehens, der blonden Haare und blauen Augen. Doch mit dem für Japaner typischen Taktgefühl verbeugte er sich nur kurz und setzte sein Gespräch mit dem Wirt fort.

Das Mädchen kehrte mit einer dampfenden Schale Nudelsuppe zurück, und obwohl ihm eben noch übel gewesen war, hatte Jack auf einmal furchtbaren Hunger. Er musste dringend etwas essen, um wieder zu Kräften zu kommen.

»*Arigatō gozaimasu*«, sagte er und dankte dem Mädchen mit einer Verbeugung.

Sie starrte ihn mit offenem Mund an. »Du sprichst Japanisch?«

Jack nickte. Das verdankte er seiner besten Freundin, Akiko. Nachdem es ihn nach Japan verschlagen hatte, hatte ihn zuerst der portugiesische Priester Pater Lucius im Japanischen unterrichtet. Er war allerdings schon bald nach Jacks Ankunft gestorben und Akiko hatte den Sprachunterricht fortgesetzt. Mit ihr hatte Jack stundenlang unter dem Kirschbaum im Garten von Akikos Mutter in Toba gesessen und die japanischen Sitten und Gebräuche kennengelernt. Auch wenn er sich nicht mehr an die letzten Tage erinnern konnte, einige Dinge würde er nie vergessen – darunter Akikos Freundschaft und Güte.

Er blickte auf die Schale vor ihm auf dem Tisch. »Tut mir leid, ich habe kein Geld.«

»Das macht nichts«, erwiderte das Mädchen und legte einen Holzlöffel daneben.

»Danke.« Die Suppe roch köstlich und Jack lief das Wasser im Mund zusammen.

Das Mädchen wandte sich zum Gehen, doch Jack hielt sie zurück. »Bitte … hast *du* mir den Wasserkrug hingestellt?«

Das Mädchen lächelte scheu und nickte.

»Das war sehr freundlich von dir. Vielleicht kannst du mir sagen, wo ich bin?«

»In Kamo«, antwortete sie. Und auf sein verwirrtes Gesicht hin fügte sie hinzu: »Das ist ein Dorf am Ufer des Kizu, nicht weit von dem Städtchen Kizu entfernt.«

»Bin ich noch im Iga-Gebirge?«

»Nein, das liegt zwei Tagesmärsche von hier im Osten. Hier ist die Provinz Yamashiro.«

Wenigstens wusste Jack jetzt, dass er auf dem Weg nach Hause ein gutes Stück vorangekommen war. »Hast du mich in diesem Zustand gefunden?«, fragte er und deutete auf seine Verletzungen.

»Nein, mein Vater.« Das Mädchen sah zu dem Teehausbesitzer hinüber, der inzwischen hinter dem Tresen stand und Jack von dort beobachtete. Der Gast mit dem Schnurrbart war mittlerweile gegangen.

»Das war gestern Morgen. Jemand, der dich offenbar für tot hielt, hat dich am Fluss liegen lassen.«

Besorgt musterte sie Jacks geschwollenes Auge und die aufgeplatzte Lippe.

»Mir fehlt nichts«, sagte Jack und machte ihr zuliebe ein tapferes Gesicht. »Weißt du, ob dein Vater auch meine Sachen gefunden hat?«

Das Mädchen schüttelte bedauernd den Kopf. »Nur dich.«

»Junko!«, rief ihr Vater streng. »Die Suppe kocht über.«

Junko verbeugte sich vor Jack und lächelte. »Du hast Glück, dass du noch lebst.« Damit eilte sie in die Küche zurück.

Ich lebe, stimmt, dachte Jack. Aber wie lange noch?

Er besaß nichts mehr. Weder Geld, um etwas zu essen zu kaufen, noch seine Kleider oder die Verkleidung, mit der er seinen Verfolgern entkommen konnte. Er hatte keine Freunde, die ihm halfen, und keine Schwerter zu seiner Verteidigung. Und er konnte nicht erwarten, dass das Mädchen und sein Vater ihn länger als ein paar Tage verköstigen würden. Danach war er wieder auf sich gestellt.

Er aß einen Löffel Suppe und zuckte zusammen, denn seine aufgeplatzte Lippe brannte. Doch das warme, nahrhafte Essen weckte seine Lebensgeister. Als er fertig war, fühlte er sich ein wenig besser und deutlich kräftiger.

Wenn ich mich jetzt noch ein wenig ausruhe, dachte er, fällt mir vielleicht wieder ein, was passiert ist.

Besonders schmerzte ihn, dass er den kostbaren Portolan seines Vaters verloren hatte. Nur mit diesem Logbuch ließen sich die Weltmeere sicher befahren, es war deshalb von unschätzbarem Wert. Überhaupt existierten nur wenige Logbücher einer vergleichbaren Genauigkeit und seine Bedeutung erschöpfte sich keineswegs in der Verwendung als Navigationsinstrument. Ein Land, das ein solches Logbuch besaß, konnte damit die Handelswege zwischen den Ländern und die Meere beherrschen. Sein Vater, der Steuermann der *Alexandria*, hatte ihm eingeschärft, dass es keinesfalls in falsche Hände fallen durfte, und Jack hatte es in den vergangenen drei Jahren unter Einsatz seines Lebens gegen alle Gefahren verteidigt. Einmal war es gestohlen worden und die Wiederbeschaffung war ihn teuer zu stehen gekommen. Sein guter Freund Yamato hatte sein Leben geopfert, es dem verbrecherischen Ninja Drachenauge abzunehmen. Und was immer diesmal passiert war, das Logbuch befand sich jetzt ganz bestimmt in falschen Händen. Die Frage war nur, in wessen.

Der einzige Hinweis darauf war das Amulett. Jack betrachtete den grünseidenen Beutel. Das Kranzsymbol sagte ihm nichts. Akiko hatte ihm zwar einige Schriftzeichen beigebracht, aber er war noch immer so benebelt, dass er die auf den Beutel gestickten Zeichen nicht entziffern konnte.

Junko brachte ihm eine zweite Schale Suppe, die er mit demselben Heißhunger verschlang. Er leerte sie bis auf den letzten Rest und beschloss dann, das Mädchen nach dem Amulett zu fragen. Wahrscheinlich gehörte es ihr und ihrem Vater und sie hatten es ihm gegeben, damit er sich schneller erholte. Wenn nicht, wusste Junko vielleicht, wem es gehörte, und vielleicht konnte er sich auf diesem Weg seine Habseligkeiten und den Portolan wiederbeschaffen.

Er wollte schon Junko zu sich winken, da wurde der Vorhang, der das Teehaus von der Straße abschirmte, zur Seite gezogen und vier bewaffnete Männer traten ein, gefolgt von dem schnurrbärtigen Gast. Die Männer trugen schwarze *haori*-Jacken, eng anliegende Hosen und dunkelblaue Zehensocken. Um die Köpfe hatten sie *hachimaki* gebunden, mit Metallstreifen verstärkte Stirnbänder. An der Hüfte trugen sie Schwerter, in der linken Hand eine *jutte*, einen Eisenstab mit einer kleinen, parallel zum Schaft verlaufenden Gabelzinke.

Trotz ihres einschüchternden Äußeren schien der Wirt erfreut, sie zu sehen. »Ich habe nicht damit gerechnet, dass die Polizei ihn holen würde, nicht bei diesem Wetter«, sagte er zu seiner Tochter. Er streckte den Arm aus. »Er sitzt da drüben.«

»Wir kommen nicht seinetwegen«, schnaubte der Anführer der Polizisten mit einem verächtlichen Blick auf den betrunkenen Samurai, der mit dem Oberkörper auf die Tischplatte gesunken war. Er wies mit einem Nicken auf Jack. »Wir haben den Auftrag, den Gaijin zu verhaften.«

3

Ronin

Bevor Jack wusste, wie ihm geschah, hatten die vier Polizisten ihn umringt und ihre tödlichen Eisenstäbe gehoben. Sowohl der Wirt als auch Junko sahen sie erschrocken an.

»Mitkommen, Gaijin!«, befahl ihr Anführer.

»Aber er hat doch nichts getan!«, rief Junko.

»Sei still«, mahnte ihr Vater. »Er geht uns nichts an.«

»Aber du hast ihn doch gefunden!«

Ihr Vater nickte traurig. »Vielleicht hätte ich ihn besser nicht gefunden.«

Der Anführer der Polizisten bedeutete Jack aufzustehen. »Im Namen des Shoguns, du bist verhaftet.«

»Was wirft man mir denn vor?«, fragte Jack, um Zeit zu gewinnen. Seine Instinkte als Samurai waren erwacht und er sah sich nach einer Fluchtmöglichkeit um. Nur die Hintertür kam infrage, aber vor ihr stand ein Polizist und Jack war nicht in der Verfassung, sich den Weg nach draußen zu erkämpfen.

»Alle Ausländer und Christen sind auf Befehl von Shogun Kamakura aus unserem Land verbannt worden. Wer dennoch hier aufgegriffen wird, wird bestraft.«

»Aber ich will ja gehen!«, erwiderte Jack.

»Mag sein, aber wir haben Grund zu der Annahme, dass du Jack Fletcher bist, der Gaijin-Samurai. Du bist des Hochverrats angeklagt.«

»Was hat er getan?«, fragte Junko und hob ungläubig die Hand zum Mund.

»Der Gaijin hat in der Schlacht um die Burg von Osaka gegen den Shogun gekämpft«, erklärte der Anführer, während seine Beamten Jack abführten. »Auf seinen Kopf ist eine Belohnung ausgesetzt.«

Die Polizisten stießen Jack durch den Vorhang des Eingangs und er landete auf allen vieren im Schlamm der vom Regen aufgeweichten Straße. Die Polizisten grunzten belustigt und zogen ihre Holzsandalen an.

Jack sprang hastig auf. Dies war vielleicht seine einzige Möglichkeit zur Flucht. Doch er hatte kaum drei Schritte gemacht, da traf ihn ein eiserner Knüppel in den Rücken. Unter der Wucht des Schlages ging er in die Knie. Die Schmerzen in seinen Schultern trieben ihm die Tränen in die Augen.

»Was fällt dir ein?«, schnauzte einer der Männer. Er hatte ein rundes, pockennarbiges Gesicht und schien sich an Jacks Schmerzen regelrecht zu weiden. Eifrig hob er seine *jutte*, um noch einmal zuzuschlagen.

Doch diesmal war Jack vorbereitet. Als der Knüppel niedersauste, fing er ihn mit den Händen ab, verdrehte dem Polizisten das Handgelenk und warf ihn über seinen Kopf. Der Mann landete unsanft im schmatzenden Morast. Seine

Finger, die sich zwischen Schaft und Gabelzinke des Knüppels verfangen hatten, brachen beim Aufprall. Jack wandte sich den anderen Polizisten zu, die sich wütend auf ihn stürzten.

Doch was konnte er tun? Er war ihnen hoffnungslos unterlegen und zu schwach, um sich gegen sie zu behaupten.

»Dem Gaijin muss eine Lektion erteilt werden«, sagte der Anführer und schlug Jack seinen Knüppel in den Bauch.

Jack blieb die Luft weg und er brach im Morast zusammen. Auch die anderen schlugen jetzt auf ihn ein. Er versuchte nach Kräften, seinen Kopf zu schützen, aber die Schläge gingen aus allen Richtungen auf ihn nieder. Besinnungslos vor Schmerzen, spürte er auf einmal überhaupt nichts mehr und registrierte nur noch den Aufprall der Knüppel auf Armen, Rücken und Beinen.

»He!«, knurrte plötzlich eine Stimme.

Die Schläge setzten aus und Jack hob den Kopf ein wenig. Der betrunkene Samurai aus dem Teehaus näherte sich unsicher schwankend. Er hatte den Strohhut gegen den Regen aufgesetzt, in der linken Hand hielt er einen Sakekrug und die beiden Schwerter hingen an seiner Hüfte.

»Das geht dich nichts an, *ronin!*«, sagte der Anführer.

Der Samurai drohte ihm mit dem Finger. »Ihr seid zu viert und …« Er versuchte seinen Blick auf Jack scharf zu stellen. »… er ist nur zu zweit. Das geht doch nicht!«

»Du bist betrunken, *ronin.*«

Der Samurai achtete nicht auf ihn und kam noch näher.

»Das ist meine letzte Warnung. Verschwinde!«

Der Samurai nahm einen Schluck aus seinem Krug, machte zwei unsichere Schritte und rülpste dem Anführer laut ins Gesicht.

»Wie du willst«, schnaubte der angewidert und nickte seinen Männern zu. »Verhaftet ihn auch. Wegen Behinderung der Polizei.«

Einer der Polizisten, ein junger Mann mit eingefallenen Wangen, trat näher, um dem Samurai mit einem Strick die Hände zu fesseln, während der Stellvertreter des Anführers Anstalten machte, sie festzuhalten. Doch der Samurai hielt ihm seinen Sakekrug hin.

»Hier, nimm.«

Der Offizier gehorchte, ohne nachzudenken. Als der junge Polizist den Strick um die Handgelenke des Gefangenen schlingen wollte, schwankte der betrunkene Samurai gefährlich und stieß dem Mann versehentlich den Kopf ins Gesicht.

»Entschuldigung«, murmelte er, torkelte um den Polizisten herum, der wie betäubt dastand, und stieß ihn noch einige Male an, bevor er endlich das Gleichgewicht wiederfand.

Als der junge Polizist an sich hinuntersah, stellte er verdutzt fest, dass er vollständig in seinen Strick eingewickelt war.

»Wie ist das denn passiert?«, rief der Samurai überrascht.

Der Anführer begriff, dass sie hereingelegt worden waren, und schlug mit seiner *jutte* nach dem betrunkenen Mann. Doch der Samurai wich im letzten Moment schwankend zur Seite aus, sodass die eiserne Spitze des Knüppels den gefesselten Polizisten hinter ihm traf. Der junge Mann ging nach Luft schnappend zu Boden.

Der Offizier, der noch immer den Sakekrug in den Händen hielt, schien vor Überraschung wie gelähmt.

»Danke«, lallte der Samurai, nahm ihm kurzerhand den Krug wieder ab und hob ihn, um einen Schluck zu trinken. Dabei stieß er mit dem Boden des Krugs hart gegen das Kinn des Offiziers. Taumelnd wich der Mann zurück. Der Samurai drehte sich jetzt wieder zum Anführer um und stieß dabei dem taumelnden Offizier versehentlich den Ellenbogen ins Gesicht. Bewusstlos ging der Mann zu Boden.

Jack traute seinen Augen nicht. Der Samurai konnte kaum stehen und schlug doch scheinbar mühelos einen Polizisten nach dem anderen nieder.

»Das wirst du mir büßen, *ronin!*«, brüllte der Anführer und schlug nach dem Kopf des Samurai.

Inzwischen war auch der Polizist mit den gebrochenen Fingern wieder zu sich gekommen und hatte sein Schwert gezogen. Er näherte sich dem Samurai von hinten, während der Anführer von vorne angriff. Jack schrie warnend auf. Im letzten Moment brachte sich der *ronin* durch einen Purzelbaum in Sicherheit. Seine beiden Gegner hingegen stießen mit voller Wucht zusammen, wobei der Polizist dem Anführer geradewegs sein Schwert in den Leib bohrte. Röchelnd ging er zu Boden und hielt sich die Wunde.

»Das tut weh!«, schniefte der *ronin* mit einer mitfühlenden Grimasse.

Kreideweiß im Gesicht funkelte ihn der Anführer wütend an und rief: »Tötet ihn!«

Der Polizist, der sich zutiefst schämte, dass er seinen Vorgesetzten verwundet hatte, zögerte kurz und stürzte sich dann mit einem wütenden Aufschrei auf den Samurai. Doch genau in dem Sekundenbruchteil seines Zögerns hatte der Samurai seinen Eisenstab aufgehoben.

»Gehört der nicht dir?«, fragte er, als der Polizist nach seinem Kopf schlug. Blitzschnell wehrte er den Schlag mit dem Stab ab, fing die stählerne Schwertklinge zwischen Schaft und Gabelzinke auf und zerbrach sie mit einer ruckartigen Drehung. Als der Polizist das sah, wandte er sich zur Flucht.

»Vergiss deine *jutte* nicht!«, rief der Samurai ihm dröhnend nach und warf ihm die Waffe hinterher. Sie wirbelte durch die Luft und der Griff traf den Mann am Hinterkopf. Er taumelte noch einige Schritte, bis er schließlich mit dem Gesicht voraus in den Morast fiel.

»Er sollte sie eigentlich fangen«, sagte der *ronin* und hob entschuldigend die Hände. Dann nahm er einen weiteren großen Schluck Reiswein und betrachtete den reglos auf dem Boden liegenden Anführer.

»Ist er tot?«, fragte Jack.

»Nein, nur ohnmächtig.« Schwankend setzte sich der *ronin* in Bewegung. »Warum liegst du überhaupt noch hier herum?«

»Ich wurde vorhin …«, begann Jack, dem noch alles wehtat, aber der Samurai hörte ihm schon nicht mehr zu.

Mit einiger Mühe stand Jack auf. Der Samurai entfernte sich bereits auf der Straße. Jack wusste nicht, ob er ihm folgen sollte oder nicht. Ein Blick auf die vier mehr oder weniger bewusstlosen Polizisten im Morast überzeugte ihn jedoch davon, dass es besser war, die Flucht anzutreten.

Junko trat aus dem Teehaus und eilte zu ihm. »Du hast etwas vergessen!«, rief sie und gab ihm das Amulett.

Im Durcheinander der Verhaftung hatte Jack den einzigen Gegenstand liegen lassen, der ihm helfen konnte, seine Habseligkeiten zu finden. Jetzt stand er doppelt in der Schuld des Mädchens. »Danke …«, begann er.

»Komm schon!«, brüllte der Samurai ungeduldig. »Wir haben keine Zeit für Mädchen.«

侍

4

Gedächtnislos

Der Samurai wartete nicht auf Jack, auch nicht als der Regen zu einem Wolkenbruch anschwoll und er von der Hauptstraße in einen Wald abbog. Dort führte der Weg steil bergauf und Jack, der noch geschwächt war, hatte Mühe, mit ihm mitzuhalten.

An einem abgeschiedenen Shinto-Schrein inmitten einer kleinen, auf einer Anhöhe gelegenen Lichtung holte er ihn endlich ein. Der Schrein bestand aus einer einfachen Holzhütte, zwei mit Flechten bedeckten großen Steinen und einem hölzernen Tor, das den Eingang bezeichnete. Der Samurai hatte sich bereits zum Ausruhen in den Schrein gesetzt und hielt eine Sakeflasche in der Hand.

Jack rief sich in Erinnerung, wie man eine solche Kultstätte zu betreten hatte, und ging durch das Eingangstor. An einer steinernen, mit Wasser gefüllten Schale blieb er stehen, schöpfte mit dem daneben liegenden Holzlöffel Wasser, wusch sich zuerst die linke und dann die rechte Hand, spülte den Mund aus und legte den Löffel wieder ordentlich zurück.

Zwar wusste er nicht, ob die Reinigung notwendig war,

da er sowieso bis auf die Haut durchnässt war, aber er wollte kein Risiko eingehen.

Im Herzen war er zwar ein protestantischer Christ, doch sein Zen-Meister Sensei Yamada hatte ihm geraten, die Rituale des Shintoismus und Buddhismus zu befolgen, um so wenig wie möglich aufzufallen. Da der Shogun – und inzwischen auch ganz Japan – die Christen bekämpfte, durfte Jack niemanden vor den Kopf stoßen. Wenn er zudem einzelne Menschen wie diesen Samurai davon überzeugen konnte, dass er ihrer Religion angehörte, waren sie vielleicht eher bereit, ihm auf seiner Reise zu helfen.

Er verbeugte sich zweimal, klatschte zweimal in die Hände, um die *kami*-Geister zu wecken, und verbeugte sich anschließend noch einmal. Dann faltete er die Hände zu einem stummen Gebet.

»Du verschwendest deine Zeit«, brummte der Samurai. »Ein solcher Schrein ist ein guter Unterschlupf, mehr nicht.«

Jack hob überrascht den Kopf. Die Japaner waren ein frommes Volk und er hatte von einem Samurai keine so geringschätzige Bemerkung erwartet. Er betrat den Schrein und setzte sich, froh, dem strömenden Regen entronnen zu sein und die schmerzenden Glieder ausruhen zu können.

»Wer bist du?«, fragte der Samurai. »Du siehst nicht aus, als seist du von hier.«

»Ich heiße Jack Fletcher«, antwortete Jack mit einer ehrerbietigen Verbeugung. »Ich komme aus England, einer Insel wie Japan, aber auf der anderen Seite der Erde. Und wer seid Ihr?«

»Ronin.«

»Ich dachte, das hieße ›herrenloser Samurai‹?«

»Nenn mich einfach so«, wiederholte der Samurai schroff. Er nahm einen großen Schluck Sake und hielt Jack dann die Flasche hin.

»Nein danke«, erwiderte Jack, der schon einmal Reiswein gekostet und davon einen Hustenanfall bekommen hatte. Im Augenblick war sein Magen dem kaum gewachsen. »Aber ich muss mich bei Euch bedanken, Ronin. Ihr habt mich gerettet.«

Der Samurai brummte. »Die Polizisten standen mir im Weg.«

»Aber werden sie Euch jetzt nicht verfolgen?«

Ronin lachte prustend. »Erbärmliche Samurai sind das! Von wegen *neue* Polizisten im *neuen* Japan des Shoguns. Ganz gewöhnliche Soldaten sind sie, die sich wichtigtun. Sie werden sich viel zu sehr schämen. Außerdem hast du selbst gesehen, dass sie sich gegenseitig angegriffen haben.«

Jack dachte an den Kampf zurück und musste ihm im Grunde Recht geben. Die einzige wirkliche Verletzung hatte der Stellvertreter des Anführers dem Anführer zugefügt. Die von Ronin ausgeteilten Schläge hatten dagegen wie Versehen gewirkt.

»Aber dir werden sie nachstellen.« Ronin zeigte auf Jack. »Was macht dich zu einem so gesuchten jungen Mann?«

»Ich habe im Krieg gegen den Shogun gekämpft«, antwortete Jack. Soweit er sich erinnerte, hatte Ronin bei der Ankunft der Polizisten geschlafen. Dann hatte er hoffentlich nicht gehört, dass auf Jacks Kopf eine Belohnung ausgesetzt war. Seine Chancen standen schlecht, wenn Ronin plötzlich beschloss, ihn auszuliefern und die Belohnung zu kassieren.

»Auch viele Samurai haben gegen den Shogun gekämpft, aber er lässt sie deswegen nicht suchen. Warum bist du etwas Besonderes?«

Jack überlegte kurz, auf welcher Seite Ronin wohl gestanden hatte, traute sich aber nicht, zu fragen. »Weil ich Ausländer bin …«

»Das sehe ich.« Ronin bedachte Jack mit einem prüfenden Blick, der allerdings nicht abwertend war. »Aber auch das erklärt nicht, warum der Shogun ausgerechnet dich sucht.«

Dafür konnte es viele Gründe geben. Jack vermutete, dass es letztlich mit dem Portolan zu tun hatte. Shogun Kamakura gehörte zu den wenigen Menschen in Japan, die von der Existenz und Bedeutung des Logbuchs wussten. Drachenauge, der den Portolan im Auftrag des portugiesischen Priesters Pater Bobadillo gestohlen hatte, hatte vor seinem Tod noch versucht, ihn für Kamakura zurückzuholen, allerdings ohne Erfolg. Offenbar hatte der Shogun, der inzwischen an die Macht gelangt war, den Portolan nicht vergessen. Doch Jack wusste, dass es leichtsinnig gewesen wäre, Ronin zu vertrauen, auch wenn er ihm das Leben gerettet hatte. Er beschloss deshalb, den Portolan nicht zu erwähnen.

»Ich bin auch ein Samurai«, erklärte er stattdessen.

»Ein Gaijin, der Samurai ist?« Ronin lachte ungläubig.

»Wer um alles in der Welt hat dich zum Samurai ausgebildet?«

»Mein Vormund Masamoto Takeshi.«

Ronin hörte auf zu lachen.

»Er ist der Leiter der Niten Ichi Ryū …«

»Ich weiß, wer er ist«, fiel Ronin Jack ins Wort und legte die linke Hand an den Griff seines Langschwerts. Jack erstarrte. Was hatte Ronin vor? »Masamoto-samas Ruf eilt ihm voraus. Jetzt überrascht mich nicht mehr, dass der Shogun hinter dir her ist. Du bist nicht nur der Ziehsohn seines Feindes, sondern verkörperst gleichzeitig alles, was er an den ausländischen Eindringlingen hasst. Hat Masamoto-sama dir etwa auch die Technik der beiden Himmel beigebracht?«

Jack nickte argwöhnisch.

Ronin begann breit zu grinsen. »Dann beneide ich dich.« Er ließ sein Schwert los und prostete Jack mit der Sakeflasche zu. »Ich wollte Masamoto-sama immer zu einem Freundschaftsduell herausfordern. Es heißt, er sei mit seiner geheimen Technik unbesiegbar.«

»Er ist ein ehrenhafter und mutiger Samurai«, bestätigte Jack, erleichtert, dass Ronin seinen Vormund bewunderte. »Aber der Shogun hat ihn in ein abgelegenes Kloster auf dem Iawo verbannt, und seitdem habe ich nichts mehr von ihm gehört.«

Ronin ließ die Sakeflasche sinken und schüttelte empört den Kopf. »Ein Jammer!«

Schweigend saßen sie eine Weile da und lauschten dem

Trommeln des Regens auf dem Holzdach. Ronins Kopf sank nach vorn und er schien in einen sakeseeligen Schlummer zu fallen. Jack dachte unterdessen wehmütig an Masamotos Unterricht und seine Versuche, die Technik der beiden Himmel zu erlernen. Die Ausbildung zum Samurai an der Niten Ichi Ryū war mörderisch anstrengend gewesen, aber der Sinn, den sie seinem Leben gegeben hatte, und die tiefen Freundschaften, die dabei entstanden waren, hatten die Strapazen gelohnt. Zu gern wäre Jack an die Schule zurückgekehrt, doch war sie wegen Masamotos Verbannung und infolge des verheerenden Krieges, in dem viele Sensei gefallen waren, bestimmt längst geschlossen.

Ronin fuhr aus seinem Schlummer hoch. »Du hast also an der Niten Ichi Ryū gelernt, unter Satoshis Fahne gegen Kamakura gekämpft und die Schlacht um die Burg von Osaka irgendwie überlebt. Und dann?«

»Ich konnte mit Akiko in die Hafenstadt Toba fliehen. Wir haben bei ihrer Mutter gewohnt …«

»Wer ist Akiko?«

»Masamotos Nichte – und meine beste Freundin.« Jack musste bei der Erinnerung an Akiko unwillkürlich lächeln. Wie sehr er sie vermisste! Wenn sie an seiner Seite gewesen wäre, befände er sich jetzt nicht in dieser misslichen Lage und käme sich weniger einsam und verletzlich vor. Sein Lächeln wich der Reue darüber, sie verlassen zu haben.

Ronin sah Jacks unglückliches Gesicht und hob wissend die Augenbrauen. »Warum bist du dann nicht bei ihr geblieben?«

»Es ging nicht. Als der Shogun alle Ausländer und Christen per Gesetz aus dem Land verbannte, war ihre Familie in großer Gefahr. Also habe ich mich auf den Weg nach Nagasaki gemacht. Dort hoffe ich ein Schiff zu finden, das nach England fährt.«

»Wann bist du in Toba aufgebrochen?«

»Es muss im Frühjahr gewesen sein«, sagte Jack. Und jetzt ist es Herbst, dachte er.

»Und du bist nur bis Kamo gekommen?!« Ronin schnaubte ungläubig.

Jack hatte selbst nicht damit gerechnet, dass er so langsam vorankommen würde. Daran waren widrige Umstände schuld. Die Häscher des Shoguns hätten ihn fast auf dem Tokaido geschnappt und er hatte ins Iga-Gebirge fliehen müssen, das Reich der Ninja. Zuletzt hatte er in einem verborgen gelegenen Dorf bei seinen Erzfeinden gelebt. In dieser Zeit hatte er begriffen, wer die Ninja in Wirklichkeit waren. Sie hatten ihn in der Kunst des Ninjutsu, den Werten des *ninniku* und der Lehre von den fünf Ringen unterwiesen und damit all seine Vorurteile ins Wanken gebracht. Er hatte viele überlebensnotwendige Fertigkeiten von ihnen gelernt und seine alten Feinde waren zu Freunden geworden. Trotz einiger letzter Vorbehalte betrachtete er sich inzwischen sowohl als Samurai wie auch als Ninja. Doch brauchte Ronin das nicht zu wissen.

»Ich habe mich im Gebirge verirrt«, sagte er deshalb, was auch teilweise stimmte.

Ronin nickte langsam, schien von der Antwort allerdings

nicht vollständig überzeugt. »Das geht schnell. Bist du deshalb so übel zugerichtet? Deine Verletzungen stammen nicht nur von heute.«

Jack sah an sich hinunter. Die roten Schwielen der Eisenknüppel überlagerten nur die vielen dunkelblauen Flecken, die seinen ganzen Körper bedeckten. Dumpfe Schmerzen pochten in seiner gesprungenen Lippe, dem geschwollenen Auge und auch in seinen Rippen. Er war mit Wunden übersät, ohne zu wissen, wie er dazu gekommen war. Am schlimmsten war jedoch sein Magen, der immer noch vom Angriff des Polizisten-Anführers schmerzte.

»Keine Ahnung«, antwortete er und zuckte mit den Schultern. »Ich kann mich an die letzten Tage nicht erinnern.«

»Keine Sorge, das passiert mir auch oft«, brummte Ronin und hob die Flasche an die Lippen.

»Aber ich trinke keinen Sake!«, erwiderte Jack und musste unwillkürlich lachen, verstummte aber sofort wieder, weil seine Bauchmuskeln höllisch wehtaten.

»Und was hast du jetzt vor?«, fragte Ronin und lehnte sich an die Wand des Schreins.

»Zunächst einmal werde ich die Sachen suchen, die ich verloren habe ...«, begann Jack. Das *omamori* in seiner Hand fiel ihm wieder ein und er fügte hinzu: »Oder besser gesagt, die mir gestohlen wurden.«

»Man hat dir nicht nur die Erinnerung geraubt, sondern auch dein Gepäck?!«, rief Ronin und hob voller Mitgefühl die Augenbrauen. »Du hast aber auch ein Pech! Was wurde denn gestohlen?«

»Alles. Meine Kleider, mein Geld, mein Proviant, ein Inro, den mir Daimyo Takatomi geschenkt hat und in dem ich ein Kranich-Amulett meines Freundes Yori aufbewahrte, eine kostbare Perle, die mir Akiko geschenkt hat …«

»Noch etwas Wertvolles?« In Ronins blutunterlaufene Augen war ein Funkeln getreten.

Jack nickte. »Das … Tagebuch meines Vaters«, sagte er, das Wort Portolan sorgfältig vermeidend. »Und einige Wurfsterne, an die ich durch Zufall gekommen bin. Und natürlich meine Schwerter.«

»Deine Schwerter?!«, rief Ronin bedauernd.

»Ja.« Jack nickte beschämt. Schwerter waren die Seele eines Samurai. Sie zu verlieren, galt als unverzeihliche Schande. »Sie gehörten Akikos Vater und wurden von Shizu angefertigt. Sie haben dunkelrot umwickelte Griffe und die Scheiden sind mit Perlmutt eingelegt. Ich würde sie überall wiedererkennen.«

»Shizu«, flüsterte Ronin andächtig. Der Ruf des Schwertschmieds war legendär. »Dieses Mädchen muss sehr viel von dir halten, wenn sie dir solche Schwerter schenkt. Und sie zu verlieren, muss unerträglich schmerzen!«

Nachdenklich strich er sich über den Bart. Dann setzte er mit einer entschlossenen Geste die Sakeflasche ab. »Ich werde dir helfen«, erklärte er. »Vermutlich bist du Banditen in die Hände gefallen.«

»Vielen Dank, Ronin«, sagte Jack, von dem großzügigen Angebot überrascht. »Aber ich kann Euch nicht bezahlen.«

»Ich tue so etwas doch nicht für Geld!« Ronin schnaubte

beleidigt. »Das tun Krämer, nicht Samurai. Allerdings ...« Er schüttelte die fast leere Flache. »Der Mensch lebt nicht von Luft allein. Als Gegenleistung für meine Dienste erbitte ich lediglich, dass ich eins von den Dingen, die wir wiederfinden, behalten darf.«

Jack zögerte. Wenn Ronin sich nun den Portolan aussuchte? Aber das war höchst unwahrscheinlich. Ronin interessierte sich nämlich nur für eins – wie er sich den nächsten Rausch antrinken konnte. Jack betrachtete den zerzausten und betrunkenen Samurai für einen Moment und überlegte, ob er ihm wirklich helfen konnte oder ihn eher behinderte. Doch er brauchte im Moment jede Hilfe, die er bekommen konnte, also nickte er zustimmend.

»Gut, das wäre dann abgemacht«, sagte Ronin. Er trank einen Schluck, um den Handel zu besiegeln, ließ sich gegen die Wand zurücksinken und schloss die Augen. Kurz darauf war er eingeschlafen und schnarchte er laut.

Eine schöne Hilfe wird er mir sein!, dachte Jack.

5

Der Rätselmönch

Jack kniete vor dem Altar des Schreins, legte die Hände aneinander, schloss die Augen und betete. Er dachte an seine Eltern. Was hätte er für eine tröstende Umarmung seiner Mutter oder den guten Rat seines Vaters gegeben! John Fletcher hatte niemals geschwankt oder die Hoffnung verloren, nicht einmal im heftigsten Sturm.

Ein ruhiges Meer hat noch keinen tüchtigen Seemann gemacht, hatte er immer gesagt.

Jetzt, während der Regen auf den kleinen Schrein niederprasselte, wünschte Jack sich eine solche Unerschütterlichkeit und Zuversicht. Doch sosehr er sich auch anstrengte, er wurde die Verzweiflung nicht los. Was für eine Chance hatte er denn, seine Habseligkeiten wiederzubekommen oder überhaupt zu überleben? Er konnte sich nach wie vor an nichts erinnern und wusste nicht, wer ihn überfallen hatte und warum. Es konnte eine Samuraipatrouille gewesen sein oder, wie Ronin vermutete, eine Räuberbande. Hatten sie gewusst, wer er war? Oder hatten sie ihn durch Zufall erwischt? Wussten sie überhaupt, was die Sachen wert waren, die sie ihm gestohlen hatten? Und vor allem, wo waren die Sachen jetzt?

Es gab so viele unbeantwortete Fragen. Wütend schlug Jack mit der Faust auf den Boden und versuchte die Erinnerung herbeizuzwingen, ein Gesicht, einen Namen, einen Ort, irgendwas. Doch sein Kopf blieb leer.

Seine unbekannten Gegner gingen offenbar davon aus, dass sie ihn getötet hatten. Das verschaffte ihm zumindest einen Vorsprung, schließlich würden sie nicht mit seiner Auferstehung rechnen. Andererseits war er ein gesuchter Gaijin, ein Samurai ohne Schwerter und ein Ninja ohne Verkleidung. Seine Situation war aussichtslos, was sich auch darin zeigte, dass er sich von einem abgetakelten Samurai helfen lassen musste. Er stand vor schier unüberwindlichen Schwierigkeiten.

Tut mir leid, Jess, dachte er. Dabei war er doch für seine Schwester in England verantwortlich. Zwar war sie in der Obhut einer Nachbarin zurückgeblieben, Mrs Winter, aber das war vor über fünf Jahren gewesen, und die Frau war schon damals alt gewesen. Jack fürchtete, Jess, die jetzt zehn sein musste, könnte inzwischen auf sich allein gestellt sein oder, schlimmer noch, in einem Armenhaus für Waisen leben.

Traurig senkte er den Kopf und eine Träne rollte seine Wange hinunter. Möge Gott dich beschützen, weil ich es vielleicht nicht nach Hause schaffe, betete er.

»Nur tote Fische schwimmen mit dem Strom«, ertönte plötzlich eine heisere Stimme.

Jack fuhr erschrocken herum. Ronin lag immer noch bewegungslos in seiner Ecke. Doch durch den silbernen Vorhang des Regens konnte er einen feurig roten Dämon geradewegs auf den Schrein zukommen sehen. Jack schlug das Herz bis zum Hals.

Dann erst erkannte er, dass es sich um einen Mann handelte. Er hatte vorquellende Augen, einen glänzenden kahlen Schädel und einen struppigen Bart. Gekleidet war er in ein langes, rotes Gewand mit einem schwarzen Obi und einer Kette aus blauen Gebetsperlen. Jack schloss daraus, dass es sich um einen *yamabushi* handelte, einen in den Bergen lebenden Mönch. Auf seiner Schulter lag ein dicker Stock, an dem ein weißer Stoffbeutel hing. In der rechten Hand hielt er als Schutz gegen den Regen einen Sonnenschirm aus großen grünen Blättern.

Leichtfüßig kam der Mönch den Weg entlang und sprang über die Pfützen wie eine verrückte Kröte. »Löse mir dieses Rätsel!«, rief er mit singender Stimme. »Was wird nass, wenn es trocknet?«

Mit diesen Worten landete er mit beiden Füßen in einer Pfütze vor dem Eingang des Schreins und durchnässte Jack, der dort stand. »Gereinigt!«, erklärte er. »Und? Weißt du die Antwort? Sei hurtig, flink und geschwind!«

Verwirrt schüttelte Jack den Kopf. Das seltsame Gebaren des Mannes hatte ihm die Sprache verschlagen. Der Rätselmönch betrat den Schrein, musterte Jack und schnalzte laut mit der Zunge.

»Diesmal bekommst du die Antwort noch umsonst, aber das nächste Mal zahlst du dafür«, verkündete er und bedachte den schlafenden Ronin mit einem flüchtigen Blick.

»Was wird nass, wenn es trocknet? Ein Handtuch natürlich!«

Er führte einen kleinen Tanz auf, dann ließ er sich neben Jack auf den Boden fallen.

»Du bist mir ein seltsam aussehender Fisch«, sagte er. Er zupfte Jack ein blondes Haar aus und untersuchte es ausgiebig.

»Entschuldigt bitte«, sagte Jack, der seine Fassung wiedergewonnen hatte, »aber wer seid Ihr?«

»Mein Name gehört mir, aber andere verwenden ihn viel häufiger als ich. Frag doch lieber sie.«

Der Mönch drehte sich zum Altar um und begann einige unverständliche Gebete zu murmeln. Offenbar ist er verrückt, dachte Jack. Ansonsten schien er freilich harmlos zu sein. Jack sah deshalb keine Veranlassung, Ronin zu wecken.

Plötzlich griff der Mönch nach Jacks Hand.

»Oh, oh, oh! Was für ein interessantes Leben!«, rief er und fuhr mit seinem Fingernagel die Linien auf Jacks Handteller entlang.

Jack wollte die Hand zurückziehen, aber der Mönch war bemerkenswert kräftig.

»Willst du deine Zukunft nicht wissen?«, fragte er mahnend.

Widerstrebend ließ Jack zu, dass der Mann seine Hand betrachtete. Mit einem Verrückten zu streiten, führte zu nichts. Die vorquellenden Augen des Mönchs wurden immer größer und er gab überraschte Laute oder schmerzerfüllte Seufzer von sich oder kicherte wie verrückt.

»Was seht Ihr?«, fragte Jack, gegen seinen Willen nun doch neugierig geworden.

Der Mönch hob den Kopf und blickte ihn plötzlich ernst an. »Du begehrst mehr, als du hast, junger Samurai«, antwortete er leise und gewichtig. »Wisse denn: Was du findest, ist verloren. Was du gibst, erhältst du wieder. Was du bekämpfst, wird besiegt. Und was du dir wünschst, musst du opfern.«

Jack starrte ihn verständnislos an. »Was soll das heißen?«

»Was hinter uns liegt und was vor uns liegt, wiegt gering im Vergleich zu dem, was in uns liegt«,[1] antwortete der Mönch knapp und ließ Jacks Handgelenk los. »Jetzt die andere Hand«, befahl er.

Seufzend streckte Jack ihm die linke Hand hin, in der er das grünseidene Amulett hielt. Vielleicht bekam er ja diesmal eine verständliche Antwort.

»Das *omamori* des Großen Buddhas!«, rief der Mönch entzückt. »Bist du durch seine Nase geklettert oder hast du dich nur vor seinen Zehen verbeugt?«

Jack hatte zwar keine Ahnung, wovon der Mönch sprach, aber dass er das Amulett kannte, versetzte ihn in Aufregung. »Ihr wisst, wem das Amulett gehört?«

»Natürlich! Dem Großen Buddha.« Der Mönch lächelte breit und zeigte dabei seinen zahnlosen Mund.

»Und wisst Ihr auch, wo ich ihn finden kann?«, fragte Jack eifrig.

Der Mönch nickte. »Von hier ist es weder nah noch fern.«

Die Rätsel des Mönches strapazierten Jacks Geduld mittlerweile bis zum Äußersten. Mühsam beherrschte er sich. »In welcher Richtung?«

»Wenn du rückwärts gehst, in Aran.«

Jack verstand nicht, was der Mönch meinte.

»Könnt Ihr mich hinbringen?«, fragte er am Rande der Verzweiflung.

Der Mönch sprang auf, drehte sich in einer Pirouette um sich selbst, hob seinen Sonnenschirm aus Blättern und sprach: »Geh nicht hinter mir, vielleicht führe ich dich nicht. Geh nicht vor mir, vielleicht folge ich dir nicht.«[2]

Jack kam zu dem Schluss, dass es zwecklos war, auf seine Begleitung zu hoffen.

»Dann zeigt mir wenigstens die richtige Richtung.«

Der Mönch lachte. »Löse dieses Rätsel, junger Samurai! Was ist größer als Gott und schlimmer als der Teufel? Die Armen haben es, die Reichen brauchen es, und wenn du es isst, stirbst du daran. Sage es mir und ich gebe es dir.«

Jack überlegte angestrengt. In der Niten Ichi Ryū hatte Sensei Yamada seinen Schülern oft Rätselfragen gestellt – Fragen, auf die man sich während der Meditation konzentrieren sollte. Zwar war Jack die geistige Haltung vertraut, mit der man solche Rätsel lösen konnte, doch hatte er sich selber darin nie besonders hervorgetan. Er wünschte, sein Freund Yori wäre jetzt hier. Yori konnte jedes Rätsel lösen. Jack dagegen war zu durcheinander, um zu meditieren, und ihm wollte keine Lösung einfallen.

»Ich komme nicht drauf«, sagte er niedergeschlagen.

»Na los, Fisch, du darfst nicht so schnell aufgeben! Deine

Seele ist erst geschlagen, wenn du mir das nächste Mal begegnest!«

Damit drehte sich der Rätselmönch um und hüpfte in den strömenden Regen hinaus.

侍

6

Der Ring des Wassers

Jack starrte auf den Weg, auf dem der Verrückte verschwunden war, und war sich auf einmal nicht mehr sicher, ob er den Mönch überhaupt gesehen hatte. Die Begegnung war so seltsam gewesen, dass sie ihm ganz unwirklich vorkam. Das Gedächtnis hatte er bereits verloren, deshalb erschien es ihm durchaus möglich, dass der Mönch nur seiner durch Übermüdung, Anstrengung und Nahrungsmangel überhitzten Fantasie entsprungen war.

Das Amulett in seiner Hand war dagegen wirklich, dasselbe galt für seine Schmerzen. Sein Blick fiel auf die Fußspuren im Morast, die zum Waldrand führten. Sie stammten weder von ihm noch von Ronin. Also mussten sie dem Rätselmönch gehören. Es regnete inzwischen noch heftiger und die Spuren lösten sich rasch auf. Doch wenigstens wusste Jack jetzt, dass er nicht im Begriff war, verrückt zu werden.

Nur tote Fische schwimmen mit dem Strom.

Hatte der Rätselmönch ihn damit gemeint? Solche geheimnisvollen Ratschläge kannte Jack sonst nur von Sensei Yamada. Zu seiner Überraschung ergaben die Worte des

Mönchs in diesem Fall sogar einen Sinn. Wenn er jetzt in seiner verzweifelten Lage einfach aufgab, würde er wie ein toter Fisch hinweggespült. Als Alternative konnte er gegen den Strom schwimmen und die Schwierigkeiten überwinden, mit denen er konfrontiert war. Ganz hoffnungslos war seine Lage schließlich nicht. Der Rätselmönch hatte das Amulett erkannt. Es gehörte dem Großen Buddha, wer immer das war und wo immer er sich befand. Jack wollte Ronin fragen, wenn er aufwachte.

Der Weg, der zum Schrein führte, wurde durch den sintflutartigen Regen allmählich überschwemmt. Aus einem Rinnsal war ein Bach geworden, der in vielen Windungen hangabwärts floss und im Wald verschwand. Jack sah zu, wie das Wasser ein großes, braunes Blatt erfasste. Das Blatt fing sich an einem Haufen Steine, dann wurde es darum herum gespült und verschwand.

Wenn du auf ein Hindernis stößt, fließe wie ein Gebirgsbach darum herum und setze deinen Lauf fort.

Das Blatt hatte Jack an Soke erinnert, den Großmeister der Ninja, und seine Lehre von den fünf Ringen, den fünf grundlegenden Elementen der Welt – Erde, Wasser, Feuer, Wind und Himmel. Sie lagen den Gedanken der Ninja über das Leben und dem Ninjutsu zugrunde. Der Ring des Wassers handelte Sokes Erklärungen zufolge von der Anpassungsfähigkeit und dem *nagare*, dem Fließen, dessen Prinzip durch das unaufhaltsame Dahinströmen eines Flusses veranschaulicht wurde. Jack begriff, dass er den Ring des Wassers anwenden musste, wenn er überleben wollte – er musste sich den Umständen anpassen, sich der Strömung überlassen und mit ihrer Hilfe die Hindernisse überwinden.

Das Ninjutsu konnte ihm in seiner gegenwärtigen Situation mehr nützen als die Ausbildung zum Samurai, auch wenn er sich das nicht eingestehen wollte. Zu bizarr war die Vorstellung, die Fähigkeiten eines Ninja wie Drachenauge, der ihm einst nach dem Leben getrachtet hatte, könnten jetzt seine Rettung sein.

Ein erster Schritt war es, sich auf die Selbstheilung zu konzentrieren. Jack setzte sich mit gekreuzten Beinen auf den Boden, legte die Hände aneinander und verschränkte die Finger. Nur Zeigefinger und Daumen blieben gestreckt. So bildete er das Handzeichen für *sha*. Dazu stimmte er einen leisen Sprechgesang an. »*On haya baishiraman taya sowaka …*«

Tief im Innern spürte er eine Wärme, die sich langsam in seinem ganzen Körper ausbreitete. *Sha* war eins der neun geheimen Handzeichen des *kuji-in*, denen die Ninja magische Kräfte zuschrieben. Ihre Wirkung beruhte auf dem Ring des Himmels, jenes Elements, das für die unsichtbare Kraft des Universums stand. Sie machte Jack sich jetzt zunutze.

Nach einer Weile verstummte er und berührte vorsichtig seine aufgesprungene Lippe und das geschwollene Auge. Zwar spürte er keine äußerliche Veränderung, aber die Schmerzen schienen ein wenig nachgelassen zu haben. Allerdings musste er denselben Vorgang noch einige Male wiederholen, um dadurch insgesamt die Heilung seines Körpers zu beschleunigen.

Während seiner Meditation hatte der Regen nachgelassen und Jack beschloss, sich im Wald umzusehen.

Soke hatte ihn auch gelehrt, sich draußen in der Natur zurechtzufinden, ein Wissen, das im Ring der Erde gründete, und Jack wusste, welche Beeren, Früchte und Nüsse essbar waren und welche nicht und, wichtiger noch, wo er sie fand.

Er stand auf und überließ den bewusstlosen Ronin, der die Arme schützend um die Sakeflasche gelegt hatte, seinem Schnarchen.

Jack verspeiste die Nüsse und Beeren, die er hatte finden können, und legte ein Häufchen davon neben den immer noch schlafenden Samurai. Plötzlich spürte er ein Schwert am Hals.

»Wer bist du?«, knurrte Ronin.

»Ich bin's, Jack!«, rief er erschrocken.

Ronin kniff die Augen zusammen und drückte das Schwert noch fester an Jacks Hals.

»Der Gaijin-Samurai!«, fügte Jack verzweifelt hinzu.

»Was willst du?«

»Ich habe dir etwas zu essen gebracht.«

Ronin sah auf das Häufchen Nüsse und Beeren hinunter.

»Du bist mir ein schönes Eichhörnchen«, brummte er, ließ Jack los und machte sich über eine saftige rote Beere her. »Woher kenne ich dich?«

Jack starrte ihn entgeistert an. »Du hast mich im Teehaus vor den Polizisten gerettet.«

»Wirklich?«

»Und du wolltest mir helfen, meine verlorenen Habseligkeiten wiederzufinden.«

»Das wollte ich?«

Jack starrte ihn immer noch mit offenem Mund ungläubig an. »Du hast also alles vergessen?!«

Ronin warf ihm einen finsteren Blick zu. »Ich mag betrunken sein«, knurrte er, »aber morgen Früh bin ich wieder nüchtern und du bist immer noch hässlich! Und jetzt verschwinde!«

Seine groben Worte weckten Jacks Zorn. »Du bist mir ein schöner Samurai!«

Ronin sprang auf, packte Jack und drückte ihn gegen die Wand des Schreins. »Was hast du gesagt?«

»Ich … ich dachte, Samurai würden zu ihrem Wort stehen«, stotterte Jack, erschrocken über den plötzlichen Wutausbruch des Mannes. »Du hast versprochen, mir zu helfen. Folgst du nicht dem Bushido?«

»Du hast kein Recht, das zu fragen!« Ronin spuckte Jack ins Gesicht. »Bevor du jemanden kritisierst, gehe erst eine Meile in seinen Schuhen!«

»Würde ich ja, wenn ich welche hätte«, erwiderte Jack.

Ronin sah auf Jacks schlammverkrustete und mit Blasen übersäte Füße hinunter und brummte belustigt. Seine Wut schien verflogen.

»Jetzt erinnere ich mich!« Er grinste. »Ich habe deinen

Mut bewundert. Du warst unterlegen, hast dich aber trotzdem tapfer gewehrt.«

Er ließ Jack los und strich die Falten seines Kimonos glatt.

»Wenn ich gesagt habe, dass ich dir helfe, dann tue ich das auch. Ich stehe zu meinem Wort.«

Er setzte sich wieder, nahm einen Schluck aus der fast leeren Flasche und hustete heiser. »Was wollten wir noch gleich tun?«

»Wir hatten noch keinen Plan.« Jack setzte sich vorsichtig dem verkaterten Samurai gegenüber. Ronins Laune war so unberechenbar wie das Meer. Jack beschloss, die Begegnung mit dem Rätselmönch nicht zu erwähnen. »Aber hast du schon einmal von dem Großen Buddha gehört?«

»Natürlich.«

»Weißt du, wo wir ihn finden?«

»Das hängt davon ab, welchen du suchst.«

Jack schwieg verwirrt und zog dann das Amulett heraus. »Den, dem dieses *omamori* gehört.«

Ronin starrte den seidenen Beutel mit zusammengekniffenen Augen an. »Tō … dai … ji.«

Jack sah ihn verständnislos an.

»Das steht hier«, erklärte Ronin und zeigte auf die drei Schriftzeichen. »Tōdai-ji. So heißt der buddhistische Tempel, aus dem das Amulett stammt.«

»Ist das weit weg?«

»Vielleicht einen Tagesmarsch. Er liegt in Nara.«

Jack begriff, dass der Mönch ihm doch gesagt hatte, wohin er gehen sollte. *Wenn du rückwärts gehst, in Aran …* Nara!

»Kannst du mich hinbringen?«

»Es wäre mir eine Ehre.« Ronin lehnte sich zurück und nahm einen großen Schluck Sake. »Sobald es aufhört zu regnen.«

侍

7

Eine schreckliche Vergangenheit

Ein schweres Unwetter brach über sie herein. Blitze zuckten über den Himmel und es schüttete wie aus Kübeln. Jack saß neben Ronin im Schrein und starrte missmutig nach draußen in die hereinbrechende Dämmerung. Leider konnte er sich immer noch nicht an die vergangenen Tage erinnern. Ronin trank die letzten Schlucke Sake und sank erneut in einen tiefen Schlummer. Kurz danach wurde auch Jack von Müdigkeit übermannt. Er legte sich hin und lauschte auf das Trommeln des Regens auf dem Dach des Schreins. Von seiner Zeit an Bord der *Alexandria* war er schlechtes Wetter gewöhnt.

Er schlief die Nacht durch und wachte erst auf, als das Morgenkonzert der Vögel den neuen Tag eröffnete. Das Unwetter hatte sich verzogen und der Nebel, der aus dem Tal unter ihnen aufstieg, verging in den ersten Strahlen der Morgensonne.

Jack setzte sich auf und streckte sich. Seine Glieder waren steif und schmerzten noch, doch er fühlte sich ausgeruht. Mit hohlen Händen schöpfte er frisches Wasser aus einer Pfütze und aß seine letzten Beeren. Während er darauf wartete, dass Ronin aufwachte, meditierte er wieder zur Stärkung seiner Selbstheilungskräfte. Er versetzte sich in den tranceartigen Zustand des *kuji-in* und die Ninjamagie entfaltete ihre Wirkung. Mit seinen aufs Äußerste geschärften Sinnen hörte er im Wald Millionen von Tropfen von den Blättern fallen.

»Was tust du da?«, fragte Ronin barsch und beäugte misstrauisch Jacks aneinandergelegte Hände. Er sah aus wie ein Bär, den man zu früh aus dem Winterschlaf geweckt hatte. Sein Bart war struppig, seine Augen rot und seine Miene verdrossen.

»Ich meditiere nur.« Jack öffnete die Hände.

Ronin schnaubte. »Davon wird man nicht satt.«

Er schüttelte die Sakeflasche und drehte sie um. Aber kein einziger Tropfen kam heraus und Ronin warf sie verärgert weg. »Los, gehen wir!«

Jack folgte ihm, so schnell es ohne Schuhe ging. Ronin stapfte den Waldweg entlang und sah sich ab und zu ungeduldig nach Jack um, der immer weiter zurückblieb. An einer Kreuzung blieb er schließlich stehen und wartete. Um sich die Zeit zu vertreiben, schnitt er mit seinem Kurzschwert von einem Baum einen langen Ast ab, befreite ihn von Zweigen, rundete die Enden ab und entrindete ihn. Als Jack ihn einholte, überreichte er ihm den fertigen Stock. »Hier, benutz den!«

»Danke«, sagte Jack und wog den dicken Stock in den Händen. Der Ast war gerade gewachsen und stabil, ideal geeignet nicht nur als Wanderstab, sondern auch als *bō* zum

Kämpfen. An der Niten Ichi Ryū hatte Jack bei dem blinden Sensei Kano Unterricht im *bōjutsu* gehabt. Mit einer solchen Waffe in der Hand fühlte er sich gleich sicherer.

»Bleib einfach an mir dran«, brummte Ronin und marschierte wieder los.

Wenn Ronin ihm helfen sollte, dachte Jack, musste er ihn besser kennenlernen und sich mit ihm anfreunden. Und das gelang wahrscheinlich am besten, indem er ihn lobte.

Er versuchte also, mit ihm Schritt zu halten. »Man sieht, dass du hervorragend kämpfen kannst«, begann er. »Gestern hast du ganz allein vier bewaffnete Polizisten besiegt, und das nach drei Krügen Sake! Wo hast du so gut kämpfen gelernt?«

Ronin ging weiter, als hätte er Jacks Frage nicht gehört.

»Alles sah wie zufällig aus«, beharrte Jack, »aber ich habe genau gemerkt, dass viel mehr im Spiel war als nur Glück.«

Er bekam immer noch keine Antwort. Ronin erwiderte nicht einmal seinen Blick.

Jack nahm einen dritten Anlauf. »Als Schüler Masamoto-samas beeindruckt es mich sehr, wenn jemand so kämpfen kann – und siegt. Wie machst du das?«

Ronin blieb abrupt stehen und sah Jack an. Seine Augen funkelten. »Wer siegen will, muss sich an zwei Regeln halten. Die erste lautet: Verrate anderen niemals alles, was du weißt.«

Jack wartete darauf, dass Ronin fortfuhr, aber der Samurai ging einfach weiter und verfiel wieder in sein beharrliches Schweigen.

Jack folgte ihm hastig. »Und die zweite Regel?«

Ronin hob verärgert die Augenbrauen.

Jetzt erst begriff Jack, dass Ronin sie ihm nicht sagen würde, selbst wenn es sie gab. »Sehr witzig«, bemerkte er und lachte, um die Spannung zu lösen.

Ronin lachte nicht, deshalb beschloss Jack, es auf anderem Wege zu versuchen. »Warst du bei der Schlacht um die Burg von Osaka dabei?«

Ronin bekam ein ernstes Gesicht und Jack deutete das als ein Ja.

»Auf wessen Seite?«, fragte er ein wenig zögernd.

Ronins Blick streifte ihn. »Der einzigen, der ich traue – meiner eigenen.«

»Aber du musst doch einem Daimyo gedient haben«, setzte Jack nach. Jetzt, wo er Ronin zum Reden gebracht hatte, wollte er nicht aufgeben. »Wie hieß er? Vielleicht hat Masamoto-sama ihn gekannt.«

»Mein Daimyo ist mein Schwert«, erwiderte Ronin barsch. »Wir sollten besser gehen als reden.«

Er beschleunigte seine Schritte und Jack überlegte, was ihn wohl so bitter und misstrauisch machte. Der Samurai ging, als folgte ihm ein hartnäckiger dunkler Schatten. Jack hatte solche Menschen wie Ronin an Bord der *Alexandria* kennengelernt. Sie hatten sich dem Alkohol ergeben, um irgendein schreckliches Ereignis oder Versäumnis in ihrem Leben zu verdrängen. Eine ähnlich schreckliche Vergangenheit schien Ronin auf Schritt und Tritt zu folgen. Die Frage war nur, vor was er auf der Flucht war.

Sie bogen um eine Ecke und die Ausläufer einer kleinen Stadt kamen in Sicht.

»Setz lieber den auf«, sagte Ronin und drückte Jack seinen Hut auf den Kopf. Die breite Krempe bedeckte Jacks Gesicht. »Schließlich willst du keine Schwierigkeiten bekommen.«

侍

8

Tanuki

Ronin ging voraus, Jack folgte dicht hinter ihm und wagte nur gelegentlich einen flüchtigen Blick unter der Krempe hervor. In der Ortschaft fiel ihm das Gehen leichter als auf den morastigen und steinigen Wegen, auf denen sie bisher unterwegs gewesen waren. Die von zahllosen Füßen festgetretene Hauptstraße war eben und nur von wenigen Steinen durchsetzt. Gesäumt wurde sie von verschiedenen Holzhäusern und Bambushütten, in denen kleine Läden untergebracht waren – eine Herberge, ein Tuchgeschäft, zwei Teehäuser, ein Wirtshaus voller Gäste, die sich über dampfende Schalen mit *soba* beugten, und einige weitere Geschäfte, deren Waren hinter großen Markisen verborgen waren. Dazwischen standen Wohnhäuser und hin und wieder ein Shinto-Schrein. Im Hintergrund hörte Jack das friedliche Rauschen eines Flusses, durchsetzt von den rhythmischen Schlägen eines Hammers auf Holz.

»Wo sind wir?«, fragte er.

»In Kizu«, brummte Ronin.

Die Bewohner des Städtchens gingen ihren täglichen Geschäften nach und machten einen weiten Bogen um den Samurai, sobald sie seine furchterregende Erscheinung sahen. Jack würdigten sie keines Blickes – einen Bauernjungen in einem zerrissenen Kimono und Strohhut, der gehorsam hinter seinem Herrn herlief. Jack war das nur recht.

»Warte hier«, befahl Ronin und ging zu einem Laden, über dem eine große Kugel aus Zedernästen hing.

Zu Jacks Freude streifte er seine Holzsandalen ab und trat ein. Sie hatten noch einen guten Tagesmarsch vor sich und brauchten Proviant. Jack knurrte schon jetzt der Magen vor Hunger.

Weil seine Füße zu schmutzig waren, wartete er lieber vor dem Eingang. Wie anders doch die Gebräuche in England waren. Dort starrten die Böden der Häuser vor Schmutz, den Schuhe und Stiefel hineintrugen. Auf den Straßen häuften sich Unrat und Abfälle und es wimmelte überall von Ratten. Obwohl Japan nichts von ihm und anderen Ausländern wissen wollte, bewunderte Jack vieles an der Kultur dieses Landes – unter anderem die Sauberkeit und den Ordnungssinn. Tief im Innersten wollte er gar nicht von hier fort. Wenn er die Wahl gehabt hätte, wäre er bei Akiko in Toba geblieben und hätte sich als Samurai verdingt. Aber das ging leider nicht. Der Shogun verfolgte ihn und er musste auch um seiner Schwester willen nach England zurückkehren. Obwohl er täglich an Akiko dachte, hatte er seinen Traum längst begraben.

Ronin kehrte zurück, seinen Einkauf in den Händen haltend – eine große, aus Ton gebrannte und mit Sake gefüllte Flasche.

»Gehen wir«, sagte er.

»Und was ist mit etwas zu essen?«, fragte Jack, der schon befürchtete, der Reiswein könnte ihre einzige Nahrung sein.

Ronin holte aus dem Ärmel seines Kimonos einige Münzen und zählte sie. »Das müsste reichen.«

Sie gingen über die Straße zu einem weiteren Laden, aus dem ihnen ein süßer Duft entgegenströmte. Das Geschäft war klein und bot nur Platz für einige wenige Kunden. Zwei Männer saßen an einer in den Boden eingelassenen Kochstelle, nippten an heißem Tee und aßen weiße, apfelgroße Teigkugeln.

Am Eingang stand ein kleiner Ladentisch und unmittelbar neben dem Türrahmen eine aus Holz geschnitzte Statue. Sie reichte Jack bis zum Knie und stellte ein dachsähnliches Tier, das sich auf die Hinterbeine aufgerichtet hatte, dar. Das Tier hatte einen aufgeblähten Bauch, bettelnde Augen und zeigte ein breites Grinsen. Auf dem Kopf trug es einen trichterförmigen Sonnenhut aus Stroh, in den Pfoten hielt es eine Sakeflasche und eine leere Geldbörse. Auf Jack machte es einen verschlagenen Eindruck.

»Wir essen draußen«, entschied Ronin und deutete auf eine Bank aus groben Brettern rechts von der Statue. »Dann brauchst du deinen Hut nicht abzunehmen.«

Er schlug mit der Faust auf den Ladentisch und ein kleiner Mann mit Knopfaugen und glänzender Stirn schoss dahinter in die Höhe und verbeugte sich.

»Womit kann ich dienen?«

»Vier *manjū*«, bestellte Ronin.

»Welche Geschmacksrichtung darf es sein?«, fragte der *manjū*-Verkäufer und zeigte auf eine Tafel, die sechs verschiedene Füllungen auflistete:

肉 (Fleisch)
抹茶 (Grüntee)
茄子 (Aubergine)
栗子 (Kastanie)
桃 (Pfirsich)
餡子 (Rote Bohnen)

Ronin überlegte kurz und zupfte an seinem Bart. »Zweimal Fleisch und zweimal Bohnen.«

Der Verkäufer verbeugte sich erneut und lüpfte den Deckel eines rechteckigen, hölzernen Kastens. Eine Dampfwolke stieg auf, und als sie sich verzogen hatte, wurde ein Dutzend milchweißer Knödel sichtbar. Er wählte zwei aus und dann noch einmal zwei aus einem anderen Kasten.

»Das macht dann vier *bitasen* bitte«, sagte er und stellte stolz zwei Teller mit den dampfenden Knödeln vor Ronin.

Ronin zog vier Kupfermünzen heraus und zahlte. Dann setzten sie sich auf die Bank und Jack biss hungrig in seinen ersten *manjū* hinein. Unter der teigartigen Hülle kam eine an Schweinefleisch erinnernde Füllung zum Vorschein. Zufrieden stöhnte er. Er musste seine ganze Willenskraft aufbieten, um die Dampfnudel nicht gleich auf einmal hinunterzuschlingen. Beim Essen fiel sein Blick wieder auf die seltsame Holzstatue neben der Bank.

»Was soll das eigentlich sein?«, fragte er und zeigte mit einem Nicken darauf.

»Das ist ein *tanuki.*« Ronin spülte seinen *manjū* mit einem großen Schluck Reiswein hinunter. »Er soll Kunden anlocken.«

Das Essen und der Wein schienen ihn milder zu stimmen, Jack fuhr deshalb rasch fort: »Gibt es solche Tiere auch in Wirklichkeit?«

Ronin nickte. »Aber viele glauben, dass sie die Gestalt verändern können und den Menschen damit Streiche spielen.«

»In was verwandeln sie sich denn?«

»In Bäume, Teekannen, Mönche …«

Wieder ertönten Hammerschläge, dieselben, die Jack schon früher gehört hatte. Sie kamen jetzt von viel näher und waren ohrenbetäubend laut.

Ronin schnitt eine Grimasse.

»Teekannen?«, fragte Jack. Die Vorstellung belustigte ihn. Außerdem fragte er sich jetzt, ob nicht der Rätselmönch ein naseweiser *tanuki* gewesen war. Die vorquellenden Augen hatten jedenfalls beide gemeinsam.

Wieder donnerte ein Hammerschlag.

Ronin nickte und runzelte unwillig die Stirn. »Sie sind allerdings nicht alle harmlos. Es gibt eine Geschichte über einen *tanuki*, der die zänkische Frau eines Bauern umgebracht hat …« Bum! »… und sie zu einer Suppe verarbeitet hat …« Bum! »… die ihr Mann dann gegessen hat.« Bum!

Ronin zuckte bei jedem Schlag zusammen und Jack spürte, dass er kurz davorstand, die Geduld zu verlieren.

»Wer macht diesen furchtbaren Lärm?«, rief Ronin unwirsch.

Der *manjū*-Verkäufer steckte den Kopf aus der Tür. »Das muss der Böttcher im Nachbarhaus sein«, sagte er ein wenig verlegen.

Bum! Bum! Bum!

»Wie viele Nägel braucht er denn für ein Fass?«, knurrte Ronin und rieb sich die Schläfen.

»Ich glaube, er macht einen Sarg«, erklärte der Verkäufer.

»Wenn er mit diesem höllischen Lärm nicht aufhört, macht er den Sarg für sich!«

Im selben Augenblick verstummte das Hämmern. Ronin seufzte erleichtert auf. Doch schon im nächsten Augenblick nahm der Böttcher die Arbeit wieder auf.

Bum! Bum! Bum!

»Jetzt reicht es aber!«, brüllte Ronin. Er packte seine Flasche und marschierte los.

»Warte!«, rief Jack. Er nahm die beiden noch übrigen Dampfnudeln, stopfte sie in seinen zerrissenen Kimono und eilte mit seinem Stock in der Hand hinter dem aufgebrachten Samurai her.

9

Ein toter Samurai

Jack holte Ronin hinter dem Böttchergeschäft ein, auf einem kleinen Hof voller Bretterstapel und halb fertiger Fässer, auf dem auch ein offener Sarg stand. Das Hämmern war verstummt, stattdessen herrschte Totenstille. Vor Ronins Füßen lag eine blutige, vom Hals bis zur Hüfte aufgeschlitzte Leiche.

»Nein!«, schrie Jack und trat näher.

Ronin sah ihn trotzig an.

»Du kannst doch nicht jemanden töten, nur weil er laut war …«

Zu Jacks Entsetzen begann Ronin auch noch herzhaft zu lachen.

Es war ein Fehler gewesen, sich mit einem skrupellosen und unberechenbaren Mörder zusammenzutun. Da Jack Ronins Blick nicht mehr ertragen konnte, wandte er sich voller Mitleid dem Toten zu. Er trug einen schlichten blauen Kimono, den ein einziger, wütender Schwerthieb zerfetzt hatte. Sein Gesicht war noch jung, er mochte vielleicht Anfang zwanzig sein, doch sein plötzliches, gewaltsames Ende hatte es in eine wächserne Totenmaske verwandelt und der Mund war mitten in einem Schmerzensschrei erstarrt. Jack wurde übel, wenn er nur daran dachte, wie kaltblütig Ronin den Mann ermordet hatte.

»Wie konntest du nur …?«

»Ich bitte vielmals um Entschuldigung«, schnarrte plötzlich eine Stimme. Ein runzliger Mann, der nur aus Haut und Knochen zu bestehen schien, trat mit unsicheren Schritten aus seiner Hütte und reichte Ronin eine kleine Porzellantasse. »Der Beste der ganzen Provinz!«

Ronin schüttete den Inhalt auf einen Zug hinunter und schmatzte anerkennend. »Ein ausgezeichneter Sake, Böttcher. Entschuldigung angenommen.«

Der Böttcher grinste und zeigte dabei zwei Schneidezähne, die aus seinem ansonsten leeren Mund ragten.

Jack sah zuerst Ronin ungläubig an und dann die Leiche. »Wenn das der Böttcher ist, wer ist dann das?« Er zeigte auf den Toten.

»Keine Ahnung«, antwortete Ronin und gab dem Böttcher die Tasse lächelnd zurück. »Irgendein Samurai.«

»Er heißt – *hieß* – Manzo«, erklärte der Böttcher. »Der Zweikampf war sehr unterhaltsam, aber von kurzer Dauer.«

»Handelte es sich um ein ernsthaftes Kräftemessen oder nur eine Rauferei?«, fragte Ronin.

Der Böttcher zog die Nase hoch. »Wie ich gehört habe, prahlte der Mann damit, dass er mit seinen neuen Schwertern jeden besiegen könne. Ein Samurai auf Kriegerwallfahrt forderte ihn heraus. Er sollte seine Behauptung beweisen. Der ganze Ort war gestern versammelt, um dem Kampf beizuwohnen.«

Jack begriff, dass Ronin die ganze Zeit mit ihm gespielt hatte wie mit einem Fisch an der Angel. Ronin hatte wirklich einen makabren Humor. Nicht er war der Mörder, sondern ein anderer Samurai auf Kriegerwallfahrt hatte den Mann getötet.

»Nur der Tod kann den Narren eines Besseren belehren«, brummte Ronin und betrachtete die Leiche verächtlich. »Es zählt die Hand, die das Schwert führt, nicht das Schwert.«

»Wohl wahr.« Der Böttcher nickte. »Er besaß allerdings zwei hervorragende Schwerter, geschmiedet von keinem Geringeren als dem legendären Shizu!«

Jack war auf einmal hellwach. »Wie sahen sie aus?«

Der Böttcher überlegte einen Moment. »Hm, schwarze Scheiden mit Gold, vielleicht auch Perlmutt eingelegt … Ich weiß nicht mehr genau. Aber an die Griffe kann ich mich noch gut erinnern, sie waren sehr auffallend. Dunkelrot.«

»Die gehören mir!«, rief Jack.

Der Böttcher starrte ihn belustigt und zugleich ungläubig an.

»Jetzt nicht mehr«, erwiderte er. Dass Ronins Bursche ein so außergewöhnliches Schwertpaar besitzen wollte, weckte seine Neugier.

Jack kniete sich neben den Toten, um dem fragenden Blick des Böttchers zu entgehen.

»Kennst du ihn?«, fragte Ronin.

Jack betrachtete das Gesicht aufmerksam – die hohen Augenbrauen, die eingedrückte Nase, das vorspringende Kinn –, doch er schüttelte nur den Kopf.

Ronin blickte ebenfalls auf den Mann hinunter und strich sich nachdenklich über den Bart. »Mir kommt er irgendwie bekannt vor …« Er kniete sich neben Jack und untersuchte den blauen Kimono. »Aber er trägt kein Familienwappen und wir können nicht sicher sein, dass er es war, der …«

»Doch, ich bin mir sicher«, fiel Jack ihm ins Wort. Sein Blick war auf ein sternförmiges Loch am Kragen des Kimonos gefallen. »Er trägt einen Kimono von mir! Ich weiß noch, wie ich damit an einem Ast hängen geblieben bin und der Stoff am Kragen eingerissen ist.« Er senkte die Stimme zu einem Flüstern, sodass nur Ronin ihn hören konnte. »Und ich habe einen blauen Kimono ohne Wappen geschenkt bekommen, damit ich nicht als Mitglied einer Familie erkannt werde, die gegen den Shogun gekämpft hat.«

»Was für ein Jammer, dass der Kimono zerrissen und blutig ist«, sagte Ronin laut. Er hatte bemerkt, dass der Böttcher näher kam, um ihr Gespräch zu belauschen. Dann streckte er die Hand aus, zog dem Toten die Strohsandalen aus und gab sie Jack. »Aber die braucht er nicht mehr.«

Jack stand auf, wandte sich ab, damit der Böttcher sein Gesicht nicht sehen konnte, und schlüpfte in die Sandalen. Ein Frösteln überlief ihn, aber seine Füße waren trotzdem dankbar für die Annehmlichkeit.

»Du hast also den Dieb gefunden«, sagte Ronin, »und er hat seine wohlverdiente Strafe bekommen.« Er betrachtete die Wunde des Toten, ein Schnitt, der sich diagonal über dessen Brust zog, und fuhr mit dem Finger daran entlang. »Wer immer sein Gegner war, er kann jedenfalls ausgezeichnet mit einem Schwert umgehen. Das hier ist ein vollendet ausgeführter *kesagiri.*«

Der Böttcher hatte argwöhnisch die Stirn gerunzelt. »Wer ist dieser Junge …?«, wandte er sich an Ronin.

»Wer hat eigentlich den Sarg bezahlt?«, fiel Ronin ihm ins Wort.

»Einer seiner beiden angeblichen Freunde«, antwortete der Böttcher und tätschelte stolz sein Werk. »Sie sind gleich nach dem Zweikampf gegangen und haben nicht einmal die Beerdigung abgewartet. Merkwürdig, nicht wahr? Dass der, der den Sarg bezahlt, ihn nicht braucht, und der, der ihn bekommt, nichts davon weiß!«

»Wisst Ihr, in welche Richtung sie gegangen sind?«, fragte Jack.

Der Böttcher schüttelte bedauernd den Kopf. »Ich weiß nur, wohin alle zuletzt gehen …« Er machte eine dramatische Pause, zeigte mit seinem langen, knochigen Finger auf den Boden und grinste.

Ronin machte sich daran, die Leiche gründlich zu durchsuchen.

»Da gibt es nichts mehr zu holen«, erklärte der Böttcher. »Seine Freunde haben alles mitgenommen, was er besaß … mit Ausnahme der Schwerter und dieses alten Inro.«

Er klopfte auf einen kleinen Behälter, den er an seinem Obi befestigt hatte.

»Ist das deiner?«, fragte Ronin Jack.

Jack schüttelte den Kopf. Das rechteckige Kästchen wies keinerlei Verzierungen auf und hing an einem elfenbeinernen Knopf in Gestalt eines Affen. »Nein, in meinen war ein Kirschbaum eingraviert und der Knopf hatte die Form eines Löwenkopfes.«

Ronin wandte sich wieder an den Böttcher. »Wo sind die Schwerter?«

»Der andere Samurai hat sie als Preis behalten.«

»Hat dieser Samurai auch einen Namen?«

»Oh ja. Er hat dafür gesorgt, dass alle ihn kennen. Er war sehr auf seinen Ruf bedacht und sagte, es sei der letzte Zweikampf seiner Kriegerwallfahrt gewesen und er sei kein einziges Mal besiegt worden.« Der Böttcher schob den fertigen Sarg neben den Toten. »Er heißt Matagoro Araki.«

»Hat er auch gesagt, wohin er unterwegs ist?«, fragte Jack. Hoffentlich hatte wenigstens dieser Samurai eine Spur hinterlassen, der sie folgen konnten.

Der Böttcher sah zwischen dem blutigen Leichnam und Jack hin und her. »Wenn du willst, dass es dir ähnlich ergeht, solltest du nach Kyoto gehen.«

10

Die Kreuzung

Beim bloßen Gedanken daran überlief Jack ein eisiger Schauer. Nach Kyoto zurückzukehren, wäre Selbstmord. Dort konnte er jederzeit erkannt werden. Er konnte einem alten Feind begegnen, einem Mitschüler, der zusammen mit ihm die Niten Ichi Ryū besucht hatte und dagegen gewesen war, dass ein Ausländer in die Geheimnisse der Kampfkünste eingeweiht wurde – wie Nobu, Hiroto, Goro oder natürlich seinem Erzrivalen Kazuki. Vor allem ihm wollte Jack nie mehr begegnen. Kazuki war von Hass auf alle Ausländer erfüllt, seit ein Ausländer vor vielen Jahren unabsichtlich und auf tragische Weise seine Mutter durch Übertragung einer tödlichen Krankheit getötet hatte. Jack, der einzige Ausländer an der Schule, war das Hauptopfer von Kazukis Schikanen gewesen.

Genauso gut konnte er in Kyoto allerdings auch einem Freund begegnen. Und bei diesem Gedanken verspürte er ein freudiges Kribbeln. Vielleicht sah er Saburo oder Kiku wieder, die während des Krieges an der Schule zurückgeblieben waren. Vielleicht war auch Sensei Kano, der die Flucht aus der Burg von Osaka angeführt hatte, an die

Schule zurückgekehrt. Womöglich begegnete er sogar Emi und ihrem Vater Daimyo Takatomi, der in der Burg Nijo residierte. Jack wusste, dass man sie am Leben gelassen hatte und der Daimyo jetzt in Diensten des Shoguns stand.

Doch das Risiko war zu groß.

Außerdem bedeuteten ihm die Schwerter von Akikos Vater zwar viel, aber er musste vor allem den Portolan finden. Wenn die beiden Banditen ihn an sich genommen hatten, stand zu befürchten, dass sie den Wert, den das Buch vor allem für den Shogun hatte, nicht kannten. Vielleicht warfen sie ihn einfach weg oder schlimmer noch, sie machten damit Feuer.

»Na komm, entscheide dich!«, sagte Ronin ungeduldig.

Sie standen an der Kreuzung in der Mitte des Städtchens. Kizu lag als günstiger Zwischenhalt an der Straße zwischen Kyoto und Nara und war deshalb für einen ländlichen Ort ungewöhnlich belebt. Scharen von Fußgängern waren in alle Richtungen unterwegs.

Jack zögerte immer noch.

»Kyoto liegt im Norden.« Ronin zeigte auf die lange Holzbrücke, die über den Kizu führte.

Und dort erwartet mich viel Ärger, dachte Jack.

Hinter ihm, im Osten, lag das Iga-Gebirge und dahinter kam Toba, verbunden mit der trügerischen Hoffnung, bei Akiko wohnen zu können. Der Weg nach Süden führte direkt nach Nara und zum Tōdai-ji-Tempel. In diese Richtung wies das *omamori* – es war womöglich das Ziel von Manzos beiden Freunden und damit hoffentlich auch seiner restlichen Habseligkeiten. Doch sicher war das keineswegs. Die ungepflasterte Straße nach Westen führte nach Osaka und zur Küste, der er weiter in Richtung Süden nach Nagasaki folgen wollte. Doch mittellos, wie er war, ohne Schwerter zu seiner Verteidigung und nur mit einem betrunkenen Samurai als Gefährten würde er Osaka wahrscheinlich nie erreichen, von Nagasaki ganz zu schweigen.

Vier Richtungen und vier Wahlmöglichkeiten. Keine davon bot ihm irgendeine Sicherheit.

Ronin schien den Zwiespalt, in dem er steckte, an seinem Gesicht abzulesen. »Wer hinter zwei Hasen her ist, fängt nicht einmal einen«, sagte er.

Jack hielt das Amulett hoch. »Das hier sagt, ich soll nach Süden gehen.«

»Deine Schwerter sind im Norden«, wandte Ronin ein.

»Aber alles andere ist im Süden: meine Perle, mein Geld, das Tagebuch meines Vaters ...«

»Sicher weißt du das nicht. Und was ist so besonders an einem Tagebuch verglichen mit den Schwertern eines Samurai?« Ronin schnaubte.

Jack wollte ihm nicht erklären, was es mit dem Portolan auf sich hatte und welche Bedeutung er für die Navigation und die Politik hatte. Dazu vertraute er Ronin noch nicht genug. Und für ihn selbst bedeutete der Portolan natürlich noch viel mehr. Er war seine Rückfahrkarte nach England, das entscheidende Hilfsmittel, mit dem er Schiffssteuermann werden und seine Schwester Jess versorgen konnte. Zugleich stellte das Logbuch die letzte Verbindung zu seinem Vater dar. Ohne es war ihm, als verliere er seinen Vater noch einmal. Er wollte alles tun, um es zurückzubekommen.

»Glaubst du, die Männer, die es gestohlen haben, waren Samurai oder Banditen?«, fragte er Ronin, ohne auf dessen Frage einzugehen.

Ronin überlegte. »Beides wäre möglich. Manzo hielt sich offenbar für einen Samurai, aber er handelte wie ein Bandit. Wenn Samurai keinen Herrn haben, dem sie dienen, werden sie manchmal zu Straßenräubern, um überleben zu können. Seit Ende Krieges begegnet man solchen Leuten verstärkt auf der Straße.«

»Wir werden es also erst wissen, wenn wir die Diebe gefunden haben. Der Böttcher meinte, der Zweikampf sei gestern gewesen, sie können also noch nicht weit sein.«

»In dieser Richtung«, sagte Ronin und zeigte auf die nach Norden führende Brücke, »haben wir einen Namen, ein Ziel und eine konkrete Spur.« Er zeigte nach Süden. »In dieser Richtung haben wir nichts, nur eine vage Vermutung. Wir wissen nicht einmal, wie die beiden Männer aussehen und ob das *omamori* überhaupt etwas mit ihnen zu tun hat.«

Jack musste ihm Recht geben. »Aber was passiert, wenn wir diesen Matagoro Araki einholen? Er wird meine Schwerter nicht einfach so herausrücken.«

»Warum nicht? Er ist ein Samurai, dem an seinem Ruf gelegen ist«, erwiderte Ronin. »Er wird seinen Namen schützen wollen und nicht zulassen, dass er durch das Gerücht, er trage die gestohlenen Schwerter einer bedeutenden Samuraifamilie, beschmutzt wird. Außerdem kann er ja auch nur ein Schwerterpaar benutzen!«

Jack schüttelte zweifelnd den Kopf. »Kyoto ist viel zu riskant.«

»Du sagst, du seist ein Samurai! Aber ein Samurai ist nichts ohne seine Schwerter!« Ronin legte die Hand an sein Langschwert, um seinen Worte Nachdruck zu verleihen. »Außerdem bekommst du deine anderen Sachen viel eher zurück, wenn du mit deinen eigenen Waffen darum kämpfen kannst.«

Nur tote Fische schwimmen mit dem Strom. Die Schwierigkeit war nur, Jack wusste nicht, in welche Richtung der Strom floss. Und wenn er sich für die falsche Richtung entschied, konnte das seinen Tod bedeuten.

»Sieht aus, als sei die Entscheidung schon gefallen«, sagte Ronin und nickte nach Süden in Richtung Nara.

Von dort näherte sich auf der Straße eine Patrouille von Polizisten, vor der die Passanten hastig zur Seite wichen.

»Wir sollten uns lieber beeilen«, sagte Ronin und begann zielstrebig in die entgegengesetzte Richtung zu marschieren, nach Kyoto.

Jack eilte ihm hinterher. Die schweren Niederschläge des Vortags waren inzwischen aus den Bergen im Tal angekommen und hatten den Kizu in einen reißenden Strom verwandelt. Sie reihten sich unter die anderen Reisenden ein, gelangten ans andere Ufer und behielten ihr zügiges Tempo bei, bis sie den Wald erreichten.

»Glaubst du, die Polizisten haben uns gesehen?«, fragte

Jack und blickte über die Schulter zurück. Die Straße war belebt und er konnte nicht mit Sicherheit sagen, ob jemand das auffällige Stirnband der Polizei trug.

»Ganz ausgeschlossen ist es nicht«, antwortete Ronin. »Aber wir sollten deshalb nicht stehen bleiben.«

Der Tag verging und je weiter sie sich von Kizu entfernten, desto weniger Reisenden begegneten sie. Als die Dämmerung hereinbrach, war keine Menschenseele mehr zu sehen. Ronin bog von der Straße ab und ging in den Wald hinein. Auf einer kleinen Lichtung machte er schließlich halt.

»Hier übernachten wir«, sagte er, ließ sich nieder und lehnte sich an einen umgestürzten Baumstamm.

Jack setzte sich neben ihn. Der Samurai entkorkte seine Flasche und nahm drei große Schlucke. Jack hätte gern gewusst, ob er sich jeden Abend betrank oder nur einen kürzlich erlittenen Kummer ertränkte. Aber es gehörte sich nicht, ihn danach zu fragen. Er zog die beiden *manjū* heraus, die er mitgenommen hatte, und reichte einen davon Ronin.

»Iss du ihn«, sagte der Samurai mit einer ablehnenden Handbewegung.

Jack widersprach nicht, beschloss aber, ihn sich für den folgenden Morgen aufzubewahren. Herzhaft biss er in den *manjū* mit den roten Bohnen hinein. Zu seiner Überraschung schmeckte er zuckrig süß. Er war zwar nicht so nahrhaft wie der mit der Fleischfüllung, aber Jack verspeiste ihn trotzdem mit Appetit und war viel zu schnell damit fertig.

Nach Beendigung der kargen Mahlzeit spürte er plötzlich ein Kribbeln im Nacken. Der Großmeister hatte ihn während der Ausbildung im Ninjutsu gelehrt, auf solche Zeichen zu achten. Jack tat so, als wolle er sich nur bequemer an den Baumstamm lehnen, und sah sich bei dieser Gelegenheit verstohlen um. Auf der Lichtung war niemand, aber er bildete sich ein, im Gebüsch eine kaum merkliche Bewegung wahrzunehmen.

Flüsternd wandte er sich an Ronin: »Jemand beobachtet uns.«

侍

11

Schatten in der Nacht

Der Wald war stockdunkel, die dicht stehenden Bäume verhinderten, dass das Mondlicht durchdrang. Nur die Lichtung lag unter freiem Himmel und das machte Jack und Ronin zu deutlich sichtbaren Zielen. Sie suchten das Unterholz mit Blicken ab, aber wer immer sie beobachtete, hielt sich gut versteckt.

»Bist du sicher?«, flüsterte Ronin und griff mit der Hand nach seinem Schwert.

Jack nickte kaum merklich und hielt seinen *bō* bereit. Er spürte, wie er beobachtet wurde. Da war ganz bestimmt jemand. Polizisten? Aber die überfielen ihre Opfer nicht heimlich, sondern griffen sie offen an und überwältigten sie dank ihrer Überzahl. Banditen? Es wäre wieder mal typisch für ihn und sein Pech gewesen, in einen zweiten Hinterhalt zu geraten. Oder Ninja? Jack hoffte Letzteres. Denn die Ninja waren nicht mehr seine Feinde. Soke hatte ihm ein geheimes Handzeichen gezeigt – das Drachensiegel –, mit dem er sich als ihr Freund zu erkennen geben konnte. Ob die Ninja ihm freilich glauben würden, stand auf einem anderen Blatt. Welcher Ninja glaubte schon, dass ein Ausländer zu ihnen gehörte? Außerdem war da noch Ronin. Er war den Ninja bestimmt nicht willkommen. Bestimmt mussten sie kämpfen.

Ronin stand auf.

»Wohin gehst du?«, flüsterte Jack.

»Ruf der Natur«, antwortete Ronin laut und hob die Augenbrauen zum Zeichen, dass es sich um eine List handelte.

Er verschwand in der Dunkelheit und brach lärmend durch die Büsche. Jack blieb allein zurück und suchte den Wald aufmerksam nach der kleinsten Bewegung ab. Er wusste, dass die Ninja sich unsichtbar machen konnten, indem sie die Gestalt eines Felsens annahmen, mit einem Baumstamm verschmolzen oder sich ins hohe Gras duckten. Im Wald konnten sich jede Menge Ninja verstecken und Jack begann sie in jeder Ausbuchtung und jedem flüchtigen Schatten zu sehen.

Plötzlich verstummte Ronin.

Jack drehte sich in seine Richtung. »Ronin«, flüsterte er, »alles in Ordnung?«

Doch niemand antwortete. Jack umklammerte seinen Stock fester. Vielleicht war der Samurai nur stehen geblieben und konnte ihn nicht hören. Aber genauso gut konnte ihn jemand gepackt und womöglich sogar getötet haben. Die Ninja waren Experten im lautlosen Töten. Und wenn Ronin tot war, war Jack als Nächster dran.

Die Stille dauerte an. Der ganze Wald schien den Atem anzuhalten.

Der Lautlosigkeit der Angreifer nach zu schließen, konnte

es sich nur um Ninja handeln. Jack bildete das Drachensiegel, indem er die Hände aneinanderlegte, die mittleren Finger verschränkte und Daumen und kleinen Finger V-förmig abstreckte. Langsam drehte er sich im Kreis und wartete auf eine Reaktion.

Nichts.

»*Ronin!*«, flüsterte er ein wenig lauter.

Hinter ihm knackte ein Ast. Jack fuhr mit erhobenem Stock herum, bereit zuzuschlagen. Die stählerne Klinge eines schartigen Langschwerts blitzte im Mondlicht auf und im selben Moment trat ein furchterregender Krieger zwischen den Bäumen hervor.

»Ich konnte niemanden finden«, brummte Ronin.

Jack senkte den Stock. »Aber ich spüre, dass hier jemand ist.«

»Dann halte du weiter Wache«, erwiderte Ronin knapp, steckte sein Schwert ein und legte sich auf den Boden.

»Was hast du vor?«, fragte Jack.

Doch Ronin machte sich nicht einmal die Mühe, zu antworten. Er verschränkte einfach die Arme unter dem Kopf, schloss die Augen und überließ es Jack, das Lager zu bewachen.

Jack hatte immer noch das ungute Gefühl, beobachtet zu werden. Doch nachdem eine Überprüfung der Büsche nichts ergeben hatte, schrieb er es dem beklemmenden Gedanken an seine Rückkehr nach Kyoto zu.

Trotz seiner Müdigkeit zwang er sich zu einer weiteren Meditation zum Zweck der Selbstheilung. Die Schwellung an seinem Auge ging bereits zurück und auch die Blutergüsse klangen rasch ab. Trotzdem würde es noch einige Tage dauern, bis er wieder ganz hergestellt war. Er murmelte die Worte des *sha*-Mantras, aber nur ganz leise, um Ronin nicht zu wecken.

Schließlich lehnte er sich an den umgestürzten Baumstamm und döste vor sich hin.

Ein Tier mit einem weichen Fell schlüpfte aus einem Busch. Seine neugierigen Augen glänzten im Sternenlicht. Seine Schnauze zuckte und nahm schnuppernd Jacks Witterung auf. Jack ließ es näher kommen.

Du bist ein tanuki, *dachte er.*

Plötzlich hüllte ein mannshoher Blätterwirbel den tanuki *ein. Im nächsten Moment fielen die Blätter zu Boden, als hätte der Wind sich wieder gelegt, und ein Mann mit einem blutroten Gewand und einem buschigen Bart kam zum Vorschein.*

»Löse dieses Rätsel, junger Samurai!«, sagte er. »Was ist größer als Gott und schlimmer als der Teufel? Die Armen haben es, die Reichen brauchen es, und wenn du es isst, stirbst du daran. Sage es mir und ich gebe es dir.«

Jack meinte die Antwort zu wissen, aber sein Mund wollte nicht aufgehen. Seine Lippen waren versiegelt wie ein Grab.

Der Rätselmönch begann vor seinen Augen zu schrumpfen und seine Stimme wurde immer schwächer, wie der Nachhall eines Steins, der einen Brunnen hinunterfällt. »Was du findest, ist verloren … Was du gibst, erhältst du wieder … Was du bekämpfst, wird besiegt … Was du dir wünschst, musst du opfern.«

Der Mönch verschwand in seinem Gewand, bis nur noch ein Haufen Stoff von ihm übrig war. Daraus kroch ein tanuki *hervor und entfernte sich gemächlich in Richtung Wald. Die Blätter knirschten unter seinen Pfoten wie frisch gefallener Schnee …*

Zwischen Schlafen und Wachen spürte Jack, wie ein Schatten vor seinen Augen vorbeistrich. Der Duft von Kiefernnadeln stieg ihm in die Nase und er sah, wie eine Hand sich nach Ronins Schwertern ausstreckte.

Schlagartig war er hellwach. Sofort stürzte er sich auf den Schatten, der geduckt neben Ronin stand, warf ihn mit einem mörderischen Schulterwurf zu Boden und nagelte ihn dort fest, indem er ihm seinen Stock auf die Kehle drückte. Im nächsten Augenblick stand auch schon Ronin neben ihm. In der Hand hielt er ein Messer, um den Angreifer zu töten.

»Nein … halt!«, stammelte eine Stimme in höchster Panik.

Jack blickte in die schwarzen Augen eines verwahrlost wirkenden Mädchens. Schwarze, verfilzte Haare umrahmten ein schmales, spitzbübisches Gesicht mit roten Lippen und einer kleinen Nase.

»Was für ein Ninja bist du denn?«, fragte er überrascht. Die Kleider des Mädchens waren zerlumpt und schwarz vor Dreck.

»Und was für ein Samurai bist *du?*«, erwiderte das Mädchen und starrte den blonden, blauäugigen Angreifer mit ängstlich aufgerissenen Augen an.

Jack verminderte den Druck auf den Hals des Mädchens, ließ sie aber nicht aufstehen. »Einer, der seine Freunde vor Mördern wie dir schützt.«

»Ich bin kein Mörder!«

»Was tust du dann hier?«

»Ich … ich wollte mir nur diesen Inro ansehen«, protestierte das Mädchen und zeigte auf den kleinen, verschrammten Behälter an Ronins Hüfte.

»Eine gemeine Diebin bist du!«, schnaubte Ronin verächtlich und starrte sie böse an.

»Bin ich nicht!«, erwiderte das Mädchen empört.

»Was bist du dann?«, wollte Ronin wissen.

Das Mädchen überlegte einen Augenblick und sagte dann: »Eine sehr geschickte Diebin.«

»So geschickt nun auch wieder nicht«, gab Ronin zurück. »Schließlich hast du dich erwischen lassen.«

»Nein, du hast mich vorhin in den Büschen gar nicht bemerkt!«, sagte das Mädchen und ein stolzer Blick trat in ihre Augen. »Du bist hinter der Kiefer ganz nahe an mir vorbeigekommen. Ich hätte deinen Inro schon dort stehlen können!«

Ronin stand auf und bedeutete Jack mit einem Wink, zur Seite zu treten. »Sehen wir uns doch einmal an, was du alles in den Taschen hast.«

Er packte das Mädchen an den Fußknöcheln, hielt sie mit dem Kopf nach unten hoch und schüttelte sie heftig.

»Loslassen!«, schrie das Mädchen und zappelte, allerdings vergeblich.

Drei dekorative Haarnadeln aus Messing fielen zu Boden, gefolgt von einem Fächer aus Elfenbein, einem Kamm aus Schildpatt, einem Beutel Münzen und einem kleinen, stumpfen Messer.

»Keine schlechte Ausbeute«, murmelte Ronin. Er ließ das Mädchen wieder herunter, hob den Beutel auf und leerte den Inhalt in seine Hand. »Was ist das? Ein Glücksbringer?«

Auf seinem Handteller lag zwischen Münzen ein kleiner Kranich aus Papier.

»Na, so was! Jetzt beherrschen Diebe schon die Kunst des Origami!«

Jack starrte den Vogel entgeistert an. »Kann ich den mal sehen?«

Ronin gab ihm den Kranich und Jack hob einen Flügel an. Darunter stand in winzigen Schriftzeichen ein Wort: *senbazuru*.

Jack wusste, was es bedeutete: »tausend Kraniche«. Es spielte auf eine Legende an, der zufolge derjenige, der tausend solcher Kraniche faltet, einen Wunsch frei hat. Sein Freund Yori hatte den Kranich gemacht und sich für Jack eine sichere Heimreise gewünscht.

»Hast *du* mir den Kranich gestohlen?«, fragte er das Mädchen, das sich inzwischen aufgesetzt hatte und verdrossen einige Blätter von ihren Kleidern abstreifte.

Sie hob den Kopf und sah ihn trotzig an. »Nein.«

»Woher hast du ihn dann?« Jack packte sie am Arm.

»Von einem Samurai.« Sie schüttelte seine Hand ab. »Aber den kümmert das nicht mehr. Er ist tot.«

»Was hast du noch gestohlen?«

Das Mädchen schwieg.

»Antworte!«, fuhr Ronin sie an.

»Nichts …«, murmelte sie leise und wich ein wenig zurück.

Ronin trat mit einem Messer in der Hand vor sie.

»Etwas Geld … und von seinen Freunden eine schwarze Perle«, fügte sie hastig hinzu.

»Eine *schwarze* Perle?!«, wiederholte Ronin verblüfft.

»Wo ist sie?«, fragte Jack. Sein Blick wanderte suchend von den Münzen in Ronins Hand zu den Sachen auf dem Boden.

»Ich habe sie verkauft«, sagte sie schnippisch und grinste.

12

Die Diebin

»Au! Nicht so grob! Das tut weh!«

Ronin fesselte das Mädchen an den umgekippten Baumstamm.

»Hör auf zu jammern!«, sagte er. »Sonst muss ich dich auch noch knebeln.«

Das Mädchen streckte ihm die Zunge heraus, sagte aber nichts mehr. Nachdem Ronin fertig war, zog er wieder sein Messer und hielt ihr die rasiermesserscharfe Klinge an die Wange.

»Und jetzt sagst du uns, wer die Perle hat, sonst …« Den Rest ließ er ungesagt.

Das Mädchen funkelte Ronin empört an. Wehe, er tat ihr etwas zuleide.

»Ronin!«, fiel Jack ein, besorgt, der Samurai könnte seine Drohung wahr machen. »Lass mich es zuerst versuchen.«

»Bitte sehr.« Ronin hielt ihm das Messer hin.

Jack lehnte höflich ab. Vielleicht konnte er das Mädchen ja auf weniger brutale Art zum Sprechen bringen. Er kniete sich neben sie.

»Wie heißt du?«, fragte er lächelnd.

»Hana.«

»Ich bin Jack.« Er neigte höflich den Kopf, hielt aber mitten in der Verbeugung inne, als das Mädchen antwortete.

»Ich weiß. Die Polizisten haben von dir geredet. Von einer großen Belohnung, die auf deinen Kopf ausgesetzt ist.«

Jack spürte plötzlich Ronins Blick auf sich.

»Wobei ich nicht verstehe, warum jemand einen ganzen *koban* für deinen Kopf zahlen sollte.« Hana betrachtete Jack grinsend. »Davon könnte ich drei Jahre lang Reis essen!«

Jack warf Ronin einen zweifelnden Blick zu. War jetzt alles anders? Eine solche Belohnung stellte bestimmt auch für einen prinzipientreuen Samurai eine große Versuchung dar – und Jack wusste noch gar nicht, wie prinzipienfest Ronin war. Mit so viel Geld konnte er sich buchstäblich in Sake ertränken.

Doch Ronins Miene verriet nichts.

»Wem hast du die Perle denn verkauft?«, fragte er.

»Warum willst du das wissen?«

»Sie gehört Jack.«

»Kannst du das beweisen?«

»Ich habe die Perle von meiner besten Freundin Akiko geschenkt bekommen«, erklärte Jack.

Er erinnerte sich noch genau daran. Es war an einem herrlichen Sommertag im vergangenen Jahr gewesen. Akiko war zum Meeresgrund hinuntergetaucht und mit einer ovalen Muschel in der Hand zurückgekehrt. Jack hatte sie aufgebrochen und eine Perle war zum Vorschein gekommen, die dieselbe Farbe hatte wie Akikos Augen. Er hatte ihr Geschenk seitdem gehütet wie einen Schatz. »Akiko ist in einer Bucht bei Toba getaucht und hat sie gefunden.«

»Wie rührend!«, rief Hana und zwinkerte, als hätte sie Tränen in den Augen. »Du hast mich fast überzeugt.«

»Bitte sag mir, wem du sie gegeben hast.«

Hana schob die Lippen vor und schien zu überlegen, ob sie ihm glauben konnte. »Wenn du mich ganz lieb fragst, könnte ich …«

Jack holte tief Luft. Er war Hana ausgeliefert. »Wenn du mir sagst, wem du sie verkauft hast, stehe ich in deiner Schuld«, erklärte er mit einer weiteren Verbeugung. »Und dann würden wir dich laufen lassen.«

Hana kostete ihre Macht noch einen Moment lang aus, dann lächelte sie verschmitzt. »Einem Händler.«

»Welchem Händler?«

»Dem, der in Kizu die schönen Haarnadeln und Kimonos verkauft.«

»Weißt du, wie er heißt?«

Hana schüttelte den Kopf.

»Wenn du ihm die Perle verkauft hast«, fiel Ronin ein, »wo ist dann das Geld geblieben?«

»Ihr haltet es in der Hand!«, rief Hana ungeduldig. »Aber jetzt habe ich euch alles gesagt, was ihr wissen wolltet, also lasst mich laufen.«

Ronin schnaubte ungläubig.

»Das war eine *schwarze* Perle, eine absolute Seltenheit! Sie ist mindestens hundert Mal so viel wert wie das Geld in meiner Hand.«

Hana sah ihn erschrocken an. »A-a-aber der Händler meinte, schwarze Perlen seien wertlos.«

Ronin lachte verächtlich. »Er hat dich übers Ohr gehauen!«

»Ich wollte, ich hätte noch mehr von seinen wertvollen Haarnadeln gestohlen«, murmelte Hana verärgert.

Jack überlegte, was zu tun war. Seine Lage wurde mit jedem Tag komplizierter. Er war von drei Männern ausgeraubt worden, bei denen es sich womöglich um Samurai handelte. Einer davon war inzwischen tot, die anderen beiden waren verschwunden. Ein vierter Samurai hatte seine Schwerter im Zweikampf gewonnen und war damit nach Kyoto unterwegs, die Perle war an einen Händler desselben Ortes verkauft worden, den er soeben hatte verlassen müssen. Der Verbleib der anderen Sachen blieb ungeklärt. Zwar hatte er noch das *omamori*, aber er wusste nach wie vor nicht, wie er dazu gekommen und was ihm zugestoßen war.

»Du sagtest, du hättest die Perle den Freunden des Toten gestohlen. Würdest du sie erkennen?«

»Wahrscheinlich.«

Er sah Ronin an und der winkte ihn zur Seite, damit die an den Baumstamm gefesselte Hana sie nicht hören konnte.

»Was hast du vor?«, fragte Ronin leise.

»Wenn sie die Wahrheit sagt, können wir die Perle vielleicht wiederbekommen und die Männer, die mich überfallen haben, identifizieren.«

»Wir können das Mädchen jedenfalls nicht nach Kyoto mitnehmen, das wäre zu umständlich.«

Nachdenklich strich sich Ronin über den Bart.

»Und die Perle ist viel wert. Vielleicht einen halben *koban*.«

»Die Perle bedeutet mir mehr als alles Geld«, erwiderte Jack. »Ich habe sie von Akiko geschenkt bekommen.«

»Ein Grund mehr, nach Kizu zurückzukehren.«

»Aber was geschieht dann mit meinen Schwertern?«, wandte Jack ein, obwohl er insgeheim erleichtert war, nicht mehr nach Kyoto gehen zu müssen.

»Ein Samurai braucht jemanden, für den er kämpfen kann.« Ronin grinste verschmitzt. »Wenn wir deine kostbare Perle haben, können wir immer noch nach Kyoto gehen. Aber jetzt sollten wir noch ein wenig schlafen.«

Er sammelte die gestohlenen Sachen ein, steckte das Messer in seinen Obi und den Rest in den Ärmel seines Kimonos und machte es sich an einem Baumstamm bequem. Jack fand einen Platz unter einem Baum, von dem aus er sowohl Hana als auch Ronin im Auge behalten konnte, nur für den Fall, dass der Samurai der Versuchung erlag, sich die Belohnung zu holen. Dort machte er es sich auf dem Waldboden bequem.

»He, ihr habt mir versprochen, mich gehen zu lassen!«, rief Hana empört und zerrte an ihren Fesseln.

»Das werden wir auch«, antwortete Ronin seelenruhig. »Sobald du uns Jacks Perle wiederbeschafft hast.«

侍

13

Der Händler

»Bitte zwingt mich nicht dazu«, bettelte Hana.

Sie standen in einer Gasse hinter dem Laden des Händlers aus Kizu, wo die anderen Passanten sie nicht sehen konnten.

»Sollen wir dich lieber der Polizei übergeben?«, schlug Ronin vor.

Hana funkelte ihn böse an. »Der Händler wird die Perle nicht so einfach herausrücken. Außerdem hat er mich bestimmt im Verdacht, die Haarnadeln gestohlen zu haben.«

»Dann überzeuge ihn vom Gegenteil!« Ronin gab ihr das Geld, das sie für die Perle erhalten hatte.

»Viel Glück!«, flüsterte Jack. Die Rückkehr nach Kizu war für sie alle riskant. Es konnte jederzeit eine Polizeipatrouille auftauchen.

»Glück allein wird nicht reichen«, erwiderte Hana trotzig und wandte sich zum Gehen, doch Ronin hielt sie am Arm fest. »Und komm ja nicht auf den Gedanken, wegzulaufen. Wir behalten dich im Auge. Und wenn du nicht mit der Perle zurückkehrst …« Er fuhr sich grimmig mit dem Zeigefinger über den Hals.

»Du machst mir ja Mut!«, sagte Hana mit einem schiefen Lächeln und trat auf die Straße hinaus.

Ronin stand am Eingang der Gasse bereit, um jeden Fluchtversuch sofort zu verhindern, während Jack durch einen Spalt in der Bretterwand des Ladens spähte, neugierig, wie Hana mit dem Inhaber verhandeln würde.

Der Laden schien der ganze Stolz des Mannes zu sein. Der Boden war makellos sauber und das polierte Holz glänzte wie ein Spiegel. Stoffe und edle Kimonos waren in ordentlichen Stapeln aufeinandergelegt und zogen mit ihren unwiderstehlich leuchtenden Farben die Blicke der stöbernden Kunden an.

Der Händler selbst saß auf dem Boden und inspizierte seine Bestände an glitzerndem Haarschmuck, die auf einem großen schwarzen Tuch vor ihm ausgebreitet lagen – Messingnadeln und silberne Spangen, bemalte Kämme aus Schildpatt und lackiertem Holz, seidene Blumen und schimmernde Ketten.

Jack beobachtete, wie Hana eintrat, die Sandalen abstreifte und sich dem Mann näherte. Er hatte schütteres Haar, eng stehende Augen, dünne Lippen und eine scharf vorspringende Nase. Er sah aus wie der Inbegriff des gewieften, mit allen Wassern gewaschenen Kaufmanns. Sobald er die neue Kundin bemerkte, wurde sein Gesicht weicher und er setzte zur Begrüßung sein freundlichstes Lächeln auf. Das Lächeln erlosch freilich augenblicklich, als er Hana erkannte.

»Du?!«

»Sehr erfreut, Euch wiederzusehen.« Hana verbeugte sich und lächelte liebenswürdig.

»Wo sind meine Haarnadeln?« Der Händler zeigte wütend auf einige Lücken auf dem schwarzen Tuch.

»Tut mir leid, ich weiß nicht, wovon Ihr sprecht. Vielleicht habt Ihr sie verloren?«

Der Händler schnaubte. »Du hast sie gestohlen. Seit gestern fehlen mir drei Haarnadeln und ein Kamm.«

»Warum um alles in der Welt sollte ich Haarnadeln stehlen? Dafür sind meine Haare doch gar nicht lang genug.« Hana fuhr mit der Hand durch ihren verfilzten schwarzen Schopf. »Außerdem wäre ich doch nicht wiedergekommen, wenn ich sie gestohlen hätte, oder?«

Der Händler starrte sie böse an und sie lächelte unschuldig zurück, als könnte sie keiner Fliege etwas zu zuleide tun. Der Mann schien zwar nicht überzeugt, war sich seiner Sache aber auch nicht mehr ganz sicher. »Was willst du hier?«, fragte er ungehalten.

Hana räusperte sich. »Die schwarze Perle, die ich Euch verkauft habe, gehört …« Sie blickte nervös auf die Wand, hinter der, wie sie wusste, Jack stand und sie beobachtete. »… meinem Herrn. Er bekam sie als Liebespfand geschenkt und möchte sie gerne zurückhaben.« Sie hielt dem Händler die Münzen hin und sah ihn erwartungsvoll an.

Der Mann würdigte das Geld keines Blickes, sondern musterte Hana nur verständnislos. »Welche Perle?«

»Die, die ich Euch gestern verkauft habe.«

»Ich weiß nichts von einer Perle.« Er entließ sie mit einer

Handbewegung, wandte sich wieder den Nadeln und Spangen auf dem Tuch vor ihm zu und begann sie neu zu ordnen.

Draußen wandte Jack sich an Ronin. »Vielleicht hat Hana uns angelogen?«

Doch Ronin war in seiner Aufmerksamkeit eingeschränkt. Er folgte mit den Augen einer schönen jungen Dame, die in diesem Augenblick die Hauptstraße entlangrauschte. Sogar Jack vergaß bei ihrem Anblick einen Moment lang seine Perle. Die Frau trug einen herrlichen rotseidenen, mit weißen Chrysanthemenblüten bestickten Kimono. Die langen schwarzen Haare hatte sie hochgebunden und mit einem golden glänzenden Schmetterling geschmückt, außerdem mit Seidenblumen, die in Kaskaden auf beiden Seiten ihres engelgleichen Gesichts niederfielen. Jeder ihrer Schritte wurde von einem leisen Klingeln der ebenfalls in ihren Haaren hängenden Silberkettchen begleitet, das sie gleichsam ankündigte.

Die junge Frau betrat den Laden, erblickte Hana und rümpfte voller Abscheu über deren zerlumptes Aussehen die Nase. Der Händler eilte sogleich an ihre Seite und führte sie unter unterwürfigen Verbeugungen zu einem Stuhl.

»Wer ist *die* denn?«, fragte die Frau.

»Ach, ein Niemand«, antwortete der Händler abschätzig und scheuchte Hana zur Tür.

Doch Hana ließ sich nicht so leicht vertreiben. Die Frau des Händlers beachtete sie nicht weiter und hatte angefangen, sich vor einem kleinen Spiegel zurechtzumachen. Sie zog eine große, goldene Nadel aus ihren Haaren und steckte sie neben den Schmetterling, wo sie besser zur Geltung kam.

»Ich kann dir gar nicht sagen, wie ich mich über dein neues Geschenk freue«, sagte sie zu dem Händler. »Meine Freundinnen waren grün vor Neid! Sie haben noch nie eine schwarze Perle gesehen.«

Erst jetzt bemerkte Hana die in Gold gefasste Perle am Ende der Haarnadel. Wütend holte sie Luft. »Ist das nicht die Perle, die ich Euch verkauft habe?«, wandte sie sich wieder an den Händler.

Jack spähte durch den Spalt. Es konnte natürlich ein Zufall sein, doch war es sehr unwahrscheinlich, dass es in einem Ort wie Kizu zwei genau gleich aussehende schwarze Perlen gab.

»Ach, *die* Perle«, lenkte der Händler widerstrebend ein. »Die ist unverkäuflich.«

»Aber mein Herr will sie unbedingt wiederhaben«, beharrte Hana.

»Die Perle gehört jetzt meiner Frau.«

»Worum geht es?«, mischte sich jetzt die Frau des Händlers ein.

»Ach, nichts, meine Liebe«, erwiderte ihr Mann und wollte Hana aus dem Laden schieben.

»Aber ich muss sie ihrem rechtmäßigen Besitzer unbedingt zurückbringen!«, rief Hana und blickte nervös in die Richtung, in der Ronin sich versteckt hielt.

»Die rechtmäßige Besitzerin bin ich!«, erwiderte die junge

Frau empört. »Es gibt in der ganzen Provinz nur eine schwarze Perle und die gehört mir.«

»*Bitte* ... mein Leben hängt davon ab.«

Die Frau lachte schrill. »Dein Leben ist nicht einmal den Schmutz an meinen Sandalen wert – und schon gar nicht meine Perle. Und jetzt verschwinde, oder mein Mann ruft die Polizei.«

Der Händler schickte sich an, Hana gewaltsam zu entfernen.

»Ich flehe Euch an!«, rief Hana und wehrte sich verzweifelt. »Sie gehört einem Samurai.«

Der Händler zog sie mit einem Ruck zu sich heran, bis ihre Gesichter sich fast berührten. Die Augen hatte er erschrocken aufgerissen. »Welchem Samurai?«, zischte er. Hoffentlich hörte seine Frau sie nicht.

»Dem ... Gaijin-Samurai.«

Der Händler lachte höhnisch.

»Schöner Trick. Selbst wenn das stimmte, dieser Verräter ist längst über alle Berge ... falls er überhaupt noch lebt.«

Mit einem Fußtritt beförderte er Hana aus dem Laden.

»Und wehe, du kommst wieder!«, rief er ihr nach und wischte sich die Hände ab. Dann wandte er sich wieder an seine Frau, die ihn böse anstarrte.

»Ich dachte, du hättest diese Perle persönlich für mich ausgewählt, Isamu!«, schimpfte sie.

»Das habe ich auch, wirklich!«, beteuerte er und trat aufgeregt von einem Bein auf das andere. »Das Mädchen lügt. Sie ist eine Diebin ... ein Niemand! Hast du diesen wunderschönen vergoldeten Kamm schon gesehen, mein lieber Schmetterling? Er ist erst heute gekommen …«

Während der Händler seine Frau zu besänftigen suchte, klopfte Hana sich den Straßenstaub von den Kleidern und kehrte in die Gasse zu Jack und Ronin zurück.

»Ich habe mein Bestes gegeben«, sagte sie trotzig zu Ronin. »Jetzt schneide mir entweder die Kehle durch oder lass mich gehen!«

»Hm, dein Bestes war nicht gut genug.« Ronin griff nach dem Heft seines Schwertes.

Jack, der um Hanas Leben fürchtete, trat rasch zu ihr, um sie zu schützen, doch da hatte Ronin sie schon am Handgelenk gepackt und an die Mauer der Gasse gedrückt.

»Du bist doch eine geschickte Diebin«, erinnerte er sie, während er gewaltsam ihre zitternde Hand aufbog und die Münzen herausholte. Er grinste über die Panik in ihren Augen. »Dann musst du die Perle eben zurückstehlen.«

侍

14

Der Einbruch

Die Straßen Kizus lagen verlassen da und die Nachtluft war herbstlich kühl. Das Haus, in dem der Händler wohnte, ein zweistöckiges Gebäude mit einem eleganten Balkon an der Rückseite, befand sich am Rand des Städtchens in einem von Mauern umschlossenen Garten.

»Sollen wir es wirklich tun?«, flüsterte Jack und spähte durch das mächtige Holztor.

»Wenn die Perle zuerst dir gestohlen wurde, ist es kein Diebstahl«, sagte Ronin.

Dem konnte Jack nicht widersprechen, aber er hatte trotzdem Bedenken.

»Und außerdem verstößt ja nur Hana gegen das Gesetz«, fügte Ronin hinzu.

Hana stand mürrisch neben ihm.

Jack und Ronin hatten den ganzen Nachmittag überlegt, wie sie die Perle am besten zurückholen konnten. Einen Raubüberfall am helllichten Tag hatten sie als zu riskant verworfen. Es hätte Zeugen gegeben und womöglich eine gewaltsame Auseinandersetzung mit anschließender Verhaftung durch die Polizei. Ein nächtlicher Einbruch dagegen gab ihnen Zeit, zu fliehen, bevor das Verschwinden der Perle entdeckt wurde.

Jack winkte Ronin auf die Seite. »Hana kennt jetzt den wahren Wert der Perle. Was hindert sie daran, einfach mit ihr wegzulaufen?«

»Du hast Recht. Begleite sie lieber.« Ronin nahm einen Schluck Sake.

»Ich?«

»Es ist deine Perle.« Ronin nahm noch einen Schluck.

Jack überlegte, ob die Perle dieses Risiko wert war. Andererseits wollte er Akikos Geschenk unbedingt wiederhaben. Die Perle war das Symbol ihres unverbrüchlichen Bundes – *auf ewig miteinander verbunden*. Und dass er sie gefunden hatte, ließ ihn hoffen, dass auch die anderen Sachen wieder auftauchen würden – allen voran natürlich der Portolan.

»Dann gib mir das Geld für die Perle«, sagte er.

»Wir brauchen es für Proviant und für …« Ronin schüttelte die halb leere Sakeflasche.

»Ich weiß, aber als Samurai müssen wir den Tugenden des Bushido folgen und ehrlich sein. Das Geld gehört dem Händler, auch wenn er ein Betrüger ist.«

Ronin brummte etwas, gab ihm das Geld und ging zum Waldrand.

»Ich stehe hier Schmiere«, sagte er und duckte sich in den Schatten, die halb leere Flasche in der Hand. »Nun geht schon!«

Hana sah Jack an. »Dein Freund ist gut im Herumkommandieren. Tut er manchmal auch was?«

Jack hätte Ronin nicht unbedingt als Freund bezeichnet, aber er hatte nicht vergessen, dass der Samurai ihm im Teehaus das Leben gerettet hatte.

»Doch, schon.«

Hana ging ihm voraus auf den niedrigsten Abschnitt der Gartenmauer zu.

»Aber mach keinen Lärm«, mahnte sie.

»Keine Angst, ich bin ganz leise.« Jack streckte die Hände aus, um ihr hinüberzuhelfen.

Hana wusste nicht, dass er Unterricht in *shinobi aruki* gehabt hatte, der Kunst des lautlosen Gehens der Ninja. Ohne ein Geräusch zu verursachen, schwang er sich über die Mauer und landete geschickt neben Hana in dem mondbeschienenen Garten. Büsche und Sträucher waren sorgfältig beschnitten, an einem Teich stand ein kleines Teehaus. Ein gekiester Weg führte durch die Gartenlandschaft und an einer steinernen Laterne vorbei zum Hintereingang des Hauses.

Den Weg vermeidend – auf dem Kies hätten ihre Schritte geknirscht –, näherten sie sich vorsichtig der großen Schiebetür. Im Haus brannte kein Licht, aber sie wussten, dass der Händler und seine Frau da waren, denn sie hatten die beiden am Abend nach Hause zurückkehren sehen. Hana drückte die Tür so vorsichtig wie möglich einen Spalt auf und spähte hinein. Das Zimmer dahinter war abgesehen von einem Blumenarrangement in einer Nische und einem an der Wand hängenden Rollbild, das zwei auf einem Ast sitzende Vögel zeigte, leer.

Sie ließen die Tür offen, um notfalls rasch fliehen zu können, und gingen auf Zehenspitzen einen dunklen Flur entlang, an dessen Ende eine hölzerne Treppe nach oben führte. Vorsichtig stiegen sie in den ersten Stock hinauf. Als Hana den Treppenabsatz betrat, knarrte eine Diele. Das Geräusch ließ sie augenblicklich erstarren. Eine scheinbare Ewigkeit lauschten sie in der Erwartung, dass gleich jemand Alarm schlagen würde. Doch nichts geschah. Mit einem Seufzer der Erleichterung machten sie sich schließlich daran, die Zimmer des ersten Stocks zu erkunden.

Die ersten beiden waren leer, doch aus dem zum Garten gelegenen Zimmer drang regelmäßiges Schnarchen. Jack spähte durch den Spalt zwischen Schiebetür und Rahmen. Der Händler lag auf dem Rücken und schlief fest. Neben ihm, auf einem eigenen Futon, lag seine Frau. Sie hatte sich eine gepolsterte Stütze in den Nacken geschoben, damit ihre kunstvolle Frisur beim Schlafen nicht in Unordnung geriet.

Lautlos wie ein Schatten schlich Hana in das Zimmer und fing an, die Schubladen eines fein gearbeiteten, lackierten Schränkchens zu durchsuchen. Für Jacks Gefühl brauchte sie dazu ewig lang. Aus Angst, der Händler oder seine Frau könnte aufwachen, half er ihr schließlich. Doch Akikos schwarze Perle tauchte nirgendwo unter den Habseligkeiten der Frau auf.

Hana schloss gerade die letzte Schublade, schüttelte den Kopf und wandte sich zum Gehen, da sah Jack etwas in ihrer linken Hand silbern aufblitzen. Bei der Vorbereitung hatte er ihr eingeschärft, dass sie nur die Perle holen würden, sonst nichts. Er bedeutete Hana, das Schmuckstück zurückzulegen. Widerstrebend gehorchte sie. Hinter ihr sah Jack die Frau des Händlers liegen, und erst jetzt bemerkte er die goldene Nadel, die noch in ihren Haaren steckte – die schwarze Perle war im Dunkeln fast nicht zu sehen.

Er machte Hana mit einer Handbewegung darauf aufmerksam. Hana verzog das Gesicht. Die Aufgabe erschien fast unmöglich. Um die Nadel herauszuziehen, brauchte man Nerven aus Stahl und eine vollkommen ruhige Hand.

Doch dafür war Jack genau der Richtige. Er hatte einmal vor der Herausforderung gestanden, unbemerkt ein Kissen unter dem Kopf eines schlafenden Ninjagroßmeisters wegzuziehen. Mit Geschick und Können hatte er geschafft, woran viele andere gescheitert waren.

Er ließ in seinen Gedanken Ruhe einkehren und trat lautlos zu der schlafenden Frau. Dann kniete er sich neben sie, atmete im selben Rhythmus aus und ein wie sie, um sie nicht zu wecken, und streckte die Hand nach der Nadel aus. Behutsam zog er daran …

Doch wie er sich auch abmühte, die Nadel hing in den kunstvoll frisierten Haaren der Frau fest. Es schien unmöglich, sie herauszuziehen, ohne die Frau zu wecken. Hana wollte ihm helfen. Sie winkte Jack zur Seite und streckte die Hände aus, um den Haarknoten der Frau zu öffnen. Doch dabei rutschte ein Kamm, den sie unbemerkt hatte mitgehen lassen, aus den Falten ihres Kimonos und fiel klappernd zu Boden.

Die Frau des Händlers schlug die Augen auf und starrte Jack entsetzt an. Im nächsten Augenblick stieß sie einen gellenden Schrei aus.

Jack fasste Hana am Arm und stürzte mit ihr auf den Balkon hinaus. Sie sprangen in den Garten hinunter, rannten zur Mauer, kletterten hinüber und verschwanden in der Nacht.

15

Ein neuer Plan

»Ich hatte doch gesagt, du sollst nichts stehlen!«, rief Jack zornig, als sie auf einem Reisfeld außerhalb der Stadt anhielten, um zu verschnaufen.

»Es war doch nur ein Kamm«, murmelte Hana entschuldigend.

Jack war außer sich. »Ich hatte die Perle schon in der Hand …«

Ein Ast knackte. Sie fuhren herum und wollten schon losrennen, da tauchte Ronin mit schwankenden Schritten zwischen den Bäumen auf.

»Habt ihr sie?«, fragte er.

Jack schüttelte den Kopf und sah Hana wütend an.

»Was ist schiefgegangen?«

»Die Frau ist aufgewacht«, stieß Jack zwischen zusammengebissenen Zähnen hervor. Hanas Fehler erwähnte er lieber nicht, weil er wusste, dass Ronin ihr nicht so leicht verzeihen würde.

»Was wollt ihr jetzt tun?«, fragte Hana Jack kleinlaut. Ihr Blick wanderte ängstlich zu den Schwertern an Ronins Hüfte.

Jack zuckte mit den Schultern, ließ sich niedergeschlagen auf einen alten Baumstumpf fallen und stützte den Kopf in die Hände. Die Perle jetzt noch zurückzuholen, war so gut wie unmöglich. Der Händler und seine Frau waren gewarnt und hatten den Einbruch bestimmt schon gemeldet.

»Wir brauchen einfach einen neuen Plan«, sagte Ronin und gab Jack Stock und Strohhut wieder. Anschließend lehnte er sich an einen Baum, nahm einen langen Zug aus seiner Flasche und schloss die Augen.

»Schlafen ist ein toller Plan!«, murmelte Jack. Die Ironie in seiner Stimme war nicht zu überhören.

»Tu nie etwas im Stehen, was du auch im Sitzen tun kannst, und nie etwas im Sitzen, was auch im Liegen geht. Und jetzt lass mich nachdenken.«

Jack überließ den betrunkenen Ronin seinen Gedanken und stieß seinen Stock wütend in den Boden. Vielleicht sollte er die Suche ganz abbrechen. War Akikos Perle wirklich die Risiken wert, die sie dafür eingingen? Am vernünftigsten wäre es gewesen, so schnell wie möglich nach Nagasaki aufzubrechen, statt die Zeit mit der Suche nach seinen verlorenen Habseligkeiten zu verschwenden.

Hatte nicht der Rätselmönch gesagt: *Was du findest, ist verloren? Und was du dir wünschst, musst du opfern?* Er würde sich wohl damit abfinden müssen, dass er Akikos kostbare Perle zwar gefunden hatte, sie aber trotzdem für ihn verloren war.

Hana, die merkte, wie unglücklich er war, trat zu ihm. »Es tut mir wirklich leid …«

»Lass nur«, sagte Jack. Sein anfänglicher Ärger auf sie war verflogen. »Du hast damit ja gar nichts zu tun. Wir hätten dich überhaupt nicht in diese Sache mit hineinziehen sollen. Du kannst gehen, wenn du willst.«

Hana lachte nervös. »Wenn ich das tue, schneidet dein Freund mich in Stücke.«

»Das lasse ich nicht zu.«

Hana blieb trotzdem vor Jack stehen und sah ihn unverwandt an. Sie schien gar nicht gehen zu wollen, als wisse sie nicht, wohin.

»Diese Akiko bedeutet dir sehr viel, nicht wahr?«

Jack nickte und musste bei dem Gedanken an Akiko lächeln. »Sie ist meine beste Freundin. Wir waren seit dem Tag meiner Ankunft in Japan unzertrennlich.«

»Warum seid ihr es dann jetzt nicht mehr?«

Jack seufzte tief und ihm wurde ganz weh ums Herz. Er dachte daran, wie er Akiko in Toba verlassen hatte, um sie und ihre Familie nicht zu gefährden, und wie Akiko sich im Dorf der Ninja noch einmal von ihm verabschiedet hatte. »Akiko musste bei ihrer Mutter bleiben«, erklärte er. »Das ist die Pflicht einer Tochter.«

Hana nickte zustimmend. »Es ist bestimmt schön, eine Mutter zu haben.«

Mit einem Mal spürte Jack hinter ihrem forschen Auftreten eine große Einsamkeit und Leere. »Wo wohnt deine Familie?«, fragte er.

Hana schüttelte den Kopf. »Was für eine Familie? Ich schlage mich allein durch, seit ich denken kann.«

Jack hatte plötzlich Mitleid mit ihr. Hana war wie er Waise, aber er hatte wenigstens früher eine Familie gehabt. Hana hatte niemanden. Zwar hatte er beide Eltern verloren, ein schrecklicher Verlust, aber in England wartete, soviel er wusste, noch Jess auf ihn.

Der Gedanke an seine Schwester riss ihn aus seinen trübsinnigen Überlegungen. Er musste handeln.

Zugleich wusste er jetzt, dass er die Suche nach seinen verlorenen Habseligkeiten nicht aufgeben durfte. Ohne seine Schwerter war er wehrlos, ohne das Geld musste er verhungern. Und ohne den Portolan hatte er keine Zukunft. Die Perle brauchte er zwar nicht unbedingt für die Reise, wohl aber für seinen Seelenfrieden. Sie zurückzuholen, war ein erster Schritt zur Rückgewinnung der anderen Dinge und darüber hinaus hoffentlich auch seines Gedächtnisses.

Denn er hatte immer noch keinerlei Erinnerung daran, was ihm zugestoßen war. Wie hatten Manzo und seine Kumpane ihn überwältigt? Er war als Samurai ausgebildet und hatte in großen Schlachten gekämpft. Außerdem besaß er die Fähigkeiten eines Ninja und war zum fraglichen Zeitpunkt verkleidet gewesen. Hatten seine Gegner ihm in einem Hinterhalt aufgelauert? Oder hatte er es mit einer ganzen Bande zu tun gehabt? Um das herauszufinden, musste er jeder Spur folgen, die er hatte.

Und die erste Spur war Akikos Perle.

Er nahm sich vor, noch einen Versuch zu unternehmen, die Perle zurückzubekommen. Anschließend würde er nach Kyoto aufbrechen, um dort nach seinen Schwertern zu suchen. Und dann würde er noch herausfinden, wer den Portolan an sich gebracht hatte. Wenn er ihn wiederhatte, konnte er die Reise nach Nagasaki fortsetzen.

»Ich muss Akikos Perle unbedingt zurückbekommen«, sagte er.

»Ich helfe dir dabei«, bot Hana an.

»Danke, aber das brauchst du nicht«, erwiderte Jack. Hana hatte genug eigene Probleme.

»Aber ich will es«, beharrte Hana. »Ich bin schuld, dass sie weg ist. Außerdem will ich diesem Händler eine Lehre erteilen. Er hat mich betrogen … und mich einen Niemand geschimpft!«

Jack konnte hinter dem Trotz in ihren Augen die Kränkung erkennen, die die verächtlichen Worte des Händlers ihr zugefügt hatten.

Plötzlich setzte sich Ronin auf. »Ich glaube, ich weiß, wie wir den Händler dazu bringen können, dass er dir die Perle zurückgibt«, verkündete er. »Freiwillig!«

»Wie?«, fragte Jack.

»Dazu muss ich mich zuerst einmal um eine Stelle bewerben.«

侍

16

Der Glücksspieler

Wolken waren am Himmel aufgezogen und ein beständiger Nieselregen hatte eingesetzt. Ronin suchte nach einem als Nachtlager geeigneten Platz. Sie streiften am Rande des Ortes entlang.

»Hört der Regen denn überhaupt nicht mehr auf?«, klagte Hana und schlang fröstelnd die Arme um sich.

Plötzlich ging vor ihnen eine Haustür auf. Licht fiel auf die regennasse Straße und ein Mann trat heraus. Er schien am Boden zerstört. Aus dem Haus hinter ihm drangen lärmende Stimmen, die mal »Ungerade!«, mal »Gerade!« riefen. Darauf folgte im nächsten Moment Jubelgeschrei oder enttäuschtes Stöhnen.

»Eine Spielhölle«, flüsterte Ronin. Die drei drückten sich in eine Gasse, um nicht gesehen zu werden.

Der Mann schlug die Tür zu und ging mit gesenktem Kopf die Straße entlang. Als er näher kam, hielt Hana plötzlich die Luft an. »Den kenne ich doch!«

Sie kniff die Augen zusammen. Der Mann trug einen dunkelblauen Kimono und war seinem Haarknoten nach zu schließen ein Samurai, auch wenn er keine Schwerter trug.

»Ich glaube, das ist der Mann, dem ich die Perle gestohlen habe«, flüsterte sie.

»Ganz sicher?«, fragte Jack. Ein hoffnungsvoller Schauer überlief ihn angesichts ihres unerwarteten Glücks.

Hana nickte. »Der Ort ist nicht groß und es gibt hier nicht so viele Samurai.«

Ronin trat aus der Gasse und dem Mann in den Weg.

»Kenne ich Euch?«, fragte der Mann und versuchte im Dunkeln Ronins Gesicht zu erkennen.

»Nein!«, erwiderte Ronin. »Und das willst du auch gar nicht.« Er packte ihn am Kragen seines Kimonos und zerrte ihn in die Gasse. »Aber diesen Samurai kennst du!«

Jack nahm den Strohhut ab und seine blonden Haare und sein fremdländisches Gesicht kamen zum Vorschein.

Der Mann riss erschrocken die Augen auf.

»Aber ... aber ... wir dachten, du seist tot«, stotterte er.

»Nicht tot genug«, erwiderte Jack und ballte wütend die Fäuste. Doch dann beherrschte er sich mühsam, wie Masamoto es ihm beigebracht hatte. »Wo sind meine Sachen?«

Der Mann hatte seinen ersten Schrecken überwunden. Er starrte Jack nur trotzig an und schwieg.

»Antworte ihm!«, befahl Ronin. Er legte ihm den Unterarm an die Kehle und drückte ihn an die Wand.

»Ich weiß nicht ... wovon Ihr sprecht.«

»Du kannst es dir leicht machen, oder ...« Ronin drückte stärker zu und der Mann begann zu würgen. »Wo ist das Geld, das du gestohlen hast?«

Der Mann rang nach Luft. »Ich habe es verspielt.«

»Alles?«, rief Jack.

»Ich hatte eine Pechsträhne!«, entgegnete der Mann empört, als sei er damit entschuldigt. Er wandte den Blick ab. »Sogar meine Schwerter habe ich verloren«, murmelte er.

Ronin starrte ihn entgeistert an. »Du hast deine Schwerter bei einer Wette eingesetzt?! Was ist das für ein Samurai, der seine Seele verspielt?«

»Aber ich hätte eigentlich gewinnen müssen«, protestierte der Mann. »Die Würfel waren bestimmt gezinkt!«

»Tja, heute Abend hast du wirklich Pech«, erwiderte Ronin kalt. »Denn gleich wirst du auch noch deinen Kimono verlieren.«

Er winkte Jack näher und Jack betrachtete den Kimono genauer. Er hatte kein Familienwappen und dieselbe Farbe wie der, den Akikos Mutter ihm geschenkt hatte. Jack nickte.

Ronin lockerte seinen Würgegriff und befahl dem Mann, Jack den Kimono zurückzugeben.

»Aber ich habe nichts anderes anzuziehen! Ich werde mir den Tod holen!«

»Bei Jack hast du das auch in Kauf genommen«, erwiderte Ronin ungerührt und zog sein Schwert, um seinen Worten Nachdruck zu verleihen.

Hastig zog der Mann sich bis auf den Lendenschurz aus, sodass er schließlich zitternd vor ihnen im Regen stand.

»Wir wissen, wo Jacks Schwerter abgeblieben sind«, sagte Ronin und setzte dem Mann die Spitze seines Langschwerts genau über dem Herzen auf die Brust. »Wenn du nicht wie dein Kumpan Manzo enden willst, dann sagst du uns jetzt, wo die restlichen Sachen sind.«

»I-ich … habe sie nicht«, stotterte der Mann.

»Ja, das sehen wir«, bemerkte Hana und betrachtete kichernd seine dürren Glieder.

»Wer hat sie dann?«, wollte Ronin wissen.

»Botan!« Der Mann spuckte den Namen wütend aus. »Er gab mir die Schuld daran, dass die Perle verschwunden ist. Er glaubte, ich hätte sie verspielt, dabei hat er sie wahrscheinlich selber eingesteckt.«

Jack und Ronin sahen Hana an, die sich nur mühsam ein Grinsen verkneifen konnte.

»Wo ist dieser Botan jetzt?«, fragte Jack und dachte an den Portolan.

»Woher soll ich das wissen? Wir sind nach Manzos Tod auseinandergegangen. Inzwischen kann er überall sein.«

Blitzschnell hatte Ronin ihm die rasiermesserscharfe Schwertspitze an die Kehle gedrückt. Ein Blutstropfen quoll aus der Haut. »Ein wenig mehr anstrengen musst du dich schon.«

»W-w-wahrscheinlich in Nara«, stieß der Mann hastig hervor. »Daher kommt er nämlich.«

Ronin zog sein Schwert zurück. »Du hast uns sehr geholfen. Jetzt zu deiner Belohnung …«

»Halt!«, fiel Jack ihm ins Wort, der Ronins Absicht erahnte. »Ich muss noch wissen, wo das Tagebuch meines Vaters ist und was sie mit mir gemacht haben.«

Der Mann lachte hämisch. »Natürlich … Du kannst dich

nicht daran erinnern!« Er warf Ronin einen verschwörerischen Blick zu und grinste. »Ich kenne dich …«

»Nicht vom Thema ablenken!«, brüllte Ronin wutentbrannt. »Beantworte seine Frage!«

Der Mann knickte unter Ronins drohendem Blick erneut ein und wollte schon antworten, da zischte Hana plötzlich: »Polizei!«

Auf der Straße näherte sich der Schein von Laternen, begleitet vom stampfenden Tritt marschierender Füße. Die Patrouille leuchtete in die Gassen hinein, die von der Straße abgingen.

»Sieht so aus, als sei deine Pechsträhne beendet«, knurrte Ronin und steckte sein Schwert verärgert ein. »Aber wenn du den Polizisten auch nur ein Sterbenswörtchen von uns sagst, kostet dich das noch viel mehr als nur die Kleider.«

Er ließ den Glücksspieler in seinem Lendenschurz stehen und entfernte sich mit den anderen im Laufschritt durch die Gasse.

»Auf ein Wiedersehen, Ronin!«, rief der Mann ihm höhnisch hinterher. Jetzt, wo er in Sicherheit war, schien sein Mut zurückgekehrt.

Ronin blieb abrupt stehen und drehte sich wütend nach ihm um. »Dazu kommt es hoffentlich nie!«

Sie liefen durch die Gassen Kizus und dann durch Reisfelder. Ronin sah einen alten Reisspeicher und hielt darauf zu.

»Müssen wir uns unbedingt hier verstecken?«, protestierte Hana und hielt sich die Nase zu, als sie hineinschlüpften.

Ronin nickte. »Für eine Nacht geht es.«

»Aber es stinkt nach verwesendem Tier! Furchtbar!«

»Du riechst auch nicht besser«, schnaubte Ronin und spähte durch die Tür, um sich zu vergewissern, dass die Polizisten ihnen nicht gefolgt waren. »Wir müssen Wache halten. Ich übernehme die erste Schicht.«

Jack suchte sich eine trockene Ecke und faltete den blauen Kimono zu einem provisorischen Kissen zusammen.

»Du kannst hierauf schlafen, Hana«, sagte er. »Dann stinkt es weniger.«

Hana murmelte ein Dankeschön, rollte sich zusammen und schlief, kaum dass sie die Augen geschlossen hatte, erschöpft ein. Jack machte sich ebenfalls ein Lager zurecht, konnte aber noch nicht schlafen. Die Begegnung mit dem Glücksspieler hatte seine Hoffnung belebt, sie könnten den Portolan doch noch finden. Dankbar rieb er das Glück bringende grünseidene *omamori*, das sie, wie er jetzt wusste, in die richtige Richtung geführt hatte. Außerdem wussten sie nun, wen sie suchen mussten – Botan.

Als er sich schließlich zum Schlafen hinlegte, fiel ihm noch etwas ein.

»Ronin, woher kannte der Glücksspieler eigentlich deinen Namen?«

Der Samurai drehte sich zu ihm um und sah ihn böse an. »Was geht dich das an?« In seine Augen war wieder der seltsam gequälte Blick getreten, den Jack schon kannte.

»Es kam mir nur merkwürdig vor …«

»Hör zu, ich bin zu meiner Zeit vielen Samurai begegnet und habe mir natürlich auch Feinde gemacht. An die Gründe erinnere ich mich im Einzelnen nicht mehr.« Ronin nahm einen Schluck Sake. »Schlaf jetzt. Morgen ist ein anstrengender Tag.«

侍

17

Der Leibwächter

»Ich habe die Stelle«, verkündete Ronin am folgenden Morgen triumphierend bei seiner Rückkehr zum Speicher. »Den Lohn für heute hat er mir sogar im Voraus ausbezahlt.«

Er zog einen Stoffbeutel hervor und öffnete ihn. Er enthielt einige dampfende *manjū*. Während Hana und Jack gierig über das Frühstück herfielen, entkorkte Ronin eine neue Flasche Sake und erläuterte die Einzelheiten seines Plans.

»Die beiden *manjū* mit den roten Bohnen spart ihr am besten für später auf«, riet er. »Der Händler schließt seinen Laden um die Stunde des Hahns, und wie ich in Erfahrung gebracht habe, gehen er und seine Frau dann am Fluss entlang nach Hause. Vom Fluss führt ein Weg durch den Wald zu seinem Haus. Dort müsst ihr auf die beiden warten.«

»Bist du sicher, dass es klappt?«, fragte Jack.

Ronin war bereits aufgestanden, glättete seinen Kimono und rückte seine Schwerter zurecht. »Versuchen wir es, dann wissen wir mehr.«

»Kannst du sie schon sehen?«, fragte Hana leise. Sie kauerten geduckt in einem Graben neben dem Weg.

»Nein.« Jack überlegte, ob der Händler und seine Frau an diesem Tag vielleicht einen anderen Heimweg benutzt hatten als sonst.

»Glaubst du, es ist etwas schiefgegangen?«

»Hoffentlich nicht.« Die Sonne würde gleich untergehen und immer noch war von den beiden oder von Ronin nichts zu sehen. Bei Dunkelheit war ihr Plan zu riskant.

»Vielleicht hat Ronin zu viel getrunken.«

Jack schwieg. Über diese Möglichkeit wollte er gar nicht erst nachdenken.

Hanas Ungeduld wuchs, je länger sie warteten.

»Traust du ihm eigentlich?«, fragte sie und stocherte mit ihrem stumpfen Messer, das Ronin ihr zurückgegeben hatte, in der Erde herum. »Ich meine, du kennst ihn erst seit ein paar Tagen …«

»Sie kommen!«, sagte Jack, froh über die Unterbrechung des Gesprächs. Denn er hatte ähnliche Bedenken wie Hana. Ronin war unberechenbar und hatte eine undurchsichtige Vergangenheit. Andererseits war Jack auf ihn angewiesen.

Endlich konnte man den Händler und seine junge Frau sehen, wie sie am Flussufer entlang in Richtung nach Hause gingen. Kaum waren sie auf den Waldweg eingebogen, da sprangen Jack und Hana aus dem Graben. Jack schwang seinen Stab, Hana ihr Messer.

»Ich bin gekommen, zu holen, was mir rechtmäßig zusteht!«, rief Jack.

Der Händler riss ungläubig die Augen auf. »Der Gaijin-Samurai! Also *du* warst der Eindringling!«

Die Frau hob instinktiv die Hand zu ihren Haaren. »Du bekommst die Perle nicht. Sie gehört mir!«

»Aber ich habe sie geschenkt bekommen und dann wurde sie mir gestohlen«, erwiderte Jack. »Jetzt bitte ich in aller Höflichkeit darum, sie mir zurückzugeben.«

Der Händler lachte. »Was versteht ein Ausländer denn schon von Höflichkeit?«

»Jedenfalls mehr als ein Händler!«, zischte Hana. »Ihr habt mich angelogen, was ihren Wert betrifft.«

»Geschäft ist Geschäft. Und du verdienst keine Höflichkeit – du bist eine Ausgestoßene, ein Niemand.«

Wütend über die erneute Kränkung, trat Hana einen Schritt auf den Händler zu.

»Kennt ihr übrigens schon meinen Leibwächter?«, fragte der Händler und schnippte mit den Fingern.

Im selben Moment trat Ronin hinter den beiden hervor. Jack und Hana sahen ihn erschrocken an, doch er gab durch keinerlei Regung zu erkennen, dass er sie kannte. Stattdessen erwiderte er finster ihren Blick.

»Töte sie!«, befahl der Händler.

Hana warf einen letzten Blick auf Ronin, der sich von einem betrunkenen Samurai in einen furchterregenden Krieger verwandelt hatte, und ergriff die Flucht.

Jack dagegen harrte auf seinem Platz aus. »Ich will nicht kämpfen, sondern nur meine Perle zurückhaben.«

»Du hast keine Wahl«, erwiderte Ronin und zog sein Schwert.

Blitzschnell griff er an und schlug nach Jacks Kopf. Jack

konnte sich gerade noch ducken und spürte den Luftzug der tödlichen Klinge, die an ihm vorbeisauste. Er konterte mit einem Stockhieb, aber der Samurai wich ihm aus und führte einen erneuten Schlag von oben nach Jacks Brust. Jack sprang zurück und die Klinge fuhr pfeifend an seinem Gesicht vorbei.

Was immer sie ausgemacht hatten, jetzt kämpfte Ronin nicht nur zum Schein.

Vielleicht hatte der Händler ihn mit seinem Stellenangebot auf seine Seite ziehen können. Oder Ronin war doch noch der Verlockung der auf Jacks Kopf ausgesetzten Belohnung erlegen. Wie auch immer, Jack kämpfte jedenfalls um sein Leben.

Er blockte einen Schwertstoß nach seinem Herzen ab und ließ das Ende seines Stocks auf Ronins Kopf niedersausen. Zwar war die längere Reichweite seines *bō* ein Vorteil, doch Ronin erwies sich als geschickter Gegner. Er duckte sich erneut vor Jacks Angriff und schlug ihm dann mit dem Heft seines Schwerts auf die Finger. Jack schrie vor Schmerzen auf und ließ unwillkürlich seinen Stock fallen. Ronins Ellenbogen traf ihn am Kinn und er taumelte.

Betäubt und hilflos musste er mit ansehen, wie Ronin seine Seite mit dem Schwert durchbohrte. Er fiel auf die Knie. Schmerzen spürte er keine, aber auf seinem zerrissenen Kimono breitete sich augenblicklich ein dunkelroter Fleck aus.

»Er blutet! Er blutet!«, kreischte die junge Frau mit einer Mischung aus Schreck und Genugtuung.

Jack hielt sich die Seite und versuchte vergeblich, das aus der Wunde quellende Blut zu stoppen.

»Schlag ihm den Kopf ab!«, schrie die Frau an Ronin gewandt. Ihr schönes Gesicht war zu einer mordlustigen Fratze verzerrt.

»Einen solchen Tod verdient nur ein echter Samurai«, erwiderte Ronin.

Im selben Moment brach Jack vollends zusammen und gab ein letztes, gurgelndes Röcheln von sich.

Der Händler spähte über die Schulter seiner Frau. »Ist er tot?«, fragte er vorsichtig.

Ronin stieß Jack mit dem Zeh an, doch Jack rührte sich nicht mehr. »Ja«, antwortete er. Er wischte Jacks Blut von der Schwertklinge und steckte das Schwert wieder in die Scheide.

»Auf was warten wir dann noch?«, rief die Frau ungerührt. »Das Abendessen steht bereit.«

»Sollten wir nicht zuerst die Leiche beseitigen?«, fragte Ronin seinen neuen Herrn, der sich anschickte, seiner herzlosen Frau zu folgen.

»Das können wir später erledigen«, erwiderte der Händler ungeduldig. »Zieh ihn vom Weg herunter. Sollen die Krähen seine Leiche fressen.«

Ronin rollte Jacks leblosen Körper in den Graben und eilte seinem Herrn hinterher.

侍

18

Onryō

Jack lag im Graben. Er atmete nicht mehr und von seinen Augen war nur das Weiße zu sehen. Die Stelle, an der Ronins Schwert ihn durchbohrt hatte, bedeckte ein dunkelroter, feuchter Fleck. Über ihm erschien Hanas besorgtes Gesicht. Hastig kniete sie sich neben seinen leblosen Körper.

»Jack!«, flüsterte sie erschrocken und drückte die Hand an die Wunde. »Du bist doch nicht tot … oder?«

Jack drehte sich langsam in ihre Richtung und fing an zu grinsen. »Für einen Augenblick glaubte ich fast selbst, ich sei es.«

Hana seufzte erleichtert. »Du hast wirklich so ausgesehen.«

»Ich habe es ja auch oft geübt.« Jack setzte sich auf und rieb sich das Kinn an der Stelle, an der Ronin ihn getroffen hatte. Hana hielt die Antwort für einen Scherz, aber Jack hatte von seiner Ausbildung im Ninjutsu gesprochen, zu dessen geheimen Künsten es auch gehörte, sich tot zu stellen. Genüsslich begann sie ihre Finger abzulecken, an denen Jacks »Blut« hing. »Fast schade um die *manjū* mit den roten Bohnen.«

Jack zog seine Kleider von der falschen Wunde, entfernte die Überreste der Dampfnudeln und vergewisserte sich, dass Ronin ihn mit seinem Schwert nicht wirklich verletzt hatte.

»Das war vielleicht ein Kampf«, sagte Hana und in ihrer Stimme schwang Anerkennung mit.

»Er musste ja schließlich überzeugend wirken.« Jack stand auf. »Ich hatte allerdings nicht damit gerechnet, dass Ronin so heftig angreifen würde. Wo ist das Reismehl, das er gekauft hat?«

Hana zog einen kleinen Stoffbeutel hervor und bestäubte Jacks Haare und Gesicht, bis er totenblass war.

»Wie sehe ich aus?«, fragte Jack.

Hana grinste. »Als könnte man dich gleich in den Ofen schieben!«

Jack schüttelte unglücklich den Kopf. »Dachte ich mir. Das ist doch albern. Wer hält mich schon für einen Geist?«

Hana unterdrückte ihr Grinsen und wurde wieder ernst. »Es wird schon klappen. Vor einem *onryō* haben alle Angst.«

»Hoffentlich«, erwiderte Jack. Sie machten sich auf den Weg zum Haus des Händlers. »Sonst stecken wir erst recht in Schwierigkeiten.«

Ronins Plan basierte auf dem Aberglauben des Händlers und seiner Frau. Ein *onryō* war ein rachsüchtiger Geist. Jeder, der unrechtmäßig oder durch Gewalt gestorben war, so hatte Ronin erklärt, könne zu einem *onryō* werden, wenn man ihn nach dem Tod nicht in einen Schrein einschließe. Diese Rachegeister suchten die Lebenden heim und stürzten sie ins Unglück. Vertreiben konnte man sie nur, indem man Wiedergutmachung für begangenes Unrecht leistete und ihre sterblichen Überreste anständig beerdigte.

Hana und Jack warteten im Schutz der Bäume, bis im Haus alle Lichter gelöscht worden waren.

»Jetzt ist es gleich so weit«, flüsterte Hana und bestäubte Jacks Hände mit dem Rest des Mehls. »Viel Glück!«

»Glück allein wird nicht reichen«, erwiderte Jack zweifelnd. Er war nicht ganz bei Trost gewesen, als er sich von Ronin zu einem so albernen Plan hatte überreden lassen. Ronin war betrunken gewesen, Jack selbst hatte leider keine entsprechende Entschuldigung.

Hinter einem Fenster im Oberstock flackerte drei Mal eine Kerze. Es war zu spät für einen Rückzieher. Ronin hatte das vereinbarte Zeichen gegeben.

Im fahlen Licht des Mondes rannten sie über die Straße und kletterten über die Mauer. Auf dem Weg durch den Garten sah Jack sein Spiegelbild im Teich und bekam fast einen Herzanfall. Sein Gesicht sah aus wie eine Maske aus altem Pergament. Die Bohnenmasse war zu einem dunklen Rot getrocknet, das sich nur umso stärker von dem mit Mehl bestäubten Kimono abhob, der nur noch in Fetzen an ihm zu hängen schien.

Doch zum ersten Mal schöpfte Jack auch ein wenig Hoffnung. Vielleicht ging ihr Plan doch auf.

Hana zog ihn weiter und sie kletterten den Balkon hoch. Jack spürte eine frische Brise und erste verräterische Regentropfen. Über ihnen braute sich ein Unwetter zusammen.

Sie mussten rasch handeln. Er machte sich bereit und nickte Hana zu.

Mit einer schnellen Handbewegung riss Hana die Schiebetür zum Schlafzimmer auf und im selben Moment begann Jack, dramatisch den Mond anzuheulen. Von drinnen ertönten entsetzte Schreie. Der Händler und seine Frau saßen kerzengerade auf ihren Futons. Als sie den Geist des Gaijin erblickten, wurde aus ihrem Schrecken Panik.

»Gebt sie zurück! Gebt sie zurück! Gebt sie zurück!«, krächzte Jack geisterhaft und ließ seine Stimme wie den Wind heulen.

Der Händler hatte sich als Erster wieder gefasst.

»W-w-was willst du?«

Jack streckte seine Hand aus und zeigte auf den Kopf der Frau. »Die Perle! Die Perle! Die Perle!«

Die Frau kroch ans hintere Ende des Zimmers. Ihr Geschrei weckte den Rest des Hauses. Wie auf ein Stichwort flog die Tür zum Gang auf und Ronin eilte mit gezücktem Schwert herein.

»Aber … ich habe dich doch getötet!«, rief er mit schreckverzerrtem Gesicht.

»Rache! Rache! RACHE!«

Im selben Moment explodierte am Himmel ein gezackter Blitz. Der Zeitpunkt hätte nicht besser gewählt sein können. Jack hob sich als gespenstisch schwarzer Schatten vom gleißenden Licht ab. Ein gewaltiger Donnerschlag erschütterte das Haus in seinen Grundfesten und dann öffnete der Himmel seine Schleusen.

Jack spürte bereits, wie ihm das Reismehl vom Gesicht gespült wurde und die rote Bohnenpaste an seinen Kleidern hinunterlief. In Panik stellte er fest, dass seine geisterhafte Erscheinung sich vor aller Augen aufzulösen begann. Doch da kreischte die Frau auch schon.

»Sein Gesicht löst sich auf! Sein Gesicht …«

Jack nutzte die Sinnestäuschung sofort aus und heulte dumpf: »Dasselbe wird mit dir geschehen! Gib die Perle zurück!«

Die Frau begann hysterisch zu jammern.

Jack beschloss, dass es reichte. Bevor seine Verkleidung sich im Regen vollends auflöste, gab er Hana ein Zeichen. Hana warf die Tür wieder zu und sie kletterten rasch aufs Dach hinauf. Im nächsten Moment flog die Tür wieder auf und Ronin stürzte heraus.

»Der *onryō* … ist weg!«, rief er wie von Grauen geschüttelt. »Aber er kommt wieder … das ist immer so!«

侍

19

Zu dritt

Jack betrachtete andächtig die schwarze Perle in seiner Hand.

»Die Frau des Händlers hat mich buchstäblich angefleht, sie fortzuschaffen«, erklärte Ronin mit einem spitzbübischen Grinsen. Er setzte sich neben Jack in die Mitte des Speichers und nahm sich von dem kalten Reis, den er zum Frühstück gekauft hatte.

»Ich kann immer noch nicht glauben, dass sie darauf reingefallen sind«, erwiderte Jack, unfähig, den Blick von Akikos Perle abzuwenden, aus Angst, es könnte sich bloß um einen Traum handeln.

»Hast du ihre Gesichter gesehen?«, rief Hana. Sie verzerrte wie in Panik das Gesicht und ahmte die Stimme der Frau nach. *»Er löst sich auf!«*

Von Lachen überwältigt, wälzte sie sich auf dem Boden und hielt sich den Bauch. Jack hingegen fühlte sich fast ein wenig schuldig. Doch er sagte sich, dass ja niemand verletzt und nichts gestohlen worden war und dass er die Perle wiederhatte. Es war ein raffinierter Plan gewesen. Nicht einmal die Polizei würde sie suchen. In Ronin steckte ganz gewiss mehr, als man auf den ersten Blick sah.

»Danke, Ronin, ich stehe in deiner Schuld«, sagte er und steckte die kostbare Nadel sorgfältig an der Innenseite seines Kimonos fest.

Der Samurai machte als Antwort eine kleine Verbeugung, aß den letzten Reis, spülte ihn mit einem großen Schluck Sake hinunter und blickte durch die Tür auf den heller werdenden Himmel. »Der Regen lässt nach. Wir sollten aufbrechen.«

»Aber wird der Händler nicht Verdacht schöpfen, wenn du verschwindest?«, fragte Jack.

»Ich habe ihm geraten, zu seinem Schutz einen Priester einzustellen. Samurai kämpfen nicht gegen Geister!« Ronin stand auf. »Aber als letzten Dienst habe ich mich bereit erklärt, die Perle zurückzugeben und deine Leiche zu begraben.«

Er schnaubte belustigt und hob die Reisweinflasche auf. »Bereit?«

Jack nickte und schob die zerrissenen, alten Kleider unter einen verrotteten Strohhaufen. Er hatte stattdessen seinen schönen blauen Kimono angelegt und fühlte sich schon fast wieder wie sein früheres Selbst. Zuversicht erfüllte ihn und er brannte darauf, als Nächstes den Portolan zurückzuerobern.

»Also auf nach Kyoto!«, sagte Ronin und hob salutierend die Flasche.

»Kyoto?«, fragte Jack. »Aber Botan ist nach Nara gegangen.«

»Deine Schwerter sind in Kyoto.«

»Aber …«

»Wir waren uns doch einig: Ein Samurai ist nichts ohne seine Schwerter.«

»Aber Botan hat die ganzen anderen Sachen, auch meinen Inro und das Tagebuch meines Vaters.«

»Was ist an diesem Tagebuch so wichtig?«, wollte Ronin wissen.

»Mein Vater wurde von Ninja ermordet«, antwortete Jack vorsichtig. »Das Tagebuch ist das Einzige, was ich noch von ihm habe.«

Ronin betrachtete Jack mit einem merkwürdig eindringlichen Blick und hinter seiner rauen Art wurde fast so etwas wie Mitgefühl spürbar.

»Es geht also um ein Gefühl«, sagte er. »Ich verstehe das.« Er legte stolz die Hand auf seine Schwerter. »Die hier gehörten meinem Vater.« Er zog den Korken aus seiner Flasche und trank ausgiebig. Jack fürchtete schon, er würde gar nicht mehr aufhören. »Aber wenn es sich um den Botan handelt, von dem ich gehört habe, haben wir es mit einem skrupellosen Menschen zu tun, der Ausländer verachtet. Für eine Begegnung mit ihm wirst du deine Schwerter brauchen.«

Jack überlegte. Ronin hatte vermutlich Recht. Kyoto und Nara waren für ihn gleichermaßen gefährlich, aber *mit* seinen Schwertern hatte er bessere Überlebenschancen.

»Also nach Kyoto«, stimmte er zu. Er nahm seinen Stock in die Hand und setzte Ronins Strohhut auf.

Da sie sonst nichts zu packen hatten, stand einem schnellen Aufbruch nichts mehr im Wege.

»Also dann auf Wiedersehen, kleine Diebin!«, sagte Ronin knapp und streifte Hana mit einem flüchtigen Blick.

Er war schon an der Tür, als sie zögernd fragte: »Wieso auf Wiedersehen? Kann ich nicht mitkommen?«

Ronin schüttelte unwirsch den Kopf. »Nein.«

»Aber …«

»Ich sagte NEIN!«

Enttäuscht durch seine schroffe Zurückweisung senkte Hana den Kopf. Einsam und verloren stand sie da und Jack begriff plötzlich, dass sie nicht nur gerne mitgekommen wäre, sondern seine und Ronins Gesellschaft geradezu *brauchte*.

Er nahm Ronin zur Seite. »Warum kann sie nicht mitkommen?«

»Weil sie für uns nur eine Belastung ist. Sie stiehlt, lügt und ist nicht vertrauenswürdig.«

»Aber sie hat uns geholfen!«

»Und damit ihren Zweck erfüllt. Außerdem ist sie ein weiterer Esser und wir haben nicht genug Geld.«

»Aber man weiß nie, vielleicht kann sie uns mit ihren Fähigkeiten helfen, meine Schwerter zurückzubekommen.«

Ronin wirkte zwar keineswegs überzeugt, aber Jack hatte ein stichhaltiges Argument vorgebracht. »Also gut«, lenkte er ein. »Aber bei der ersten falschen Bewegung bekommt sie mein Schwert zu spüren.«

Jack drehte sich nach Hana um, aber die war schon zu ihm geeilt. »Ich wollte immer schon einmal die Hauptstadt besuchen!«, rief sie freudestrahlend. »Glaubst du, wir werden den Kaiser sehen?«

Auf dem Weg aus Kizu hinaus folgten sie kleinen Nebenstraßen. Dabei kreuzten sie auch den Laden des Händlers. Das Haus war über und über mit Glücksbringern behängt, mit *ofuda*-Talismanen und Amuletten aus dem örtlichen Shinto-Schrein. Drinnen redete der Händler auf seine Frau ein und versuchte sie mit neuen Schmuckstücken und Kimonos zu beruhigen. Doch sie hörte ihm gar nicht zu. Sie fragte bei jedem Stück, woher es kam und wer der Vorbesitzer gewesen war, und schwang die ganze Zeit über ein Räucherstäbchen über ihrem Kopf.

Jack musste unwillkürlich lachen. Vielleicht würde der Händler Fremden in Zukunft mit mehr Achtung begegnen und in seinen Geschäften ehrlicher sein.

Mit gesenkten Köpfen bogen sie auf die nordwärts nach Kyoto führende Straße ein. Der Fluss war vom heftigen Regen in der Nacht angeschwollen und drohte über die Ufer zu treten. Beim Überqueren der Brücke hörte Jack die Pfeiler bedrohlich unter dem Druck der Strömung knarren. Hoffentlich stürzte die Brücke nicht ausgerechnet jetzt ein. Auf keinen Fall wollte er noch einen weiteren Tag in Kizu verbringen.

Auf dem Weg nach Norden plauderte Hana munter über allerlei Belanglosigkeiten. Ronin ging einige Schritte voraus. Er bevorzugte offenbar die Gesellschaft seiner Flasche. Jack dagegen hörte Hana gerne zu. Sie lenkte ihn von der bevorstehenden Ankunft in Kyoto ab. Dass er an den Ort zurückkehren würde, der die vergangenen drei Jahre sein Zuhause gewesen war, erfüllte ihn einerseits mit Vorfreude. Andererseits fürchtete er, was er dort vorfinden würde.

Sie folgten der Straße durch den Wald und hielten nur einmal kurz an für ein karges, aus kaltem Reis bestehendes Mittagsmahl. Am späten Nachmittag war außer ihnen niemand mehr unterwegs. Hana plauderte unentwegt. »Es kommt mir vor, als seien wir Teil der Geschichte eines *kōshakushi*. Ich habe einmal einen solchen Geschichtenerzähler in Kizu auftreten sehen. Er rezitierte aus dem *Taiheiki* und dem *Heike Monogatari* und erzählte von legendären Schlachten und tapferen Samurai und ...«

Plötzlich blieb sie stehen, legte den Kopf schräg und lauschte auf ein merkwürdiges Geräusch. Auch Jack hörte es. Sie sahen einander an und dann nach vorn zu Ronin. Zu ihrem großen Erstaunen sang er leise vor sich hin – wenn man sein unmelodisches Brummen denn Singen nennen konnte. Jack hatte schon bemerkt, dass Ronins Bewegungen im Lauf des Tages anders geworden waren. Ronin hatte darauf bestanden, für unterwegs neben dem anderen Proviant noch zwei weitere Flaschen Reiswein zu kaufen. Die erste hatte er bereits geleert, jetzt war er offenbar bei der zweiten angelangt. Beim Gehen schwankte er deutlich abwechselnd nach rechts und links.

»Tanzt er?«, fragte Hana ungläubig.

Auch Jack wollte seinen Augen nicht trauen. Es sah tatsächlich so aus, als tanze Ronin. Jedenfalls vollführte er entsprechende Schritte und bewegte die Arme dazu. Jack wechselte noch einen Blick mit Hana, dann war es um seine

Fassung geschehen. Sie mussten beide über den absonderlichen Anblick kichern. Ronin schien es nicht zu bemerken.

»Was für eine lustige und zugleich merkwürdige Reisegruppe!«

Eine dunkle Gestalt war unvermittelt vor ihnen auf die Straße getreten, breitschultrig wie ein Ochse, die Haare zu einem Zopf zurückgebunden und mit einer Nase, die breit und aufgebläht war wie die eines Schweins. In der Hand schwang die Person nachlässig eine große Holzkeule.

»Ein betrunkener Samurai, ein kicherndes Mädchen und ein Gaijin!«

Ronin hielt schwankend an, wie überrascht über das plötzliche Auftauchen des Fremden.

In den umliegenden Büschen raschelte es und fünf weitere Männer traten heraus. Einer trug ebenfalls eine Keule und war klein und untersetzt. Der Mann, der Jack am nächsten stand, hatte eine Glatze und muskulöse Arme und hielt eine Axt. Neben ihm stand ein mit einem Stock bewaffneter jüngerer Mann. Der vierte hielt einen Speer mit einem grässlichen Widerhaken, der fünfte, der spindeldürr war, näherte sich ihnen von hinten und starrte Hana mit gefletschten Zähnen an, in denen eine große Lücke klaffte. Offenbar hatte ihm jemand einen Zahn ausgeschlagen. In der Hand hielt er ein blutbeflecktes Messer.

Die Banditen umzingelten sie. Hana drängte sich an Jack.

»Wir sind so gut wie tot«, flüsterte sie.

侍

20

Die Betrunkene Faust

Jack lächelte Hana beruhigend an, ohne die Banditen aus den Augen zu lassen. »Keine Sorge, wir haben Ronin auf unserer Seite.«

Hana starrte ihn an, als sei er verrückt geworden. »Aber er ist betrunken!«

»Eben!« Jack hob seinen Stab, um bereit zu sein, wenn Ronin losschlug.

»Wenn ihr passieren wollt, müsst ihr Zoll zahlen«, erklärte der Anführer der Banditen.

Ronin rülpste geräuschvoll. »Wie viel?«

»Alles, was ihr habt.«

»Ah, gut!«, rief Ronin fröhlich. »Wir haben nichts ... also können wir ungehindert passieren.«

Er bedeutete Jack und Hana weiterzugehen und setzte sich ebenfalls in Bewegung. Doch der Anführer legte ihm die Hand auf die Brust.

»Da bin ich anderer Meinung, Samurai. Gib uns erst einmal die Flasche.«

»Die da?«, lallte Ronin und schüttelte die Flasche. »Die ist leer.« Wie zum Beweis trank er rasch den letzten Schluck.

»Aber wie ich sehe, hast du noch eine zweite bei dir! Gib sie her …«

Ronin tat, als habe er sich verschluckt, und spuckte dem Banditen den Reiswein mitten ins Gesicht. Der Mann heulte auf, denn der Alkohol brannte ihm in den Augen. Ronin wankte betrunken einen Schritt auf ihn zu, schlug ihm mit dem Kopf auf die Nase und brach sie. Taumelnd und mit blutüberströmtem Gesicht wich der Bandit zurück.

»Ergreift sie!«, brüllte er.

Sofort stürzte sich sein stämmiger Kumpan mit der Keule auf Ronin. Ronin torkelte zur Seite und ruderte mit den Armen, wie um das Gleichgewicht zu halten. Mühelos wich er der Keule aus, hob den Arm und zerschlug die tönerne Flasche auf dem Kopf des Mannes. Er hatte das Bewusstsein verloren, noch bevor er auf dem Boden aufkam.

Jetzt griff Jack ein. Er wirbelte seinen *bō* durch die Luft und schlug ihn dem ihm nächsten Banditen auf die Fingerknöchel. Der Mann stöhnte vor Schmerzen auf und ließ seine Axt los. Sie fiel ihm auf den Fuß und trennte dabei den kleinen Zeh ab. Vor Schmerzen sprang der Mann hin und her und gab ein leichtes Ziel ab. Jack ließ seinen Stab erneut kreisen und schlug ihm die Beine unter dem Leib weg. Ein abschließender Stoß in den Bauch sorgte dafür, dass er so bald nicht mehr aufstehen würde.

Fast zeitgleich hörte Jack hinter sich einen Schrei. Der Bandit mit der Zahnlücke hielt Hana umklammert.

»Duck dich!«, schrie Jack und stieß mit dem Stabende nach Hanas Kopf.

Hana gehorchte und der *bō* traf ihren Gegner in die Brust. Der Mann bekam keine Luft mehr und musste Hana loslassen, warf aber stattdessen sein Messer. Es flog geradewegs auf Jacks Kehle zu. Nur seine Ausbildung zum Samurai und ein Ausweichmanöver in letzter Sekunde retteten ihn. Instinktiv schlug er das Messer mit dem Schaft seines *bō* zur Seite.

Wutentbrannt griff der Bandit erneut an, doch Jack schlug ihm die Spitze des *bō* von unten ans Kinn. Ein hässliches Knirschen ertönte und weitere Zähne flogen heraus. Dann holte Jack mit seinem Stab aus und schleuderte den zahnlosen Banditen damit so heftig gegen einen Baum, dass er das Bewusstsein verlor.

Anschließend wandte er sich dem vierten Banditen zu, der ebenfalls einen Stab schwang.

Ronin kämpfte inzwischen gegen den Anführer und den mit einem Speer bewaffneten Banditen. Hana sah mit offenem Mund zu, wie der Samurai zwischen ihnen hin und her torkelte. Doch nie konnte einer der beiden einen Treffer bei ihm landen.

Der Bandit mit dem Speer wollte den kurzzeitig zu Boden gegangenen Ronin durchbohren, doch im nächsten Moment steckte die Spitze seiner Waffe im Erdreich fest. Ronin sprang auf, trat mit aller Kraft auf den Schaft des Speers und zerbrach ihn. Ein betrunkener Faustschlag gegen die Kehle seines Gegners brachte den Zweikampf zu einem schnellen Ende.

Doch dann war Ronin vom vielen Drehen und Wenden

offenbar schwindlig. Seine Beine gaben unter ihm nach und er stürzte.

»Jetzt habe ich dich!«, schnaubte der Anführer wutentbrannt und hob seine Keule, um ihn zu zerschmettern.

Doch da sprang Ronin unversehens wieder auf und trat ihm mit dem ausgestreckten Bein ins Gesicht. Der Bandit erstarrte mitten in der Bewegung und fiel um wie ein gefällter Baum.

»Wage es nicht, mir meinen Sake wegzunehmen!«, knurrte Ronin und betrachtete das zertrümmerte Gesicht des am Boden liegenden Mannes. »Und ich dachte, hässlicher könntest du gar nicht werden!«

Der besiegte Anführer brachte als Antwort nur ein schwaches Stöhnen heraus.

Ronin sah zu Jack hinüber, der immer noch gegen den letzten Banditen kämpfte.

»Beeil dich, wir haben nicht den ganzen Abend Zeit!«, rief er ungeduldig.

An einen Baum gelehnt sah er dem Kampf zu, aber er brauchte nicht lange zu warten, dann hatte Jack seinen Gegner entwaffnet. Ein Blick auf seine Kameraden überzeugte den Banditen, dass es besser war, zu fliehen, solange er noch konnte.

»Lass sie liegen, sollen sie ihre Wunden lecken«, meinte Ronin und wandte sich schwankend zum Gehen.

Jack und Hana folgten dicht hinter ihm. Hana hatte es zum ersten Mal an diesem Tag die Sprache verschlagen.

Nach einer Weile machten sie an einem Fluss halt und

suchten nach einem fürs Nachtlager geeigneten, sicheren Platz. Jack machte Feuer und sie setzten sich Wärme suchend davor und verspeisten einige *manjū* mit Kastaniengeschmack und Reis.

»Das war ja fantastisch!«, sagte Hana bewundernd und sah Ronin mit glänzenden Augen an.

»Was?«, brummte er, den Mund voller *manjū*.

Hana machte nach, wie Ronin betrunken gekämpft und sich auf der Erde gewälzt hatte. Dann wollte sie aufspringen, kam aber nicht richtig hoch und landete unsanft auf dem Rücken. Jack musste lachen.

Ronin schnalzte missbilligend mit der Zunge. »Du machst das ganz falsch! Die Betrunkene Faust ist eine sehr anspruchsvolle Kampfkunst.«

»So schwer kann sie nicht sein. Man muss sich einfach betrinken.« Hana griff nach Ronins letzter Sakeflasche.

»Gib her!«, schimpfte er und riss sie ihr weg. »Für die Betrunkene Faust musst du nicht Sake trinken, sondern üben.«

»Bring sie uns doch bei«, schlug Hana vor.

»Ich bin kein Sensei.«

»Und ich kein Schüler«, erwiderte Hana. »Ich habe noch nie in meinem Leben Unterricht gehabt. Du wärst also der beste Lehrer, den ich je gehabt habe.«

Ronin antwortete nicht, sondern nahm nur einen Schluck Reiswein.

»Wo hast du die Betrunkene Faust gelernt?«, fragte Jack. Er hatte schon vermutet, dass Ronins Verteidigung Teil einer bestimmten Kampftechnik war.

»Bei einem Shaolin-Mönch, einem chinesischen Soldatenmönch auf Kriegerwallfahrt. Er hieß Han Zhongli.« Ronin lächelte gedankenverloren. »Ich wurde Zeuge, wie er einmal ganz allein zwanzig Gegner besiegte. Anschließend bat ich ihn, mich als Schüler anzunehmen.« Er starrte in Erinnerungen versunken ins Feuer.

»Und?«, fragte Hana.

Ronin stand mit der Flasche in der Hand auf.

»Die Betrunkene Faust basiert auf Täuschung«, erklärte er und schwankte ein wenig. »Man tut so, als sei man betrunken.« Er hob die Hand, als halte er einen Becher. »Man bewegt sich wie zufällig, aber zugleich zielgerichtet.«

Er balancierte unsicher auf den Fußballen hin und her.

»Wenn ich die Hand ausstrecke, um etwas zu trinken, ist das in Wirklichkeit ein Schlag.« Seine Hand schnellte vor und kam unmittelbar vor Hanas Nase zum Stehen. »Oder ein spezieller Griff.« Er packte Hana an der Schulter und drückte zu, bis sie quietschte. »Man drückt auf bestimmte Punkte oder bringt den Gegner aus dem Gleichgewicht.«

Trotz seines anfänglichen Widerstrebens erwärmte Ronin sich zusehends für seine Rolle als Sensei. Hana verfolgte seine Bewegungen aufmerksam und Jack versuchte sich seine Erläuterungen möglichst genau einzuprägen.

»Die Technik besteht im Wesentlichen darin, so zu tun, als verteidige man sich, während man in Wirklichkeit angreift. Man zielt scheinbar in die eine Richtung, bewegt sich aber in eine andere.«

Er machte einen torkelnden Schritt nach rechts und

führte zugleich mit dem linken Bein einen Seitwärtstritt von großer Heftigkeit aus.

»Um meinen Gegner zu verwirren, tue ich so, als hätte ich das Gleichgewicht verloren.« Ronin schwankte heftig auf einem Bein. »Aber ich verliere nie die Kontrolle über meine Bewegungen …«

Er fuchtelte plötzlich wie wild mit den Armen und fiel zu Boden, was seine Ausführungen abrupt beendete. Hana bekam ob des unrühmlichen Endes einen Lachanfall. Jack, der wusste, wie schnell Ronin gekränkt war, sah sie mahnend an und beeilte sich, dem gestürzten Samurai aufzuhelfen.

»Ihr glaubt wohl, ich sei hingefallen!«, rief Ronin herausfordernd, als Jack vor ihm stand.

Blitzschnell drehte er sich auf den Rücken und sprang auf. Wäre Jack nicht rechtzeitig ausgewichen, hätte Ronin ihn mit dem Fuß am Kinn erwischt. Schon im nächsten Augenblick schlug er ihm mit der flachen Hand auf die Brust. Jack verlor das Gleichgewicht und fiel auf Hana, die genauso verdattert über den unerwarteten Angriff war wie er.

»Das ist die Betrunkene Faust«, erklärte Ronin triumphierend. »Wenn dein Gegner glaubt, dass du ihm hilflos ausgeliefert bist, schlägst du zu!«

侍

21

Umeshu

»Warum nehmen wir nicht die Brücke?«, fragte Hana, als sie ihre Reise am folgenden Tag fortsetzten.

»Von einer Brücke würdet ihr nichts lernen«, erwiderte Ronin und sprang vom Ufer auf einen Stein, der aus dem Wasser ragte. Er landete mit ausgestreckten Armen und auf einem Fuß. Die Sakeflasche hielt er in der einen Hand, seine Schwerter in der anderen. Schwankend verharrte er so über dem dahinströmenden Wasser.

»Das Gleichgewicht entscheidet über den Erfolg oder Misserfolg eines Kriegers.«

Er sprang auf den nächsten Stein, der kleiner und glitschiger war als der erste. Trotzdem bestand zu keiner Zeit die Gefahr, dass er abrutschen könnte. Er bog sich wie ein Schilfrohr, um das Gleichgewicht zu halten, und sprang mit denselben torkelnden Bewegungen, mit denen er gekämpft hatte, bis zum gegenüberliegenden Ufer weiter. Dort hob er die Flasche, prostete ihnen zu und trank einen Schluck.

Hana sah Jack an. »Wenn er das kann, kann ich das erst recht.« Beherzt nahm sie Anlauf und sprang auf den ersten Stein.

»Leicht!«, rief sie und schwankte ein wenig auf ihrer kleinen Insel.

Sie holte tief Luft und machte sich für den nächsten Sprung bereit. Doch als sie auf dem Stein aufkam, rutschte sie mit dem Fuß aus und verlor das Gleichgewicht. Mit rudernden Armen wie ein panisch flatternder Spatz versuchte sie sich aufzurichten, aber vergeblich. Sie stürzte kopfüber ins Wasser.

Ronin brach in schallendes Gelächter aus. Hustend und spuckend tauchte Hana wieder auf.

»Ich kann nicht schwimmen!«, brüllte sie und drosch in Panik auf das Wasser ein.

Jack streifte die Sandalen ab und wollte ihr schon nachspringen, doch Ronin rief nur: »Stell dich hin! Das Wasser ist nicht tief.«

Hana berührte den Grund mit den Füßen, beruhigte sich und sah sich beschämt um. Das Wasser reichte ihr tatsächlich nur bis zur Hüfte. Den Rest des Weges legte sie watend zurück.

Ronin sah Jack an. »Jetzt du, Junge!«

Jack hatte während seiner Ausbildung an der Niten Ichi Ryū viele ähnliche Prüfungen absolviert, die Überquerung eines Flusses machte ihm deshalb keine Angst. Außerdem konnte er mithilfe seines *bō* das Gleichgewicht halten. Er steckte seine Sandalen in den Gürtel und sprang mühelos von Stein zu Stein. Seine nackten Füße fanden auf der glitschigen Oberfläche Halt wie seinerzeit auf der Rah der *Alexandria*, als er noch Mastaffe gewesen war.

»Gut«, brummte Ronin anerkennend, als Jack auf dem letzten Stein angelangt war. »Hier, fang.«

Mit diesen Worten warf er ihm seine Flasche zu. Jack, der kaum Zeit hatte zu reagieren, ließ unwillkürlich seinen Stab los und versuchte die Flasche zu fangen. Sie traf ihn mitten auf die Brust.

»Lass sie nicht fallen!«, rief Ronin.

Jack bekam sie zwar zu fassen, verlor aber das Gleichgewicht und landete spritzend im Fluss. Prustend und mit der Flasche in der Hand tauchte er wieder auf. Diesmal lachte Ronin über ihn und Hana fiel mit ein.

Ronin hielt ihm die Hand hin. Dankbar wollte Jack sie ergreifen, um sich aus dem eisigen Gebirgswasser helfen zu lassen. Doch Ronin beachtete Jacks ausgestreckten Arm gar nicht. »Den Sake!«, forderte er nur.

Jack hätte es wissen müssen. Stumm reichte er dem Samurai die kostbare Flasche. Dann kletterte er aus dem Fluss.

»Du darfst dich von einer kleinen Ablenkung nicht aus dem Gleichgewicht bringen lassen«, bemerkte Ronin.

Offenbar gab es trotz seiner Ausbildung zum Samurai und zum Ninja immer noch etwas zu lernen, überlegte Jack. In Zukunft würde er besser gewappnet sein.

Ronin musterte seine beiden Schüler, die pudelnass vor ihm standen. »Keine Sorge, bei der Ankunft in Kyoto seid ihr wieder trocken!«

Sie verließen die bewaldeten Berge der Provinz Yamashiro, setzten ihren Weg über die Ebene der Präfektur Kyoto fort und genossen die warme Nachmittagssonne. Die Hauptstraße führte sie an einem riesigen Feld vorbei, auf dem in endlosen Reihen kleine, buschähnliche Bäume wuchsen, die kaum größer waren als Jack.

»Wir sind in Aodani!«, verkündete Ronin erfreut. »Aodani ist für seine Pflaumenbäume berühmt. Es gibt hier Zehntausende davon. Die Blüte im Frühjahr muss überwältigend sein.«

»Ich hätte nicht gedacht, dass du dich für so etwas interessierst«, bemerkte Jack und betrachtete den schwärmenden Samurai ein wenig spöttisch.

»Ich liebe Hanami!«, rief Hana. »Die vielen Blüten sind so schön …« Auf ihren Lippen erschien ein verschmitztes Lächeln. »Und niemand merkt es, wenn ihm danach das eine oder andere fehlt.«

Ronin lachte. »Mir ist die Ernte ehrlich gesagt lieber, wenn aus den Früchten *umeshu* hergestellt wird. Der Pflaumenwein aus Aodani gilt als bester von ganz Japan!«, erklärte er gut gelaunt.

Ein Dorf kam in Sicht und er ging schneller. »Wir wollen doch gleich mal sehen, ob es stimmt.«

Jack und Hana hielten mit ihm Schritt. Das Dorf war klein, machte aber einen wohlhabenden Eindruck. Einige strohgedeckte Häuser mit Veranden säumten die Straße. Es gab einen Krämerladen und ein Teehaus. Davor saßen neben einer Sänfte zwei Männer mit geschlossenen Augen. Sie erholten sich offenbar von der Beförderung ihres Herrn, der einen kugelrunden Bauch hatte, im Inneren des Hauses vor einer Kanne Grüntee saß und mit Appetit einige süße Küchlein verspeiste.

»Wir haben Glück!«, sagte Ronin und setzte sich. »Sie haben ein frisches Fass.«

»Aber wir haben wirklich keine Zeit«, wandte Jack ein. Er zog seinen Hut ein wenig tiefer und musterte verstohlen die anderen Gäste.

»Nur einen Becher«, beharrte Ronin. »Dann gehen wir weiter.«

Widerstrebend stimmte Jack zu. Denn wenn sie jetzt wieder aufstanden, erregten sie erst recht Verdacht.

Der Teehausbesitzer brachte Ronin einen Becher mit einer honigfarbenen Flüssigkeit. Ronin atmete den aromatischen Duft ein und trank den Becher in einem Zug leer. Genießerisch schmatzte er mit den Lippen. »Mmmh, süß und lieblich. Ganz gewiss der beste Pflaumenwein, den ich je gekostet habe.«

Der Teehausbesitzer bedankte sich mit einer Verbeugung für das Kompliment und schenkte ihm erneut ein.

»Du hast gesagt, nur einen!«, flüsterte Jack.

Doch Ronin beachtete ihn nicht, sondern fragte den Besitzer: »Habt Ihr auch *umeboshi?*«

Der Mann nickte und kehrte im nächsten Moment mit einer Schale zurück, in der einige runzlige rote Früchte lagen.

»Die Flasche könnt Ihr stehen lassen«, sagte Ronin, bevor der Besitzer wieder ging, um die anderen Gäste zu bedienen.

»Ronin, du hast versprochen …«

Ronin wischte Jacks Protest mit einer Handbewegung beiseite. »Probier das!«, sagte er und reichte ihm eine der kleinen getrockneten Früchte. »Eine in Salz eingelegte Pflaume.«

Auch Hana nahm eine. Mit einem ungeduldigen Seufzer fügte sich Jack und biss in die Frucht. Fast hätte er sie wieder ausgespuckt. Sie schmeckte ekelhaft sauer und salzig.

Ronin amüsierte sich königlich über sein angewidertes Gesicht.

»Iss sie auf!«, befahl er. »Das hilft gegen Müdigkeit in der Schlacht.«

Hana kaute begeistert. »Und wenn man jeden Morgen eine isst, ist man gegen Unglück gefeit«, fügte sie hinzu.

»Das überrascht mich nicht«, erwiderte Jack mit einer Grimasse. »Ich kann mir sowieso nichts Schlimmeres vorstellen!«

Ronin schenkte sich wieder Pflaumenwein ein. Die Flasche leerte sich zusehends, während Jack immer ungeduldiger zum Aufbruch drängte.

»Jetzt müssen wir aber wirklich gehen«, mahnte er. »Du hast gesagt, es sei noch ein ziemliches Stück bis Kyoto. Wenn wir so lange Pause machen, kommen wir erst nach Einbruch der Dunkelheit an.«

»Nach diesem Becher ist Schluss«, versprach Ronin. Seine Aussprache war vom Alkohol schon etwas undeutlich geworden.

Als kurz darauf ein anderer Gast aufstand, um zu gehen,

beugte er sich vor und flüsterte Jack ins Ohr: »Sagtest du nicht, auf deinem Inro sei ein Kirschbaum eingraviert?«

Jack nickte. »Und er hatte einen Löwenkopf als Knopf.«

»Dann hat der Mann da drüben deinen Inro.«

侍

22

Inro

Sie bezahlten und eilten hinter dem Gast her nach draußen. Der Mann trug einen vornehmen tiefgrünen Seidenkimono und sah aus wie ein erfolgreicher Kaufmann auf dem Weg nach Kyoto.

Jack bekam den Inro nur flüchtig zu sehen, als der Mann in seine Sänfte stieg, doch der kleine Behälter glich dem seinen auf bemerkenswerte Weise.

Der Inro, den Daimyo Takatomi Jack als Belohnung dafür geschenkt hatte, dass er einen Anschlag des Ninja Drachenauge auf den Daimyo verhindert hatte, war etwas ganz Besonderes – gefertigt aus mehrfach lackiertem Holz, verziert mit Blattgold und -silber und einem in das Holz geschnitzten Kirschbaum, dessen Blüten mit Elfenbein eingelegt waren.

Der Knopf des Inro war aus demselben Material geschnitzt und hatte die Form eines Löwenkopfes.

»Du könntest Recht haben«, sagte Jack.

Die beiden Träger hoben die geschlossene Sänfte hoch und wandten sich in Richtung Kizu.

»Dann ihm nach!«, rief Hana.

»Aber es ist nur ein Behälter«, gab Jack zu bedenken, der nicht schon wieder umkehren wollte.

»Und wenn der Mann mit dem Überfall auf dich zu tun hat?«, fragte Ronin. »Oder weiß, wer dich überfallen hat?«

Er hatte Recht. Sie mussten dem Fremden folgen. Womöglich führte der Inro sie sogar zum Portolan.

Die Sänfte war bereits um die Ecke gebogen und entfernte sich rasch zwischen den Bäumen. Sie durften keine Zeit mehr verlieren. Hastig folgten sie ihr. Jack und Hana liefen voraus und der beschwipste Ronin folgte in einigem Abstand. Die beiden Träger waren offenbar sehr kräftig, denn die drei brauchten eine Weile, bis sie die Sänfte eingeholt hatten – sie stand leer auf einer kleinen Lichtung, während die Träger an einem Bach Pause machten.

Die drei duckten sich in den Schutz der Bäume.

»Wo ist der Kaufmann?«, flüsterte Hana.

»Ich bleibe hier … und ihr sucht ihn«, schlug Ronin vor. Er nahm einen Schluck Sake, während er sich vom Laufen erholte.

Jack und Hana umrundeten die Lichtung und entdeckten schließlich den Kaufmann. Er hockte im Gebüsch. Sie winkten Ronin herbei und umzingelten den Mann. Der Kaufmann schrie erschrocken auf, als er sie bemerkte.

»Zeigt uns Euren Inro!«, befahl Ronin.

Der Kaufmann starrte die drei Störenfriede entgeistert an. »Kann man denn nicht einmal mehr sein Geschäft verrichten, ohne ausgeraubt zu werden?«

Hana hatte Mühe, ein Kichern zu unterdrücken.

»Wir wollen Euch nicht ausrauben«, erklärte Jack rasch. »Wir wollen nur … einen Blick auf Euren Inro werfen.«

Mit zitternden Händen reichte der Mann ihm seinen Inro. Den Knopf bildete zwar ein schön geschnitzter Löwenkopf, aber der Behälter selbst war mit einer Zeder verziert, nicht mit einem Kirschbaum.

»Ich bitte um Entschuldigung, das ist nicht meiner«, sagte Jack und gab ihn verlegen zurück.

»Natürlich ist das nicht deiner!«, schimpfte der Kaufmann. »Ich habe ihn erst gestern in Kyoto gekauft.«

Die drei entfernten sich betreten, überließen den Kaufmann seinem Geschäft und eilten davon. Auf die Straße zurückgekehrt, machte Jack seiner Enttäuschung Luft.

»Da hast du uns ja vielleicht was eingebrockt!«

»Aber du hast doch gesagt, der Inro sehe aus wie deiner«, erwiderte Ronin gereizt.

»So genau konnte ich ihn gar nicht sehen. Und jetzt sind wir schon wieder die halbe Strecke nach Kizu zurückgegangen!«

Mit einem wütenden Fußtritt beförderte Jack einen Ast aus dem Weg und zeigte anklagend auf Ronin.

»Wenn du nicht so viel Pflaumenwein getrunken hättest, hätten wir nicht einen ganzen Nachmittag mit diesem Kaufmann verplempert. Du bist an allem schuld!«

»Sieh mich nicht so an!«, schnaubte Ronin und nahm einen Schluck Sake. Er schwankte. »Du bist schließlich auch nicht ganz unschuldig! *Ich* habe mich jedenfalls nicht ausrauben lassen.«

»Was ist eigentlich dein Problem?«, fuhr Jack Ronin an. »Warum trinkst du ständig?«

»Damit ich Narren wie dich leichter ertrage!«, schimpfte Ronin.

»Halt, halt!«, rief Hana und trat zwischen die beiden Streithähne. »So kommen wir nie nach Kyoto.«

Jack und Ronin starrten einander böse an. Keiner der beiden wollte nachgeben.

»Hier ist niemand schuld. Schuld sind nur die, die Jack überfallen haben.«

Das leuchtete Jack ein und er schämte sich plötzlich für seinen Wutausbruch. Reumütig neigte er den Kopf.

»Entschuldige bitte, Ronin. Ich müsste dir eigentlich dankbar sein, dass du mir schon so viel geholfen hast. Aber ich habe einfach das Gefühl, dass es nicht vorangeht. Zwar haben wir die Perle wieder, aber wie soll ich je an meine anderen Habseligkeiten kommen? Es ist aussichtslos.«

Ronin nahm einen weiteren Schluck und lächelte Jack ermutigend an.

»Nichts ist je ganz aussichtslos«, sagte er und fasste Jack an der Schulter. »Morgen ist ein neuer Tag und ich verspreche dir, wir werden deine Schwerter finden.«

23

Kyoto

Jack stockte der Atem, als vor ihnen Kyoto in Sicht kam – das Herz Japans. Hier residierte der Kaiser, hier lagen die Burg Nijo und die Niten Ichi Ryū, hier hatte er so vieles erlebt – Gutes wie Schlechtes.

Er erinnerte sich, wie überwältigt er bei seiner ersten Ankunft in der Hauptstadt vor drei Jahren gewesen war, ein Eindruck, der diesmal nicht geringer ausfiel. Kyoto lag, wenn man sich der Stadt von der Ebene im Süden näherte, im Mittelpunkt eines gewaltigen Hufeisens bewaldeter Berge. Im Nordosten sah Jack den Hiei zu den Wolken aufragen. An seinen Hängen lagen die Ruinen des Klosters Enryaku-ji, das der Samuraifeldherr Nobunaga vor vierzig Jahren zerstört hatte. Jack wusste allerdings, dass in einem seiner zerstörten Tempel weiterhin eine Laterne brannte, das »ewige Licht«, denn er hatte in einem der Klosterhöfe bei seinem blinden Lehrer Sensei Kano *bōjutsu*-Unterricht gehabt. Mit dem Gedanken an diese Flamme erwachten auch andere Erinnerungen wieder.

Er dachte daran, wie er mit Akiko auf diesem Berg gesessen hatte, wie sie den Kopf an seine Schulter gelegt hatte und sie den ersten Sonnenaufgang des neuen Jahres erlebt hatten.

Sie näherten sich der Stadtgrenze und Jack entdeckte die Pagode des Tempels Kiyomizudera, deren Spitze aus dem Blätterdach der Bäume ragte. Unweit davon stürzte der Geräusch-von-Federn-Wasserfall donnernd eine Bergflanke hinunter. Dort hatten er und Yamato um das Jadeschwert gekämpft und daraus war ihre Freundschaft entstanden. Wie immer, wenn er an Yamato dachte, stieg tiefer Kummer in ihm auf. Sein treuer und tapferer Freund war tot. Er hatte sein Leben geopfert, um Akiko und ihn vor dem skrupellosen Ninja Drachenauge zu retten.

Auf dem Weg in die Stadt überquerten sie eine breite Holzbrücke. Ronin, der inzwischen wieder nüchtern war, führte sie am von Bäumen gesäumten Ufer des Kizugawa entlang. Sie hörten Gelächter und sahen eine Familie, die unter den Kirschbäumen picknickte. Jack fühlte sich unwillkürlich an Akikos Ausflug anlässlich des Hanami-Festes erinnert, der jährlichen Kirschblütenschau im Frühling.

Auf dem Weg durch die Straßen Kyotos kamen sie an zahlreichen Shinto-Schreinen und buddhistischen Tempeln vorbei, an privaten Villen und kleinen Gärten, belebten Geschäften und lärmenden Wirtshäusern. Jack erkannte zahlreiche Orte von früher wieder, etwa den Eikando-Tempel mit seinen goldenen Ahornblättern, den Stand mit den gebratenen Pfannkuchen, die sein Freund Saburo so gern gegessen hatte, den Laden mit den Masken aus Pappmaschee, die sie zum Fest Gion-Matsuri getragen hatten. Und am

Ende einer schmalen Gasse lag der geheimnisvolle Ryōan-ji, der Tempel des friedlichen Drachen, in dem ein Mönch mit Händen wie Messer Akiko heimlich in der Kunst der Ninja unterrichtet hatte.

So viele Erinnerungen und Erlebnisse waren für ihn mit dieser Stadt verknüpft, doch schienen sie alle in geisterhafte Ferne gerückt. Er empfand die Stadt bei aller Vertrautheit fast als feindselig.

Die Menschenmenge auf dem Hauptmarkt machte ihn zum Beispiel unruhig. Zwar konnte er darin untertauchen, aber zugleich konnte er auch von viel mehr Menschen erkannt werden. Er hielt den Kopf gesenkt und achtete sorgfältig darauf, dass Ronins breitkrempiger Hut sein Gesicht bedeckte.

Ronin bahnte ihnen den Weg durch die mit einkaufenden und flanierenden Passanten, Samurai und Händlern verstopften Straßen. Sie bogen in eine Gasse ein und gelangten auf einen kleinen Platz, auf dem es ruhiger zuging.

Vor einem Teehaus in einer Ecke des Platzes hielt Ronin an. »Ihr wartet hier. Ich erkundige mich inzwischen, wo wir Araki finden.«

Er bestellte eine Kanne Grüntee für Jack und Hana, bezahlte bei dem Mädchen, das ihn brachte, und machte sich auf die Suche nach dem Samurai, der im Besitz von Jacks Schwertern war.

»Wie lange wird er wohl brauchen?«, fragte Hana und schenkte Jack ein.

»Nicht lange hoffentlich.«

Jack wünschte, er wäre nicht nach Kyoto gekommen. Ihm war, als hätte er die Höhle des Löwen betreten. Er konnte nur hoffen, dass die meisten Einwohner der Stadt so sehr mit ihren eigenen täglichen Dingen beschäftigt waren, dass sie einen Reisenden in einem unauffälligen blauen Kimono und mit einem Strohhut gar nicht bemerkten.

Hana sah sich ehrfürchtig um. »Ich hätte mir Kyoto nie so vorgestellt!«

Während Jack an seinem Tee nippte, beschrieb sie ihm alles, was sie sah – die Geishas mit ihren weißen Gesichtern, den breitbeinig daherkommenden Samurai, die Statue mit dem Löwenkopf vor dem nächsten Tempel und den Straßenhändler, der Kreisel aus Holz verkaufte.

Nach einer Weile kam der Besitzer des Teehauses zu ihnen. »Noch Tee?«

Hana sah Jack an, der den Kopf schüttelte.

»Nein danke«, antwortete sie.

»Ihr kommt nicht von hier, oder?«

Hana lächelte freundlich. »Wir machen mit unserem Herrn eine Pilgerreise.« Sie hatten sich die Antwort vorher zurechtgelegt.

»Natürlich«, erwiderte der Teehausbesitzer. Er betrachtete Jack neugierig, stellte aber keine weiteren Fragen. »Ich will euch nur in aller Freundschaft warnen. Reisende fallen in dieser Stadt auf und nicht alle sind so willkommen, wie sie es einmal waren.«

Jack wagte es nicht, aufzublicken.

»Und ihr beide scheint besonders interessant zu sein.«

»Für wen?«, fragte Hana.

»Für den *metsuke* auf der anderen Straßenseite.«

Hana blickte ihn verständnislos an. Der Teehausbesitzer beugte sich über sie, als wollte er den Tisch abräumen.

»Einen Späher. Einen Spion des Shoguns.«

侍

24

Metsuke

»Wie sieht er aus?«, fragte Jack Hana, sobald der Teehausbesitzer wieder gegangen war, um sich um andere Gäste zu kümmern.

Hana war als geschickte Diebin so geistesgegenwärtig, sich nicht gleich nach ihrem Beobachter umzudrehen. Stattdessen tat sie so, als bewundere sie die Umgebung, und blickte dabei wie zufällig über die Straße.

Zuerst sah sie niemanden. Dann bemerkte sie eine Gestalt, die untätig vor dem Eingang des Tempels stand. Der Mann schien nicht beten zu wollen und auch sonst keine Eile zu haben.

»Jung«, sagte sie. »Dünn wie ein Essstäbchen und mit Augen, die etwas zu eng zusammenstehen. Er trägt einen schwarzen Kimono und zwei Samuraischwerter. Und noch etwas ist merkwürdig. Er scheint kaum älter zu sein als du.«

Jack überlief ein kalter Schauer. Hanas Beschreibung klang beunruhigend vertraut.

»Wo ist er?«

»Drüben bei der Löwenstatue.«

Jack spähte vorsichtig unter der Hutkrempe hervor. Ein

steter Strom von Passanten überquerte den Platz, aber keiner von ihnen trug einen schwarzen Kimono.

»Wo denn?«

»Vor der ...« Hana sah sich um. »Jetzt ist er weg!«

»Dann sollten wir auch gehen.« Jack griff nach seinem Stab.

»Warum? Das ist doch gut. Offenbar hält er uns nicht für verdächtig.«

»Vielleicht nicht«, sagte Jack. Am besten gingen sie zur Burg Nijo. »Aber es könnte auch Ärger bedeuten.«

»Aber wir können nicht gehen, solange Ronin noch nicht da ist«, wandte Hana ein. »Wie soll er uns finden?«

Jack hielt inne. Sie hatten keinen alternativen Treffpunkt vereinbart und wussten auch nicht, in welche Richtung der *metsuke* gegangen war. Womöglich liefen sie ihm geradewegs in die Arme. Und wenn sein Gefühl ihn nicht trog, würden sie den Schutz von Ronins Schwertern brauchen.

»Also gut, wir warten noch.«

Die nächsten Minuten vergingen quälend langsam. Obwohl es kein besonders warmer Tag war, begann Jack zu schwitzen. Ihm war, als würden sie von allen beobachtet und als wüssten die anderen, dass er ein Gaijin war.

Er überlegte, ob er beim Teehausbesitzer eine Nachricht für Ronin hinterlassen sollte, aber er wusste nicht, ob sie dem Mann trauen konnten.

Jacks Unbehagen wuchs. »Gehen wir zum Tempel«, sagte er schließlich. »Das Teehaus können wir auch von dort im Auge behalten.«

»Warte!«, sagte Hana und zeigte die Straße entlang. »Ich sehe Ronin.«

Aber Jack drehte sich nicht um. Seine Augen hingen wie gebannt an vier in schwarze Kimonos gekleideten Gestalten, die sich ihnen aus der entgegengesetzten Richtung näherten. Auf dem linken Kragenaufschlag ihres Anführers prangte als Wappen eine rote Sonne. Ihm wollte Jack in Kyoto am allerwenigsten begegnen.

Kazuki.

Zuletzt hatte er seinen alten Rivalen von der Schule auf dem Schlachtfeld von Tenno-ji gesehen. Akiko hatte Kazuki damals einen Pfeil durch die Schwerthand geschossen. Doch der Verräter, der die Zerstörung der Niten Ichi Ryū auf dem Gewissen hatte, hatte sich offenbar erholt und schien stärker zu sein denn je. Mit seinem kahl rasierten Schädel, den schwarz funkelnden Augen und der hasserfüllten Grimasse, die sein ansonsten ebenmäßiges Gesicht entstellte, bot er jedenfalls einen furchterregenden Anblick. Kazuki marschierte jetzt geradewegs über den Platz auf sie zu. Begleitet wurde er von den noch lebenden Mitgliedern der Skorpion-Bande. Nobu, der noch größer war, als Jack ihn in Erinnerung hatte, stieß wie ein aufgebrachter Sumoringer die anderen Passanten aus dem Weg. Den Abschluss bildete der breitschultrige, muskulöse Goro, ein geborener Krieger. Direkt neben Kazuki ging Hiroto, an den Jack bei Hanas Beschreibung des Spions gleich hatte denken müssen.

Jack spürte, wie ihm bei diesem Anblick eng um die Brust

wurde. Die Skorpion-Bande war an der Schule sein ständiger Schrecken gewesen. Ihre Mitglieder hatten ihn zwar schon jeder für sich vom Augenblick seiner Ankunft an schikaniert, doch erst die Gründung der Skorpion-Bande hatte daraus eine systematische Verfolgung gemacht. Gegründet hatte die Bande ihr Anführer Kazuki aus Anlass der Kampagne Daimyo Kamakuras, Japan von Ausländern zu befreien. Alle Mitglieder trugen die Tätowierung eines schwarzen Skorpions und hatten einen Eid geschworen – »Tod allen Gaijin!«

Jack packte unwillkürlich seinen provisorischen *bō* fester. Zwar hatte er gegen die ganze Bande kaum eine Chance, aber kampflos aufgeben wollte er auch nicht.

25

Auf Befehl des Shoguns

»Du musst von hier weg!«, rief Hana und packte Jack am Arm.

»Zu spät«, erwiderte er. Die Gelegenheit zur Flucht war vertan.

Die Skorpion-Bande kam rasch näher. Sie hatte den Platz fast überquert, da tauchte vor ihr plötzlich ein offenbar betrunkener Mann auf. Er fuchtelte wild mit den Armen und stieß mit dem Straßenhändler zusammen, dessen hölzerne Kreisel in alle Richtungen flogen. Das daraus entstehende Durcheinander erfasste innerhalb kürzester Zeit den ganzen Platz. Die Bande musste anhalten.

Ronin, der sich kaum auf den Beinen halten konnte, stieß mit Kazuki zusammen und hielt sich an ihm fest, um nicht das Gleichgewicht zu verlieren. Kazuki schüttelte ihn wütend ab und der aus Ronins Flasche auslaufende Sake traf Nobu im Gesicht. Goro und Hiroto eilten hinzu, um ihren Anführer aus der Umarmung des betrunkenen Samurai zu befreien, stolperten aber über die Kreisel auf dem Boden.

»Tut mir ja sssooo leid«, lallte Ronin und wich torkelnd zurück. Noch mehr Reiswein spritzte durch die Luft.

Plötzlich stand der Teehausbesitzer an ihrem Tisch. »Hier lang«, flüsterte er und führte Jack und Hana ins Innere des Teehauses.

Sie mussten ihm wohl oder übel vertrauen, folgten ihm durch die Küche und gelangten zu einer Gasse hinter dem Haus.

»Sagt unserem Begleiter bitte, dass wir ihn auf der Südseite der Burg Nijo treffen«, erklärte Jack hastig. »Und danke für Eure Hilfe.«

»Ein Christ muss doch seinem Glaubensbruder helfen«, flüsterte der Teehausbesitzer.

Jack sah ihn sprachlos an. Im neuen Japan des Shoguns wurden nicht nur Ausländer verfolgt, sondern auch japanische Christen. Viele waren wegen ihres Glaubens festgenommen und auf dem Scheiterhaufen verbrannt worden. Dieser Mann hatte sehr viel riskiert, indem er ihnen half.

Der Teehausbesitzer vergewisserte sich, dass sie unbeobachtet waren, und schlug ein Kreuz. »Gott sei mit dir.«

»Und mit dir«, antwortete Jack.

»Wir müssen los!«, drängte Hana.

Jack führte Hana im Zickzack durch Kyoto, immer in Richtung Burg, deren gewaltiger Hauptturm über den Dächern der Stadt aufragte. Insgeheim hoffte er, dass Daimyo Takatomi und seine Tochter Emi noch dort wohnten und er bei ihnen unterschlüpfen konnte. Doch als sie sich den äußeren Befestigungen näherten, musste er erkennen, dass er sich geirrt hatte.

Die Posten, die das Haupttor bewachten und auf den hohen Mauern entlang des Burggrabens patrouillierten, trugen nicht das Wappen Daimyo Takatomis, den weißen Kranich, sondern die rote Sonne Oda Satoshis, des Vaters von Kazuki. Offenbar hatte der Shogun ihn für seine Dienste im Krieg mit der Herrschaft über die angesehene Provinz Kyoto belohnt.

Jack hätte sich ohrfeigen können. Die Burg Nijo war ihm spontan als sicherster Treffpunkt eingefallen, aber natürlich würde auch Kazuki hierher zurückkehren.

Rasch erklärte er Hana ihre missliche Lage. »Wir müssen weiter«, schloss er.

Er senkte den Kopf und ging weiter. Ohne ein bestimmtes Ziel vor Augen, ließ er sich allein von seinem Instinkt leiten. Sie bogen um eine Ecke, gingen eine breite Straße entlang und schickten sich an, sie zu überqueren, als Jack plötzlich stehen blieb.

»Wohin jetzt?«, fragte Hana.

Jack hob den Kopf, um sich zu orientieren, und bei dem Anblick, der sich ihm jetzt bot, wurde ihm schwach in den Knien. Vor sich sah er ein Eingangstor aus dunklem Zypressenholz und weiß getünchte Lehmmauern. Über dem Tor prangte in Holz geschnitzt ein großes Wappen. Es zeigte einen Phönix, dessen brennende Flügel gebrochen, aber dennoch trotzig ausgebreitet waren.

»Also hier sind wir«, sagte er leise, und von Gefühlen überwältigt, traten ihm Tränen in die Augen. Er war, ohne nachzudenken, geradewegs zur Niten Ichi Ryū gegangen.

»Alles in Ordnung?«, fragte Hana.

Jack schluckte und nickte stumm. Zögernd näherte er sich dem äußeren Tor. Das Holz war verschrammt und verwittert und an einigen Stellen gesplittert. Quer darüber war ein großes Brett genagelt. Mit den Fingern fuhr er über die darin eingeritzten Schriftzeichen.

将軍の命令により閉鎖

»Was steht da?«, fragte Hana mit ehrfürchtig gedämpfter Stimme.

Jack versuchte angestrengt, sich an die Zeichen zu erinnern, die er von Akiko gelernt hatte. »Auf Befehl des Shoguns geschlossen«, antwortete er.

Er spähte mit einem Auge durch eine Ritze. Hinter dem Tor lag seine alte Schule, wie er sich an sie erinnerte – mit dem grau gekiesten Hof, auf dem sich immer alle getroffen hatten, und dem Ehrfurcht gebietenden Butokuden, der berühmten Unterrichtshalle für den Schwertkampf und den waffenlosen Kampf. Rechts führte eine Treppe zu Sensei Yamadas Buddha-Halle hinauf, in der er Unterricht in Zen-Meditation erhalten hatte und in der eine riesige Tempelglocke von der Größe eines Findlings hing.

Dahinter konnte Jack gerade noch die rotbraunen Dachziegel der Halle der Schmetterlinge erkennen, so benannt nach den herrlichen Bildern von Schmetterlingen und Kirschbäumen, die den prächtigen Innenraum schmückten. Am anderen Ende des Geländes waren Masamotos Wohnung und seine persönliche Übungshalle, die Halle des

Phönix, zu sehen, in der einige wenige Auserwählte in der geheimen Kunst der beiden Himmel unterrichtet wurden. Daran schloss der Südliche Zen-Garten an und ganz links lag die Halle der Löwen, in der die Samuraischüler schliefen.

Jack kniff verwirrt die Augen zusammen. Alles war da und schien nur auf seine Rückkehr zu warten. Doch dann erkannte er nach und nach die Wahrheit. Vor lauter Aufregung hatte die Einbildung ihm einen Streich gespielt. Der Hof war nicht geharkt und überall lagen Trümmer und altes Laub herum. Die Türflügel der Buddha-Halle hingen schief in den Angeln und neben dem Butokuden waren die verkohlten Grundmauern der Halle des Falken zu erkennen – des ersten Gebäudes, das Kazuki angezündet hatte. Die Halle der Löwen dahinter war völlig ausgebrannt. Nur noch eine Wand stand.

Niemand war zu sehen, kein Schüler und kein Lehrer. Alles wirkte wie tot.

Aber irgendjemand muss doch da sein, hoffte Jack inbrünstig.

»Der Teehausbesitzer sprach von der Südseite der Burg«, hörte er plötzlich Ronin atemlos und wütend hinter sich rufen. »Hier sind wir im Osten!«

Jack fuhr überrascht und zugleich erleichtert herum. »Du wurdest nicht verhaftet …?!«

»Ich habe nur so getan, als sei ich betrunken. Und das ist schließlich kein Verbrechen – noch nicht.« Ronin starrte Jack mit stocknüchternen Augen an. Offenbar hatte er den Rausch tatsächlich nur gespielt. Dann blickte er über die

Schulter. »Wir müssen jetzt gehen. Diese lästige Samuraipatrouille ist hierher unterwegs.«

Sie bogen in die erste Nebengasse ein, die sich ihnen bot. Ronin führte sie schweigend quer durch die Stadt und wurde erst langsamer, als sie an einen schmalen Kanal in einem ruhigen Wohnviertel gelangten. Sie folgten dem Kanal nach Norden, gingen aber langsamer, um keinen Verdacht zu erregen.

»Wer waren diese Samurai?«, wollte Ronin schließlich wissen.

»Ihr Anführer heißt Kazuki«, antwortete Jack. Der Name hinterließ einen schlechten Geschmack in seinem Mund. »Ein alter Rivale von der Schule. Ein Verräter.«

»Er ist sehr gefährlich. Sein Blick verrät es schon. Und die anderen?«

»Sind Mitglieder seiner Skorpion-Bande. Ihr einziges Ziel ist es, Gaijin wie mich aufzuspüren und zu töten«, fuhr Jack ernst fort.

»Und der Magere ist ein Spion«, fügte Hana hinzu.

»Das erklärt einiges«, sagte Ronin. »Sie hatten den Verdacht, dass du Ausländer bist, waren sich aber, als ich mich entfernte, noch nicht einig, ob du es wirklich bist.«

»Wir müssen Kyoto sofort verlassen.«

Jack hatte das Gefühl, als schließe sich die Stadt um ihn wie die Schlinge des Henkers.

»Wenn Kazuki glaubt, dass ich hier bin, stellt er die ganze Stadt auf den Kopf, bis er mich gefunden hat.«

»Die Stadt ist groß«, beruhigte Ronin ihn. »Und ich habe

eine gute Nachricht – wir müssen nicht mehr lange bleiben. Ich habe Matagoro Araki gefunden.«

»Wo?«

»Wir sind bereits zu ihm unterwegs. Er unterrichtet an einer bekannten Schwertschule, der Yagyu Ryū.«

侍

26

Yagyu Ryū

Jack war, als sei er vom Regen in die Traufe geraten. Er hatte schon früher einmal mit der Yagyu Ryū zu tun gehabt und die vom Shogun persönlich gegründete Samuraischule war so ziemlich der letzte Ort in Kyoto, den er aufsuchen wollte. Vor zwei Jahren hatte er nämlich einige ihrer Schüler in einem Schulwettbewerb besiegt und dadurch die Schule öffentlich gedemütigt.

»Araki ist der älteste Sohn des Matagoro-Clans. Er wird gleichermaßen verehrt wie gefürchtet.« Ronin schien Jacks Schrecken nicht zu bemerken und fuhr fort. »Doch wie ich in Erfahrung bringen konnte, legt er großen Wert auf seine Rechtschaffenheit und ist im Wesentlichen ein Ehrenmann. Bestimmt können wir ihn überreden, dir die Schwerter zurückzugeben.«

»Das könnte schwieriger werden, als du denkst«, fiel Jack ihm ins Wort und erzählte von den Ereignissen, die damals zu dem Wettkampf geführt hatten, sowie von der Rolle, die er bei dem umstrittenen Sieg seiner Schule gespielt hatte.

Ronin brummte belustigt. »Du hast Recht, das wird man dir dort nie verzeihen! Aber zum Umkehren ist es jetzt zu spät.« Er hielt vor einem großen, in eine Mauer eingelassenen Tor aus Holz. »Wir sind da.«

»Aber was sollte Araki davon abhalten, mich dem Shogun auszuliefern?«, wandte Jack ein.

»Nichts«, erwiderte Ronin. »Behalte einfach den Hut auf, halte den Kopf gesenkt und lass mich reden.«

Ronin griff nach dem Seil, das an einer über dem Tor hängenden Bronzeglocke befestigt war, und zog daran. »Hana, du bleibst hier und hältst nach der Skorpion-Bande Ausschau. Wenn du etwas Verdächtiges siehst, läutest du dreimal und läufst weg. Wir treffen uns dann vor der Niten Ichi Ryū.«

Hana nickte gehorsam und trat in den Schutz einer kleinen Gasse, wo sie nicht gesehen werden konnte.

Das Läuten der Glocke verklang und auf der anderen Seite des Tors näherten sich schlurfende Schritte. Ein Fensterchen ging auf und zwei braun gefleckte Augen spähten nach draußen. »Ja?«

Ronin verbeugte sich. »Wir kommen, um mit Matagoro Araki zu sprechen.«

»Kennt er Euch?«

»Nein, aber er hat vielleicht von meinem Vater Obata Torayasu gehört.«

»Wartet!« Das Fensterchen wurde wieder zugeschoben.

Einige Augenblicke vergingen und Jack fürchtete schon, seine Ankunft in Kyoto hätte sich herumgesprochen und die Yagyu Ryū bereite seine Festnahme vor und werde ihn gleich mit gezückten Schwertern empfangen.

Doch schließlich näherten sich die schlurfenden Schritte wieder. Ein Riegel klickte und das Tor schwang auf. Ein alter Mann mit verschlagenem Blick winkte sie ungeduldig ins Innere.

»Lasst Eure Schwerter hier«, krächzte er und wies auf ein Gestell in der Eingangshalle.

Ronin sah ihn finster an. »Wir sind in einer Schwertschule. Dann erwartest du doch bestimmt nicht, dass ich ohne meine Schwerter herumlaufe.«

Der Alte musterte Ronin von oben bis unten und kam offenbar zu dem Schluss, dass ein Streit den Ärger nicht lohnte. »Wie Ihr wollt. Es wäre nur zu Eurer eigenen Sicherheit gewesen. Wer eine Waffe trägt, kann jederzeit und von jedem hier zu einem Zweikampf herausgefordert werden. Eine Ablehnung ist nicht zulässig. Vorschrift der Schule.«

Ronin verzog angesichts dieser versteckten Drohung keine Miene. Der Alte bedachte ihn für seine Unverfrorenheit mit einem finsteren Blick und führte sie einen Gang entlang. Er bat Jack nicht einmal, den Hut abzunehmen. Durch ein vergittertes Fenster erhaschte Jack einen flüchtigen Blick in einen Hof, in dem Samuraischüler in langen Reihen angetreten waren und mit Übungsschwertern kämpften. Sie hoben und senkten die hölzernen Waffen im Gleichtakt und schrien dazu laut *kiai*. Jack dachte wehmütig an seine Zeit an der Niten Ichi Ryū zurück.

Der Alte führte sie in ein Empfangszimmer, das mit hellbraunen Strohmatten ausgelegt war und an dessen Ende sich eine Plattform aus poliertem Zedernholz erhob. An der Wand hing eine Rolle mit Schriftzeichen. Jeder Pinselstrich erinnerte an einen Schwerthieb.

»Wartet hier«, sagte der Alte und schloss die Tür hinter sich.

Sobald sie allein waren, hob Jack den Kopf.

»Glaubst du …«

»Kopf runter und Mund halten!«, zischte Ronin. »Bestimmt werden wir beobachtet.«

Er bedeutete Jack, respektvoll vor dem Podium zu knien, und kniete sich neben ihn. Schweigend warteten sie.

Nach einer Weile ging am anderen Ende des Raums eine Schiebetür auf und ein Mann trat ein. Jack riskierte einen verstohlenen Blick. Der Mann war jung und kräftig und strotzte nur so vor Selbstbewusstsein, dass es schon fast arrogant wirkte. Er kniete sich auf die Plattform und schlug die Falten seines *hakama* mit scharfen, präzisen Bewegungen zur Seite. Sein Scheitel war rasiert, die restlichen Haare hatte er zu einem straffen Knoten aufgebunden, wie es sich für einen Samurai seines Ranges gehörte. Bekleidet war er mit einem leuchtend grün-schwarzen Kimono mit lila schillernden Punkten wie auf den Schwanzfedern eines Pfaus. Er hatte ein ebenmäßiges, aber strenges Gesicht. Die schwarzen Augenbrauen waren ein wenig zu beherrschend, die Mundwinkel ständig nach unten gezogen.

Er sah zuerst Ronin an und betrachtete dann misstrauisch den unter einem Hut verborgenen Jack.

»Willkommen in der Yagyu Ryū, der Neuen Schatten-

Schule – der Heimat der offiziellen Schwertmeister des Shoguns.«

»Vielen Dank, dass Ihr Euch Zeit für ein Gespräch mit uns nehmt«, sagte Ronin und verbeugte sich tief. Jack folgte seinem Beispiel.

Araki erwiderte den Gruß, ohne die beiden aus den Augen zu lassen. »Mit Bedauern habe ich vom Tod Eures Vaters gehört«, sagte er. Seine Stimme klang keineswegs bedauernd. »Man hat mir gesagt, Ihr wäret ebenfalls tot.«

Ronin verzog keine Miene. Einen Augenblick lang fragte sich Jack, ob Obata Torayasu wirklich sein Vater war oder nur eine List, um zu Araki vorgelassen zu werden.

»Man darf nicht jedem Gerücht glauben, das man hört«, entgegnete Ronin.

Araki und Ronin sahen einander unverwandt an wie in einem stummen Kräftemessen. Die Spannung im Raum wuchs und Jack spürte, dass eine einzige falsche Bewegung von ihm oder Ronin eine Katastrophe auslösen konnte.

»Seid Ihr weit gereist?«, brach Araki schließlich das Schweigen.

Ronin nickte. »Euer Ruf hat sich in ganz Japan ausgebreitet.«

Araki lächelte. »Dann seid Ihr gekommen, mich zum Zweikampf herauszufordern?«

»Ein solches Privileg wäre für mich eine große Ehre, aber ich komme im Auftrag meines Herrn.« Ronin wies mit einem ehrerbietigen Nicken auf Jack.

»Eures Herrn?« Araki war ein wenig überrascht. Jacks

äußere Erscheinung ließ das nicht vermuten. »Kann er nicht für sich selbst sprechen?«

»Erlaubt mir, Euch das zu erklären. Ein Unglücksfall hat dazu geführt, dass seine Schwerter gestohlen wurden.«

Araki hob die Augenbrauen, sagte aber nichts.

»Er hat deshalb gelobt, bis zu dem Tag, an dem die Schwerter in seinen Besitz zurückkehren, zu schweigen und den Kopf gesenkt zu halten. Ihr habt dafür gewiss Verständnis, denn die Schwerter eines Samurai sind seine Seele.«

Araki schürzte die Lippen und nickte. Ein solches symbolisches Opfer schien seine Zustimmung zu finden.

»Und was kann ich für ihn tun?«

»Wir haben Grund zu der Annahme, dass Ihr im Besitz der Schwerter seid.«

Arakis Miene verfinsterte sich. »Wollt Ihr damit sagen, ich hätte sie gestohlen?«

»Keineswegs!«, erwiderte Ronin besänftigend. »Sie sind dank Eurer überragenden Fähigkeiten im Zweikampf in Euren Besitz gelangt.«

Arakis Empörung legte sich wieder, als er diese schmeichelnden Worte hörte. »Ich habe in der Tat schon einige Trophäen gesammelt«, verkündete er stolz. »Aber wie kommt Ihr darauf, eine davon könnte Eurem Herrn gehören?«

»Die Schwerter meines Herrn sind einzigartig und ein Familienerbstück. Sie haben schwarze, mit Perlmutt eingelegte Scheiden, ungewöhnliche, dunkelrot umwickelte Griffe und auf den Klingen ist der Name des Schwertschmiedes Shizu eingraviert.«

Araki erinnerte sich – man konnte es ihm deutlich ansehen.

»Kennt Ihr sie?«, setzte Ronin sofort nach.

»Vielleicht«, antwortete Araki vorsichtig. »Die Beschreibung klingt jedenfalls vertraut.«

»Dann bitten wir Euch ergebenst, sie ihrem rechtmäßigen Besitzer zurückzugeben.«

»Das geht nicht.«

Jack, der den Verlauf des Gespräches stumm verfolgt hatte, spürte, wie sein Mut sank. Doch Ronin brachte erst jetzt das entscheidende Argument vor.

»Aber es soll doch bestimmt niemand sagen können, dass sich in Eurem Besitz gestohlene Schwerter befinden?«

Araki lachte trocken. »Ihr sprecht wie ein wahrer Samurai und appelliert an mein Ehrgefühl.« Er schwieg und versuchte die Drohung einzuschätzen, die Ronin im Namen seines geheimnisvollen Herrn gerade ausgesprochen hatte. »Und Ihr beurteilt mich richtig. Aber Ihr werdet sicher verstehen, dass ich meinen Ruf schädige, wenn ich jedem Samurai, der sich die Schwerter stehlen lässt, wieder welche gebe.«

»Aber sie wurden wirklich gestohlen«, wiederholte Ronin mit ruhiger, fester Stimme. »Wir können beweisen, dass sie meinem Herrn gehören. Wenn Ihr die Griffzunge der Klinge betrachtet, so …«

»Sie mögen ja durchaus Eurem Herrn gehört haben«, fiel Araki ihm mit erhobener Hand ins Wort. »Ihr beschreibt sie sehr präzise und Euer Wort genügt mir als das von Obatas Sohn vollkommen. Aber ich habe diese Schwerter als mir zustehenden Lohn in einem Zweikampf gewonnen. Deshalb gehören sie jetzt von Rechts wegen mir.«

»Das ändert nichts daran, dass Euer Gegner sie gestohlen hat.«

Wieder starrten Araki und Ronin einander an und warteten, wer als Erster den Blick abwenden würde.

»Dann gebe ich sie zurück«, erklärte Araki zu Jacks Erstaunen unvermittelt.

Ronin verzog keine Miene. Der Samurai hatte noch nicht zu Ende gesprochen.

»Unter einer Bedingung allerdings: Nämlich der, dass Euer Herr mich im Zweikampf besiegt.«

Jacks Erleichterung war wie weggeblasen und an ihre Stelle trat die nackte Angst.

»Aber es soll wegen dieser Schwerter doch niemand sterben müssen«, entgegnete Ronin.

»Dann kämpfen wir nur bis zum ersten Treffer«, gestand Araki ihm zu. »Doch muss Euer Herr beweisen, dass er würdig ist, so ausgezeichnete Schwerter zu tragen. Mein letzter Gegner hat mich trotz seiner vielversprechenden Waffen tief enttäuscht. Wenn Euer Herr also kein ausgezeichneter Schwertkämpfer ist, wird er trotzdem sterben.«

»Einverstanden«, sagte Ronin zu Jacks wachsendem Unbehagen. »Wann und wo?«

»Morgen Früh, in der Dämmerung, beim Geräusch-von-Federn-Wasserfall.«

Jacks Bestürzung nahm weiter zu. Er musste nicht nur

einen Zweikampf bestehen, sondern sich auch noch einen ganzen Tag lang vor Kazuki und seinen Spitzeln verstecken.

Über dem Geschrei der übenden Schüler hörte er plötzlich eine Glocke dreimal schlagen.

»Wir werden da sein«, erklärte Ronin. Er stand auf und verbeugte sich respektvoll. Jack verbeugte sich ebenfalls und versuchte krampfhaft Ruhe zu bewahren, obwohl Hana sie soeben gewarnt hatte.

Der Alte tauchte wieder auf, um sie nach draußen zu begleiten.

»Ach übrigens«, sagte Araki noch und lächelte süffisant, »will Euer Herr sich von mir vielleicht Schwerter leihen?«

»Nein«, erwiderte Ronin gelassen. »Er nimmt meine.«

侍

27

Rückkehr zur Schule

»Die Spione waren Riesen!«, rief Hana, während sie sich im Laufschritt von der Yagyu Ryū entfernten. »Sie trugen schwarze Kimonos mit roten Sonnen wie die anderen. Daran habe ich sie erkannt.«

»Wir haben wirklich Glück gehabt, dass wir die Schule gerade noch rechtzeitig verlassen konnten«, sagte Ronin erleichtert.

»Haben sie ausgesehen wie zugewachsene Affen?«, erkundigte sich Jack.

Hana lachte. »Ja!«

»Dann waren es Kazukis Cousins aus Hokkaido, Raiden und sein Bruder Toru. Sie sind beide Schüler der Yagyu Ryū.«

»Dann war es vielleicht ein Zufall«, meinte Ronin. »Vielleicht sind sie nur zum Üben gekommen.« Er führte sie auf eine Brücke über den Kanal. »Aber bei so vielen Spitzeln brauchen wir unbedingt einen Ort, an dem wir uns verstecken können.«

»Warum nicht Jacks alte Schule?«, schlug Hana vor.

»Weil sie gleich neben der Burg Nijo liegt!«, sagte Jack und schüttelte den Kopf über so viel Naivität.

»Genau deshalb!«, erwiderte Hana. »Dort suchen sie uns bestimmt nicht.«

»Gute Idee«, stimmte Ronin zu. Jack war überrascht, dass er Hana überhaupt zugehört hatte. »Wo könnte man sich besser verstecken als vor der Nase des Gegners?«

Überstimmt folgte Jack den anderen quer durch die Stadt zurück zur Niten Ichi Ryū. Hanas Vorschlag war gar nicht so übel, musste er ehrlicherweise zugeben. Es widerstrebte ihm nur, zu der zerstörten Schule zurückzukehren. Lieber behielt er sie in Erinnerung, wie er sie gekannt hatte.

»Wir können nicht einfach durch das große Tor hineingehen«, bemerkte Ronin, als sie sich ihrem Ziel näherten. »Man könnte uns sehen.«

»Es gibt einen Nebeneingang, den die Schüler benutzt haben«, warf Jack ein.

Sie schlängelten sich durch ein Gewirr von Gassen und erreichten den Nebeneingang. Auch hier hing ein Schild mit der Aufschrift *Auf Befehl des Shoguns geschlossen*. Sobald die Straße leer war, näherten sie sich der Tür. Ronin drückte die Klinke.

»Sie ist abgeschlossen!« Er ging einen Schritt zurück, um sie mit der Schulter einzudrücken.

»Lass es mich zuerst versuchen«, sagte Hana und trat ihm in den Weg. »Sonst sieht man gleich, dass jemand eingebrochen ist.«

Sie zog ein Messer heraus, das sie hinter ihrem Rücken heimlich in den Obi gesteckt hatte. Die Klinge funkelte, die Schneide war rasiermesserscharf.

»Woher hast du das?«, wollte Ronin wissen.

»Von dem Banditen mit der Zahnlücke.«

»Du hast es ihm gestohlen?«

»Nein«, sagte Hana in gespielter Empörung. »Er hat es weggeworfen. Und ich habe ihm mein altes dagelassen.«

Sie steckte die Messerspitze ins Schloss, drehte sie behutsam und ruckelte daran, bis ein scharfes Klicken ertönte und die Tür aufsprang. Mit einem zufriedenen Grinsen drehte sie sich um.

Ronin brummte anerkennend.

»Gut gemacht!«, lobte Jack, froh darüber, dass Hana Ronin gleich zweimal hintereinander hatte zeigen können, wie nützlich sie war.

Sie traten hastig ein und schlossen die Tür hinter sich. Ihre Füße knirschten laut im Kies, als sie den leeren Hof mit den verlassenen Gebäuden überquerten. »Eine äußerst beeindruckende Schule, wie ich sehe«, bemerkte Ronin und ging auf den Butokuden zu. »Was für ein Jammer!«

Sie betraten die große Halle, deren runde Pfeiler aus Zypressenholz immer noch die gewaltige Kassettendecke stützten, die mit ihren gekreuzten Balken aussah wie das Skelett eines gestrandeten Wals. Die Strahlen der späten Nachmittagssonne fielen schräg durch den gewaltigen Raum und beleuchteten die geplünderte Waffenwand. Sie war leer geräumt worden, als der Kampf um die Schule entbrannt war. Nur ein abgebrochenes Kurzschwert und ein altes Übungsschwert lagen achtlos weggeworfen auf dem Boden davor.

Staubkörnchen tanzten durch die abgestandene Luft und

leuchteten im Licht auf. Ronin hob das Übungsschwert auf, wog es prüfend in der Hand und seufzte. »An einer solchen Schule zum Samurai ausgebildet zu werden, muss eine große Ehre gewesen sein.«

Jack nickte zustimmend. Allerdings hatte er hier nicht nur gute Erfahrungen gemacht. Sensei Kyuzo, sein zwergwüchsiger, dafür umso strengerer Lehrer im waffenlosen Kampf, hatte zu Demonstrationszwecken für die anderen Schüler oft unvorstellbar schmerzhafte Kampftechniken an ihm vorgeführt. Einmal hatte er Jack damit bestraft, eine ganze Nacht lang jede einzelne Holzplatte des Hallenbodens putzen zu müssen. Doch Jack hätte all diese Schikanen liebend gern noch einmal erduldet, wäre nur die Niten Ichi Ryū darüber wieder in ihrer früheren Herrlichkeit erstanden.

Sie verließen den Butokuden und begaben sich zur Halle der Schmetterlinge.

»Ist das schön!«, rief Hana und strich andächtig mit den Fingern über die herrlichen Seidensiebdrucke von Schmetterlingen und Kirschbäumen, die den Speisesaal schmückten.

Einige Tische waren immer noch zum Abendessen gedeckt und schienen darauf zu warten, dass gleich die Schüler und ihre Sensei auftauchten. Jack hatte das Gefühl, als könnte Masamoto jederzeit durch die Tür treten und seine Rückkehr verkünden. Doch dann entdeckte er auf einem Tisch einen getrockneten Blutfleck. Dort hatte Saburo gelegen, um seine Pfeilwunde verbinden zu lassen. Der damalige Abend war der Anfang vom Ende gewesen.

Was aus seinem Freund wohl geworden war? Und aus Kiku, die zurückgeblieben war, um ihn zu pflegen? Lebten die beiden noch? Und wenn ja, mussten sie sich verstecken wie er selbst? Oder waren sie von den Säuberungsaktionen des Shoguns verschont geblieben?

Während Jack dem Schicksal seiner Freunde nachhing, hatte Ronin die Küche ausfindig gemacht. Kurz darauf kehrte er mit einigen Tellern, drei Paar Essstäbchen und einer Schüssel zurück.

»Essenszeit. Du musst dich für den Zweikampf morgen stärken.«

Er führte sie nach draußen und befahl Hana, in den Trümmern der Halle des Falken ein wenig Holz zu sammeln.

Im Südlichen Zen-Garten fand er eine geeignete Stelle zum Feuermachen. Sie lag im Windschatten eines großen Steines, der den Schein der Flammen abschirmte, und unter einem Baum, der den Rauch filterte, sodass man ihre Anwesenheit von draußen nicht bemerken würde. Während der Reis kochte, schnitt Hana Gemüse klein und Jack nahm einen Fisch aus, den Ronin zuvor von ihrem schwindenden Geld gekauft hatte.

Doch als das Essen fertig war, hatte Jack keinen Appetit. Seine Rückkehr an die Schule erfüllte ihn mit einer Trauer, die er nicht einfach abschütteln konnte. Außerdem machte ihm der bevorstehende Zweikampf Angst. Die Niten Ichi Ryū hatte ihn daran erinnert, dass er sich nicht mehr im Schwertkampf und schon gar nicht in der Technik der beiden Himmel geübt hatte, seit er vor einigen Tagen aus der Bewusstlosigkeit aufgewacht war.

»Ich muss mir ein wenig die Beine vertreten«, erklärte er und lächelte entschuldigend, als Hana ihm seinen Anteil anbot.

»Und ich muss etwas trinken«, verkündete Ronin und hob eine Sakeflasche an die Lippen.

»Aber du musst etwas essen, Jack«, beharrte Hana.

Doch Ronin bedeutete ihr mit einem stummen Kopfschütteln, ihn gehen zu lassen.

Jack streifte durch die verlassene Schule. Die Abenddämmerung hatte bereits eingesetzt. Er stieg eine steinerne Treppe hinauf und stand vor dem Eingang der Buddha-Halle. Die breite Doppeltür hing wie ein gebrochenes Flügelpaar in den Angeln. Nach kurzem Zögern betrat er die dämmrige Halle.

»Hallo?«

Nur das Echo seiner Stimme antwortete ihm. Was hatte er erwartet?

Von niemandem mehr verehrt saß der große bronzene Buddha im hinteren Teil der Halle. Über ihm hing wie eine himmlische Krone die gewaltige Tempelglocke. Der Buddha leuchtete im Schein der letzten hereinfallenden Sonnenstrahlen und Jack fühlte sich unwillkürlich zu ihm hingezogen. Bevor er noch lange überlegen konnte, hatte er schon die Halle durchquert und kniete zu Füßen der Statue nieder.

Er faltete die Hände und betete. Für Saburo, Kiku und

Masamoto. Für das Andenken an Yamato, für die Freundschaft mit Akiko und für seine Schwester Jess in England.

Wieder einmal sah er sich vom Tod durch das Schwert bedroht. Doch seine Gedanken galten ausschließlich seinen Freunden und dem Wohl seiner Schwester, die als Einzige von seiner Familie noch übrig war. Er musste überleben, um jeden Preis! Wie sehr er sich jetzt einen Rat Sensei Yamadas wünschte! Der Zen-Meister hatte für alles eine Antwort gehabt, auch wenn sie nicht immer offensichtlich gewesen war.

Plötzlich hörte er ein Geräusch. Im Deckengebälk flog aufgeregt flatternd ein Vogel auf.

Jack fuhr herum. »Wer ist da?«

Ein fernes Lachen ertönte.

Er drehte sich in die andere Richtung und suchte die dämmrige Halle mit den Augen ab. Auf dem bronzenen Buddha leuchtete plötzlich etwas Rotes auf. Jacks Kehle war vor Angst auf einmal wie ausgedörrt. Das war doch wohl nicht möglich?

Seine Sinne waren aufs Äußerste angespannt und er hörte jedes Knarren und Ächzen des verwahrlosten Gebäudes. Schatten schienen zum Leben zu erwachen.

Löse mir dieses Rätsel, junger Samurai! Was ist größer als Gott und schlimmer als der Teufel? Die Armen haben es, die Reichen brauchen es, und wenn du es isst, stirbst du daran. Sage es mir und ich gebe es dir.

»Woher soll ich das wissen?«, rief Jack. Dünn und verloren tönte seine Stimme durch die leere Halle. Die Worte des

Rätselmönchs verfolgten ihn und hatten sich regelrecht in seinem Kopf festgesetzt.

Jack erhob sich und ging langsam um den bronzenen Buddha herum – die Hände vor sich ausgestreckt, bereit, einen Überraschungsangriff abzuwehren.

Wisse denn: Was du findest, ist verloren. Was du gibst, erhältst du wieder. Was du bekämpfst, wird besiegt … Was du bekämpfst, wird besiegt … Was du bekämpfst, wird besiegt …

Jack ging vorsichtig weiter und stand plötzlich direkt vor einem feuerroten Ungeheuer. Furchterregend, mit einem struppigen Schnurrbart und einem einzigen schwarzen Auge ragte es über ihm auf. In seiner Panik merkte er nicht, dass es sich dabei lediglich um einen Daruma, eine überlebensgroße Puppe, handelte. Er erschrak so sehr über die unerwartete Erscheinung, dass er Hals über Kopf floh.

Er stürzte nach draußen. Sein Herz hämmerte wie wild. Zwar ahnte er, dass seine Fantasie mit ihm durchgegangen war, aber das machte seinen Schrecken nicht weniger wirklich. Außerdem war er überzeugt, die Gegenwart des Rätselmönchs gespürt zu haben. Ein Schauer überlief ihn.

Auf der Treppe blieb er stehen, um zu verschnaufen. Da hörte er Hana plötzlich gellend schreien …

28

Pflaumenbaumpfähle

Im selben Moment, in dem Jack in den Garten rannte, schlug Hanas Schmerzensschrei in Lachen um – dasselbe Lachen, das er in der Buddha-Halle gehört hatte. Ronin saß mit untergeschlagenen Beinen auf der Veranda des Gartens und hatte das Kinn auf den Griff des Übungsschwertes gestützt, das er aus dem Butokuden mitgenommen hatte. Hana lag inmitten eines kleinen Walds von Pfählen auf dem Boden.

»Du musst dich entspannen …«, erklärte Ronin.

»Wie soll das gehen? Ich falle immer herunter!« Hana rieb sich den Hintern.

Ronin sah sie streng an. »Unterbrich mich nicht! Wenn du etwas lernen willst, musst du den Mund halten und zuhören.«

Hana nickte gehorsam und presste die Lippen zusammen.

»Ein starrer Körper verliert schnell das Gleichgewicht«, fuhr Ronin fort. »Ein Krieger dagegen, der sich geschmeidig und fließend bewegt, als sei er betrunken, kann seinem Gegner leicht ausweichen und aus jedem Winkel zuschlagen. Um aber die Kunst des Gleichgewichts zu beherrschen, musst du zuerst deine Mitte finden.«

Als Hana Jack kommen sah, winkte sie ihm zu. »Ich habe dir etwas zu essen aufgehoben!«, rief sie und zeigte auf einen mit Reis und Fisch beladenen Teller. Dann erst bemerkte sie Jacks erschrockenes Gesicht. »Ist was?«

»Ich dachte, du bräuchtest Hilfe!«

Hana lachte. »Die brauche ich auch! Ronin unterrichtet mich gerade.«

»Und ich habe eine ungeschickte Schülerin!«, brummte Ronin unwirsch. Er nahm einen Schluck Sake und wandte sich an Jack. »Du stellst dich hoffentlich besser an.«

»Was ist das?«, fragte Jack und betrachtete ein Dutzend in den Boden gerammte Pfähle, die zu einer Spirale angeordnet waren und verschieden hoch aus der Erde ragten.

»Das sind Pflaumenbaumpfähle«, erklärte Hana eifrig. »Ronin hat sie so aufgestellt, damit ich meinen Gleichgewichtssinn trainiere.«

Sie sprang auf den ersten Pfahl und trat von dort auf den nächsthöheren.

»Je höher man kommt, desto mehr wackeln sie«, erklärte sie und ruderte mit den Armen. »Und desto schwerer ist es auch …« Im nächsten Augenblick fiel sie hinunter, landete diesmal aber auf den Füßen. »Es ist wirklich nicht leicht!«

Ronin schnalzte missbilligend mit der Zunge. »Denk an deine Mitte!«, rief er.

Er stand auf, ging zu den Pfählen hinüber und sprang mühelos hinauf. Auf halbem Weg nach oben lehnte er sich zurück und bildete mit seinem Körper einen Bogen. Dem Aussehen nach schien er überhaupt nicht im Gleichgewicht zu sein und drohte abzustürzen.

Er zeigte auf seinen Bauch. »Wenn ich mich bewege, ist meine Mitte immer über meinem Schwerpunkt.« Er zeigte auf seine Füße. »So bleibe ich immer im Gleichgewicht.«

Er sprang weiter, erreichte den höchsten Pfahl, stellte sich auf ein Bein und hob kampfbereit die Arme. »Du musst geschmeidig wie eine Katze sein!«

Damit sprang er wieder hinunter und landete behände neben Jack. »Jetzt versuch du es. Und denk dran, das Gewicht auf die Fußballen zu verlagern.«

Jack schwang sich prüfend mit einem Fuß auf den niedrigsten Pfahl. Der Pfahl bewegte sich kaum und Jack konnte mühelos darauf stehen. Er stieg weiter hinauf und glich das zunehmende Wackeln mit seinem Körper aus, während er mit den Füßen instinktiv nach dem besten Halt suchte. Dabei kam er sich vor wie auf dem Hauptmast der *Alexandria*.

»Du machst das nicht zum ersten Mal!«, stellte Ronin fest.

»Ich war Matrose …«, erwiderte Jack.

Ohne Vorwarnung warf Ronin Jack seine Flasche zu. Doch diesmal war Jack darauf gefasst. Er fing sie ohne das geringste Schwanken.

»Gut, du lernst«, brummte Ronin. Jack sprang von den Pfählen hinunter und gab ihm den kostbaren Sake zurück. Ronin holte seine Schwerter von der Veranda und hielt sie Jack hin. »Du musst für morgen üben.«

Jack verbeugte sich, streckte die Hände aus und nahm Ronins Schwerter mit der gebührenden Achtung entgegen.

»Es ist mir eine Ehre. Warum hast du eigentlich nicht Arakis Angebot angenommen?«

»Ausgeschlossen«, schnaubte Ronin und hob das Übungsschwert auf. »Araki hätte dir nur ein minderwertiges, schlecht ausbalanciertes Schwert geliehen. Er mag ein Ehrenmann sein, aber er wird alles in seiner Macht Stehende tun, um zu gewinnen.«

Jack steckte die beiden Scheiden in seinen Obi, zog die Schwerter heraus und wog sie prüfend in den Händen. Es handelte sich um oft benutzte, zum Töten bestimmte Waffen von schlichter Zweckmäßigkeit. Sie lagen gut in der Hand und ihre Schneiden waren schon viele Male kundig geschliffen worden. Man konnte sie zwar nicht mit den Schwertern Shizus vergleichen, die Akiko ihm geschenkt hatte, aber zum Kampf gegen Araki taugten sie durchaus.

»Du beherrschst die Technik der beiden Himmel«, hob Ronin an und nahm Kampfhaltung ein. »Ich dagegen habe nur ein Übungsschwert. Du müsstest mich also mit Leichtigkeit besiegen.«

Blitzschnell schlug er nach Jacks Hals. Jack konnte nur instinktiv reagieren und die hölzerne Klinge abwehren. Er konterte mit seinem Kurzschwert. Ronin wich ihm aus und griff mit einem überraschenden Aufwärtsschlag an. Diesmal konnte Jack nur mit Mühe und Not ausweichen. Mangels Übung war er langsam und unsicher. Ronin dagegen verfügte über jede Menge Erfahrung und höchstes Können.

»Ist das alles, was du kannst?«, rief er herausfordernd und damit begann der Zweikampf erst richtig.

Sie kämpften im ganzen Garten, dessen Steine eine natürliche Arena bildeten. Die Nacht brach herein und die Schwerter blitzten im Schein des Feuers orangefarben auf. Hana sah dem Kampf ängstlich und zugleich fasziniert zu. »Los, Jack!«, rief sie. »Du besiegst ihn!« Ein böser Blick Ronins ließ sie jedoch rasch die Partei wechseln. »Zeig's ihm, Ronin!«, feuerte sie den Samurai an.

Doch Jack kam mit den Schwertern zusehends besser zurecht und auch die Bewegungen, mit denen er die Technik der beiden Himmel ausführte, wurden immer fließender – der Flint-und-Funken-Schlag, der Fließendes-Wasser-Schlag, die Technik des Vom-Berg-zum-Meer, Den-Schatten-Bewegen, der Herbstblattschlag. Ronin geriet in Bedrängnis und wich zu den Pflaumenbaumpfählen zurück. Jack schlug nach seiner Brust und Ronin sprang auf den ersten Pfahl, was ihm den Vorteil der größeren Höhe verschaffte.

»Folge mir, wenn du es wagst!«, rief er.

Jack trieb ihn die Pfähle hinauf und der Zweikampf verlagerte sich in luftige Höhe. Auf der Suche nach dem besseren Halt sprangen sie von Pfahl zu Pfahl. Doch Ronin gelang es besser, das Gleichgewicht zu halten, während Jack keinen Vorteil mehr von der Technik der beiden Himmel hatte.

Sie stiegen immer höher hinauf und Jack musste sich zunehmend darauf konzentrieren, nicht hinunterzufallen. Doch dann konnte er Ronin mit einem Schlag auf Bauchhöhe überraschen. Ronin musste überstürzt auf den nächsten Pfahl springen. Er kam schlecht auf, ruderte mit dem freien Arm durch die Luft und drohte hinunterzufallen.

Jack wollte die Gelegenheit nutzen, den Zweikampf zu beenden. Er folgte Ronin, um den entscheidenden Hieb zu führen, und erkannte zu spät, dass der Samurai ihn hereingelegt hatte. Ronin hatte das Gleichgewicht sofort wieder gefunden und schlug Jack mit seinem Übungsschwert das Standbein weg. Jack verlor den Halt und stürzte ab.

Hana klatschte dem Sieger begeistert Beifall. Ronin sah von seinem Pfahl auf den am Boden liegenden Jack hinunter und setzte ihm die Spitze seines Schwertes auf die Brust.

»Denk an deine Mitte«, mahnte er. »Und lass dich morgen nicht durch eine solche List täuschen!«

29

Tödliche Drohung

Donnernd stürzte das Wasser über die Felsnase in die üppig bewachsene Schlucht hinunter. Dunst hing wie ein silbriger Schleier vor der herrlichen Aussicht auf das im Tal gelegene Kyoto. Der mystische Anblick wurde noch durch das goldene Herbstlaub verstärkt, das die Bergflanken bedeckte und unter den Strahlen der aufgehenden Sonne von innen heraus zu leuchten schien.

Jack sah von seinem Platz am Flussufer auf das geschwungene Dach der Pagode des Kiyomizudera und die restliche Tempelanlage hinunter. Mönche in safrangelben Gewändern und reisemüde Pilger standen, ohne etwas von dem Duell zu ahnen, das demnächst über ihnen stattfinden würde, auf der hölzernen Plattform, die in die Schlucht hineinragte und Besuchern den Zugang zum legendären heilkräftigen Wasser des Geräusch-von-Federn-Wasserfalls ermöglichte.

Als Jack das letzte Mal hier gewesen war, hatte er das Jadeschwert geholt. Von dort, wo er stand, sah er den Schrein, in dem es untergebracht war. Er stand auf einer kleinen Insel unmittelbar vor dem Wasserfall, vom Ufer nur über einige gefährlich rutschige Trittsteine zu erreichen.

Damals beim Wettkampf gegen Yamato war er als Erster dort angelangt. Doch dann hatten sie sich an der Felswand des Wasserfalls hängend erbittert gestritten und waren beide in das mit Wasser gefüllte Becken unter ihnen gestürzt. Sie hatten Glück gehabt, dass sie nicht ertrunken waren oder sich das Genick gebrochen hatten.

Auf einem Weg entlang der Bergflanke näherte sich Araki.

»Ich glaube jetzt übrigens, dass die Schwerter Eurem Herrn gehören!«, rief er und klopfte auf die roten Griffe des Schwertpaars an seiner Hüfte. »Dass er sein Leben riskiert, um sie wiederzubekommen, ist der Beweis.«

»Sind sie das?«, fragte Ronin leise. Hana stand mit Jacks Stab neben ihnen.

Schwarze, mit Perlmutt eingelegte Scheiden und rot umwickelte Griffe. Jack nickte. Er hatte seine Schwerter gefunden!

Jetzt musste er um sie kämpfen.

Araki wurde von einem ganzen Schwarm von Schülern der Yagyu Ryū begleitet. Offenbar genoss er unter ihnen großes Ansehen und keiner wollte sich die Gelegenheit entgehen lassen, das große Vorbild kämpfen zu sehen. Als er seine Überjacke ablegte, waren sofort zwei Schüler zur Stelle, um sie zu halten.

Araki streckte sich, zog seinen Gürtel enger um die Hüften und schob die Schwerter zurecht.

»Bekomme ich das Gesicht meines Gegners zu sehen, bevor wir anfangen?«, fragte er und sah Ronin mit erhobenen Augenbrauen an.

Bevor Ronin antworten konnte, ertönte lautes Rufen. Raiden und Toru, die beiden Hünen, schoben sich durch die Menge und machten den Weg für Kazuki und seine Skorpion-Bande frei. Die Ankömmlinge umringten Jack, Ronin und Hana.

»Ich will sein Gesicht auch sehen!«, rief Kazuki.

Jack hatte nicht geglaubt, dass seine Lage noch schlimmer werden könnte. Doch jetzt gab es kein Verstecken mehr. Wenigstens hielt er, wenn er getötet wurde, ein Schwert in der Hand und würde hoch erhobenen Hauptes untergehen.

»Kazuki«, begrüßte er seinen alten Rivalen mit einer knappen Verbeugung. Er gab Ronin den Strohhut. »Was macht die Hand?«

»Der Gaijin-Samurai!«, rief Araki mit einem erfreuten Lächeln.

»Du bist es also tatsächlich!«, schnaubte Kazuki, einen Augenblick wie gelähmt vor Verblüffung und Wut. »Ich hörte, dass hier um zwei Shizu-Schwerter gekämpft werden soll, und wusste, dass du Masamotos Schwerter hattest. Aber die Schwerter von Araki-san sind nicht die von Masamoto!«

»Nein, sie gehörten Akikos Vater«, erwiderte Jack. »Akiko hat mir erlaubt, sie zu tragen.«

»Akiko? Sie lebt? Ich dachte … Ich hatte gehofft, ich hätte diese Verräterin getötet!«

»So schnell geht das nicht«, erwiderte Jack.

Kazuki hob die rechte Hand. Er trug einen schwarzen Handschuh. Seine Finger waren gekrümmt und zu einer Klaue erstarrt.

»Daran ist sie schuld!«, fauchte er wutentbrannt. »Sobald ich dich getötet habe, werde ich deine geliebte Akiko für ihre Verbrechen bestrafen. Und wenn ich mit ihr fertig bin, wird ihr Gesicht nicht mehr so schön anzusehen sein.«

Auch in Jack regte sich jetzt die Wut. Er war wütend auf sich selbst, weil er verraten hatte, dass Akiko noch lebte. Und auf Kazuki wegen dessen hasserfüllter Drohung. Nie würde er zulassen, dass Kazuki Akiko etwas zuleide tat.

»Ist sie mit dir in Kyoto?«, wollte Kazuki wissen.

Jack schwieg. Akiko war trotz seines Versprechers sicher, solange Kazuki nicht wusste, wo sie sich aufhielt.

»Wo ist sie dann?« Kazuki zog mit der Linken sein Langschwert.

»Kazuki-san!« Araki trat zwischen sie. »Ich verstehe ja, dass du noch eine Rechnung begleichen und Verräter bestrafen willst, aber zuerst habe ich noch einen Zweikampf gegen diesen Samurai zu bestehen.«

»Samurai?«, fragte Kazuki angewidert. »Das ist er nicht!«

»Aber ja doch«, verbesserte Araki ihn. »Er ist der berüchtigte ausländische Samurai, der die Technik der beiden Himmel beherrscht.«

»Die beherrsche ich auch«, erwiderte Kazuki gereizt. »Das ist nichts Besonderes und hat Masamoto am Schluss auch nicht geholfen.«

»Bitte respektiere unsere Vereinbarung«, beharrte Araki, ohne auf Kazukis Worte einzugehen. »Es geht bei diesem Zweikampf um die Ehre. Wenn er überlebt, gehört er natürlich dir. Wenn nicht, bekommst du … seinen Kopf.«

Kazuki sah Araki wütend an, trat jedoch einen Schritt zurück und steckte sein Schwert ein.

»Enttäusche mich nicht, indem du zu früh stirbst, Gaijin«, zischte er. »Aber wenn du es doch tust, stirb in dem Wissen, dass ich Akiko finden werde.«

侍

30

Duell am Wasserfall

»Was für ein herrlicher Tag für ein Duell!«, rief Araki und betrachtete die auf dem Wasser schimmernde Sonne. »An diesen Kampf wird man sich noch lange erinnern.«

Jack wandte sich an Ronin. »Wenn ich verliere, sterbe ich«, flüsterte er. »Und wenn ich gewinne, sterbe ich auch. Keine besonders verlockende Alternative.«

»Man gewinnt einen Krieg, indem man eine Schlacht nach der anderen gewinnt«, erwiderte Ronin, ohne die Hand vom Griff seines Holzschwertes zu nehmen. »Konzentriere dich zuerst auf diesen Kampf.«

Die Schüler der Yagyu Ryū bildeten einen großen Halbkreis, der den Duellplatz zur einen Seite hin begrenzte. Die andere Grenze bildete der Wasserfall.

»Wenn du bereit bist?«, sagte Araki und verbeugte sich förmlich vor Jack.

Jack verdrängte seine unguten Gefühle und erwiderte die Verbeugung. Mit einer langsamen, kontrollierten Bewegung zog Araki sein Langschwert. Die Klinge Shizus blitzte in der Sonne auf wie Quecksilber.

Als Jack seine eigenen Schwerter sah, gegen die er gleich

kämpfen musste, geriet seine Entschlossenheit noch einmal für einen kurzen Moment ins Wanken. Erst jetzt spürte er die ungeheure, furchterregende Kraft, die von ihnen ausging. Der Sieg schien dem Stahl förmlich eingraviert zu sein, ein einziger Hieb konnte seine Niederlage besiegeln.

Er holte tief Luft, um sich zu beruhigen, und zog die beiden Schwerter Ronins. Mit einer fließenden Bewegung hob er das Langschwert hoch und hielt sich das Kurzschwert schützend vor die Brust. Es zählte bereits der erste Treffer, rief er sich in Erinnerung. Ein kleiner Schnitt genügte.

Araki schien es nicht eilig zu haben. Er umkreiste Jack langsam und Jack drehte sich mit ihm und achtete darauf, dass eine gute Schwertlänge sie trennte. Er wusste, dass Araki dabei war, die Fähigkeiten seines Gegners nach der Sicherheit seiner Beinarbeit einzuschätzen. Nach einer Weile drehte Araki sich so, dass er Jack die Seite zukehrte. Das Schwert hielt er gesenkt, die Klinge war hinter seinem Rücken nicht zu sehen. Jack konnte deshalb nur schwer beurteilen, in welche Richtung der Angriff erfolgen würde.

Plötzlich stampfte Araki mit dem vorderen Fuß auf.

Jack machte unwillkürlich einen Satz rückwärts, bereit, den Angriff abzuwehren.

Doch der Angriff blieb aus.

»Nervös?« Araki lachte spöttisch und begann wieder zu kreisen wie ein Falke über seiner Beute.

Jack antwortete nicht. Araki spielte mit ihm und er wollte ihm nicht die Genugtuung einer Antwort geben. Stattdessen wartete er geduldig weiter auf den Angriff.

Ohne Vorwarnung hob sich Arakis Schwertspitze und blitzte in der Sonne auf. Jack war einen kurzen Moment lang geblendet, hörte aber, wie die stählerne Klinge pfeifend auf ihn niedersauste. Von Sensei Kano hatte er gelernt, zu kämpfen, ohne etwas zu sehen. Blitzschnell berechnete er ihre Bahn, wehrte sie mit dem Rücken seines Kurzschwerts ab und trat zur Seite.

Die Zuschauer stöhnten enttäuscht auf.

Araki starrte Jack böse an, erstaunt und ärgerlich zugleich, dass nicht schon der erste Angriff zum Sieg geführt hatte.

»Einen Schwalbenschlag überleben nicht viele«, bemerkte er kalt. »KIAIIIIII!«

Er schrie gellend auf und schlug urplötzlich nach Jacks Brust. Jack sprang zur Seite. Der Schlag war mit einer solchen Wucht geführt, dass er ihn kaum abwehren konnte. Er konterte mit einem Hieb nach Arakis Bauch, doch Araki bog sich im letzten Augenblick zur Seite und brachte sich mit wenigen Schritten in Sicherheit.

»Und einen Schlag-Wie-Donner noch weniger!«, rief Araki voller Ingrimm darüber, dass auch sein zweiter Angriff gescheitert war. »Nun lass doch mal sehen, was *du* kannst, Gaijin.«

Er senkte das Schwert, um Jack zum Angriff zu verleiten. Jack erkannte zwar, dass dies eine Falle war, aber eine bessere Chance würde er nicht bekommen. Unversehens schlug er mit dem Kurzschwert nach Arakis Kopf. Araki blockte den Schlag ab und entblößte dabei seine linke Seite. Augenblicklich schlug Jack mit seinem Langschwert nach Arakis Brust. Panik flackerte in Arakis Augen auf, doch konnte er sein Schwert gerade noch herumreißen und Jacks Langschwert abwehren.

Mit aneinandergepressten Schwertern verharrten sie einen Augenblick lang regungslos.

Dann fuhr Jack mit seiner Klinge an Arakis Schwert entlang, um es zur Seite zu drücken und nach Arakis Herz zu schlagen, wie Masamoto es ihn gelehrt hatte … Doch Araki hob und senkte sein Schwert in Wellen und schwächte so die Kraft von Jacks Angriff ab. Jack musste zur Seite springen, um nicht selber aufgespießt zu werden.

Araki grinste. »Große Welle gegen Flint-und-Funken-Schlag.«

Einige Schüler klatschten Beifall. Araki versuchte gegenüber seinen Anhängern den Eindruck zu erwecken, als habe er den Kampf unter Kontrolle und quäle Jack nur ein wenig. Doch Jack wusste es besser. Seine Technik der beiden Himmel und sein unerwartetes Können als Schwertkämpfer hatten Araki aus dem Konzept gebracht.

Sie kämpften weiter. Hana feuerte Jack an, Ronin sah schweigend und mit feierlichem Ernst zu. Die anderen Zuschauer standen auf Arakis Seite. Sie zischten und buhten jedes Mal, wenn Jack angriff oder sich erfolgreich verteidigte. Kazuki folgte dem Kampf mit trotzig verschränkten Armen.

Araki begann jetzt, seine Schläge zu kommentieren. Das ärgerte Jack, aber er durchschaute seine Taktik. Araki wollte damit nur seine Überlegenheit demonstrieren und ihn gleichzeitig in Sicherheit wiegen.

Der Kampf wurde heftiger. Jacks Herz hämmerte wie verrückt und in das Tosen des Wasserfalls mischte sich das Rauschen des Blutes in seinen Ohren. Er wurde allmählich müde und wusste, dass er jederzeit einen Fehler machen konnte. Arakis Technik war makellos und Jack hatte Mühe, eine Schwäche zu entdecken. Plötzlich musste er einem besonders heftig geführten Schlag Arakis ausweichen und trat mit einem Bein ins Wasser.

Als seinen engsten Verbündeten unter den Elementen sollte der Ninja das Wasser wählen …

Jack fiel plötzlich wieder ein, was der Großmeister ihn über die fünf Ringe gelehrt hatte und wie er die Natur zu seinem Vorteil nutzen konnte.

Araki griff erneut an und Jack duckte sich.

Nicht einmal der Stärkste kann dem Wasser widerstehen … Man kann es als Waffe benutzen oder zur Verteidigung …

Jack wich am Ufer entlang zurück und ließ Araki angreifen. Arakis Schwerttechnik war zwar vollkommen, aber er war in seinen Bewegungen zu starr und unbeweglich. Jack musste darauf zurückgreifen, was er vom Ring des Wassers wusste.

Man zieht den Gegner in einen Fluss und zwingt ihn, im Wasser zu kämpfen …

Die Strategie war riskant. Jack konnte von der Strömung genauso gut mitgerissen werden wie Araki. Er konnte im seichten Wasser stolpern und als Erster den Halt verlieren.

Aber er hatte im Gegensatz zu Araki bei den Ninja bereits geübt, im Wasser zu kämpfen. In die Knie zu gehen, langsame Schritte zu machen und die Füße hochzuziehen. Araki dagegen war zu festgelegt auf seine Technik und würde sich im Wasser ohne entsprechende Erfahrung eher schwertun.

Das Duell verlagerte sich in den Fluss und die Zuschauer eilten ans Ufer. Doch Jack hatte Araki unterschätzt. Araki war auch im Wasser noch ein ernst zu nehmender Gegner. Klirrend schlugen ihre Schwerter aneinander und sie näherten sich unaufhaltsam dem Wasserfall. Die Strömung wurde stärker und es kostete sie immer mehr Kraft, nicht von ihr mitgerissen zu werden. Hana und Ronin verfolgten das Duell zunehmend besorgt.

»Pflaumenbaumpfähle!«, rief Hana plötzlich und zeigte auf eine Stelle hinter Jack.

Er sah sich um und entdeckte einige Trittsteine. Sofort sprang er auf einen. Araki wollte ihm den Vorteil der Höhe nicht überlassen und hechtete auf einen anderen, rutschte auf der glitschigen Oberfläche aus, fing sich aber sofort wieder.

Jack sprang auf den nächsten Stein und Araki folgte ihm. Schwankend balancierten sie auf den glatten, rutschigen Steinen und kämpften, während der Fluss neben ihnen über den Felsen stürzte. Araki parierte einen Angriff Jacks und konterte mit einem überraschenden Diagonalschlag, dem Jack nur dadurch ausweichen konnte, dass er sich nach hinten über die Felsklippe bog. Einen Moment lang schien er in der Schwebe zu hängen und es sah aus, als könnte ihn der leiseste Luftzug den Wasserfall hinunterwehen.

Finde deine Mitte.

Araki schickte sich an, seinen Sieg zu besiegeln, während die Schüler im Sprechchor skandierten: »Tötet ihn! Tötet ihn! Tötet ihn!«

»So will ich diesen Zweikampf beenden!«, rief Araki keuchend und hob sein Schwert. »Mit einem Himmel-krönt-Erde-Schlag.«

»Aber wir haben doch vereinbart, dass ein einfacher Treffer ausreicht!«, rief Jack über dem Abgrund schwankend.

»Damals wusste ich noch nicht, dass du der Gaijin-Samurai bist«, erwiderte Araki mit einem hämischen Grinsen. »Dafür, dass ich dir den Kopf abschlage, werde ich in die Geschichte eingehen.«

侍

31

Auf Messers Schneide

Mit ungeheurer Wucht sauste die Klinge auf Jacks Hals nieder. Doch im selben Augenblick richtete sich Jack auf und sprang auf den nächsten Stein. Das Schwert verfehlte ihn. Araki konnte es nicht mehr bremsen und wurde von seinem Schwung mit nach vorn gerissen.

Jack stieß sein Schwert durch Arakis Obi und hielt seinen Gegner daran fest, kurz bevor der vollends das Gleichgewicht verlor.

Araki hing über dem Rand der Klippe und starrte mit angstvoll aufgerissenen Augen in den schäumenden Abgrund.

»Das war die Betrunkene Faust«, sagte Jack. »Man schlägt zu, wenn der Gegner glaubt, dass man ihm hilflos ausgeliefert ist.«

An der Stelle, an der Jack ihn seitlich getroffen hatte, breitete sich ein roter Fleck auf Arakis Kimono aus.

»Für mich ist das der erste Treffer«, stellte Jack fest.

»Niemals!«, schnaubte Araki trotz seiner misslichen Lage.

Ein scharfes, reißendes Geräusch ertönte. Araki hatte versucht, sich aufzurichten, und dabei den Stoff seines Obi über den Rücken von Jacks Schwert gezogen, sodass er einriss. Augenblicklich erstarrte Araki. Sein Schicksal stand jetzt buchstäblich auf Messers Schneide.

»Für mich sah es aber so aus«, beharrte Jack und ließ Araki seelenruhig über dem Abgrund hängen. »Aber wenn Ihr anderer Meinung seid, sollte ich vielleicht doch das Schwert herausziehen und nachsehen.«

»Nein! Ja! Ich meine ... Also gut! Es war ein Treffer! Du hast gewonnen!«

Der Gürtel riss ein weiteres Stück ein.

Jack packte Araki am Kragen und zog ihn in Sicherheit. Araki zitterte vor innerer Erregung und Wut und hätte den Kampf wohl am liebsten fortgesetzt. Doch waren ihm durch den Bushido, den Verhaltenskodex der Samurai, die Hände gebunden. Er steckte seine Schwerter ein, trat auf einen anderen Stein und senkte beschämt den Kopf.

»Meine Schwerter«, erinnerte Jack ihn.

Araki zog sie stumm aus seinem zerrissenen Gürtel und gab sie ihm. Sobald Jack sie in den Händen hielt, war ihm, als durchströme ihn neue Kraft. Er hatte sich Akikos Perle zurückgeholt und jetzt auch noch Shizus Schwerter. Nun fehlten ihm nur noch der Inro Daimyo Takatomis, der hauptsächlich Erinnerungswert hatte, und der Portolan, den er für seine weitere Reise allerdings unbedingt brauchte.

Während Araki zum Ufer zurückkehrte, näherte sich Hana auf den Trittsteinen, dicht gefolgt von Ronin. Jack gab Ronin die geliehenen Schwerter zurück und befestigte die eigenen an seinem Gürtel.

»Das war ja unglaublich!«, rief Hana und vergaß vor lauter Begeisterung über Jacks Sieg die Gefahr, in der sie nach wie vor schwebten.

»Noch sind wir nicht in Sicherheit«, erwiderte Jack mit einem Blick über ihre Schulter.

Die Schüler der Yagyu Ryū hatten sich angesichts der Niederlage ihres Helden in einen wütenden Mob verwandelt. Ganz vorne am Ufer standen mit gezogenen Schwertern Kazuki und seine Skorpion-Bande.

»Nehmt den Gaijin fest und tötet die beiden Verräter!«, befahl Kazuki.

Raiden betrat den ersten Stein, Goro, Hiroto und sein Bruder Toru folgten ihm.

»Sieht aus, als könnten wir diesen Kampf nicht gewinnen«, räumte Ronin mit einem Blick auf die wütende Menge und den hünenhaften Raiden ein. Er zog sein Schwert.

»Warum ergeben wir uns nicht?«, schlug Hana mit vor Angst bebender Stimme vor.

Statt einer Antwort reichte Ronin ihr nur das Übungsschwert und bedeutete Jack mit einem Nicken, seine Schwerter ebenfalls zu ziehen.

»Aber ich habe noch nie mit so etwas gekämpft!«, rief Hana.

»Dann musst du es jetzt ganz schnell lernen«, erwiderte Ronin.

Die Skorpion-Bande kam näher. Jack sah sich nach einer Fluchtmöglichkeit um, aber die Trittsteine führten nur zu dem Schrein und nicht weiter. Auch zum Ufer zurückzukehren, war keine Alternative. Vielleicht konnten sie einige

Angreifer zurückschlagen, aber zuletzt würde man sie überwältigen.

Kazuki lachte voll grausamer Schadenfreude. »Jetzt entkommst du mir nicht mehr, Gaijin!«

Widerstand war zwecklos, deshalb steckte Jack seine Schwerter wieder ein. Wenn er getötet wurde, konnte er Akiko nicht mehr vor der Gefahr warnen, in der sie schwebte.

»Was tust du da?«, fragte Hana aufgeregt.

»Macht euch zum Sprung bereit!«, antwortete Jack leise.

Hana blickte über die Kante des Wasserfalls in den scheinbar bodenlosen Abgrund. »Bist du verrückt?«

»Ich habe es schon einmal getan und überlebt.«

»Von hier aus?«, fragte Ronin ungläubig.

»Nein«, musste Jack zugeben. »Von weiter unten.«

»Aber ich kann nicht schwimmen!« Hana sah verzweifelt zwischen dem näher kommenden Mob und dem schrecklichen Abgrund hin und her.

»Du kannst auch nicht mit dem Schwert kämpfen«, erinnerte Jack sie. Raiden war jetzt bereits auf Reichweite an sie herangekommen. »Spring!«

Er packte Hana am Handgelenk und riss sie mit sich. Ronin schüttelte den Kopf, als könnte er selbst nicht glauben, was er gleich tun würde, und sprang ihnen nach. Im selben Augenblick sauste Raidens Schwert durch die Luft und verfehlte seinen Rücken nur um Haaresbreite.

Hana schrie die ganze Zeit, während sie in die Tiefe stürzten, und Jack betete stumm, sie mögen nicht auf der vorspringenden Tempelterrasse oder auf den Felsen unten aufschlagen. Der Wind pfiff ihnen in den Ohren und das Donnern des Wasserfalls umfing sie. Dann hüllte die Gischt sie ein und im nächsten Moment trafen sie auf dem Wasser auf. Das Brausen wurde zu einem dumpfen Dröhnen und sie wurden von dem schäumenden Wasser des Felsenbeckens hin und her geworfen. Die Strömung erfasste Jack und zog ihn zum Ausgang des Beckens und in den Fluss. Dabei wurde ihm Hana aus der Hand gerissen. Er bekam keine Luft mehr und fürchtete schon, zu ertrinken, da tauchte er wieder mit dem Kopf aus dem Wasser auf. Erleichtert sog er die Luft ein.

Ein Schrei ertönte fast zeitgleich. Hana war ebenfalls aufgetaucht. Sie schlug wild um sich und ging wieder unter. Jack schwamm mit den Füßen strampelnd in ihre Richtung. Sie tauchte erneut auf, aber ihre Bewegungen waren bereits schwächer geworden. Verzweifelt hielt Jack auf sie zu, doch der Fluss verschluckte sie wieder. Jack tauchte und suchte blind nach dem Mädchen, das von einer gewöhnlichen Diebin zu einer Freundin geworden war. Mit den Fingern bekam er ihren Kimono zu fassen und zog Hana daran nach oben. Hustend und spuckend tauchte sie auf.

Der Fluss beruhigte sich, die Strömung blieb allerdings stark. Jack ließ sich von ihr flussabwärts tragen und hielt Hanas Kopf über Wasser. Im nächsten Moment tauchte Ronin auf und schwamm auf sie zu. Von über ihnen ertönte ein hasserfüllter Schrei.

Kazuki stand am Rand des Wasserfalls.

»Du feiger Hund! Ich kriege dich, Gaijin!«

侍

32

Zerbrochen

Auf einem Waldweg eilten die drei Flüchtlinge nach Süden, weg von Kyoto. Sie hatten sich vom Fluss aus der Schlucht und in das Haupttal tragen lassen und waren erst aus dem Wasser gestiegen, als die Strömung nachgelassen hatte. Jetzt führte Ronin sie auf Umwegen weiter. Straßen und Dörfer mieden sie. Zwar hatten sie sich durch ihre tollkühne Flucht einen Vorsprung verschafft, aber sie durften trotzdem nicht trödeln und vor allem nicht gesehen werden.

Jack bildete die Nachhut und verwischte ihre Spuren, wie er es als Ninja gelernt hatte. Hana redete in einem fort.

»Ich kann gar nicht glauben, dass wir noch leben! Habt ihr Raidens Gesicht gesehen, als wir gesprungen sind? Sein Schrecken war noch größer als meiner. Fantastisch, wie du gekämpft hast, Jack. Ich hatte wirklich schon geglaubt, du hättest verloren. Aber du hast Araki reingelegt! Der war vielleicht wütend! Findest du nicht, wir drei passen großartig zusammen? Wir haben deine Schwerter und deine Perle wiedergefunden! Ein Jammer, dass der Glücksspieler das ganze Geld verspielt hat, aber ich kann auch zur Not etwas klauen, wenn du willst. Und es tut mir leid, dass ich deinen

Stock verloren habe, Jack. Dafür habe ich das Übungsschwert gerettet, Ronin! Willst du es wiederhaben?«

»Behalte es«, brummte Ronin und ging schneller, weniger um den Vorsprung zu Kazuki und seiner Bande zu halten, als um Hanas pausenlosem Geschnatter zu entgehen.

»Wirklich?« Hana steckte das Schwert stolz in ihren Obi. »Mein erstes Schwert! Zeigst du mir, wie man damit kämpft, Ronin? Ich will auch ein Samurai sein wie du und Jack.«

»Dazu muss man geboren werden.«

»Aber Jack ist nicht einmal Japaner!«

»Er wurde von einem Samurai adoptiert. Und ein Dieb ist er auch nicht!«

»Ach so!« Hana war angesichts Ronins kurz angebundener Antworten ein wenig verdattert. Sie überlegte kurz. »Du könntest mich doch adoptieren!«

Ronin blieb abrupt stehen und wurde blass. Er wollte antworten, überlegte es sich dann aber doch anders und ging weiter.

Hana sah Jack an. »War das ein Ja? Oder ein Nein?«

Jack zuckte unverbindlich die Schultern, doch wie er Ronin kannte, hatte der mit diesem Vorschlag nicht viel im Sinn. »Lass uns lieber weitergehen«, sagte er.

Sie marschierten weiter und machten nicht einmal zum Mittagessen Pause. Zweimal mussten sie ein Stück zurückgehen, um anderen Reisenden oder einem Dorf auszuweichen. Bei Einbruch der Dämmerung gingen sie ein flaches Tal entlang. An einem Bach fanden sie einen abgeschiedenen Platz.

»Hier schlagen wir unser Nachtlager auf«, erklärte Ronin und bereitete den Boden für eine Feuerstelle vor.

Hana ging, um Kleinholz zu sammeln. Jack schnitt von einem Baum einige Äste ab und bastelte daraus ein einfaches Gestell, auf dem sie ihre nassen Kimonos trocknen konnten. Ronin öffnete den Stoffbeutel, in dem sie ihren Proviant aufbewahrten, und fluchte laut.

»Was ist?«, fragte Jack.

Ronin leerte, ohne zu antworten, den Beutel. Ein mit Reis gefüllter Strohbehälter, ein kleiner Kochtopf, eine Zwiebel, ein halber Kohlkopf und zwei weiße Rettiche fielen heraus, außerdem mit einem unheilvollen Klirren einige Tonscherben. Beim Aufprall auf dem Wasser des Felsenbeckens war die letzte Sakeflasche des Samurai zu Bruch gegangen.

Hana, die in diesem Augenblick mit dem Brennholz zurückkehrte, sah nur noch, wie Ronin den Kohlkopf packte, sich auf einen Baumstumpf setzte und wütend darauf einhackte.

»Lass mich das machen«, sagte sie, aus Furcht, von dem Kohl könnte mehr auf dem Boden landen als im Kochtopf. »Mach du lieber Feuer.«

Ronin brummte mürrisch vor sich hin, drückte Hana den Kohlkopf in die Hand und ging daran, Zweige auseinanderzubrechen und auf einen Haufen zu werfen. Jack hielt es für das Beste, Ronin sich selbst zu überlassen, und half Hana bei der Zubereitung des Essens. Sie hörten Ronin noch ein paarmal fluchen, als er versuchte, das Reisig anzuzünden. Doch dann brannte das Feuer und Ronin setzte sich davor und begnügte sich damit, hin und wieder mit einem Stock darin herumzustochern. Ihre Mahlzeit fiel zwar karg aus, doch schienen die Gemüsesuppe und der Reis Ronins Lebensgeister ein wenig zu beleben.

»Die Nachricht von Arakis Niederlage wird sich rasch verbreiten«, sagte er an Jack gewandt. »Außerdem ist diese Skorpion-Bande hinter dir her. Du musst also so schnell wie möglich nach Nagasaki und von dort die Heimreise antreten.«

»Zuerst muss ich nach Nara.«

Ronin schüttelte den Kopf. »Das Risiko lohnt sich nicht.«

»Aber Kazuki wird damit rechnen, dass ich nach Nagasaki gehe.«

»Stimmt. Und er wird die großen Straßen benutzen, um dir zuvorzukommen und den Weg abzuschneiden. Sogar ich hätte meine Zweifel daran, dass du ganz allein eine ganze Bande besiegen kannst.«

»Ich muss das Risiko eingehen, denn ich muss unbedingt nach Nara. Dort befindet sich das Tagebuch meines Vaters. Außerdem will ich wissen, was mir zugestoßen ist. Mir fehlen in meiner Erinnerung einige Tage meines Lebens. Dieser Botan kann mir vielleicht sagen, was passiert ist.«

»Aber du hast doch jetzt deine Perle, deinen Kimono und deine Schwerter wieder zurück. Ist das Tagebuch deines Vaters denn wirklich so wichtig?«

Jack nickte. Ronin und Hana hatten sein volles Vertrauen verdient. Sie hatten in den vergangenen Tagen zur Genüge bewiesen, dass sie treu zu ihm standen. »Es ist eigentlich viel mehr als ein Tagebuch«, begann er. Und dann erzählte er ihnen, warum der Portolan so bedeutsam war.

Als er geendet hatte, fragte Ronin: »Dieses Logbuch ist also unersetzlich und demnach von unschätzbarem Wert?«

»Ja. Aber nur ich kann es vollständig lesen. Und ich habe meinem Vater geschworen, immer gut darauf aufzupassen. Deshalb ist es meine Pflicht, es zu finden.«

Ronin seufzte tief und warf ein Scheit ins Feuer. »Ich kenne die Pflichten eines Sohnes. Du bist dafür verantwortlich, dass der letzte Wunsch deines Vaters erfüllt wird, Jack, ich verstehe das.«

Er stocherte in der Glut herum.

»Seinen Vater darf man nicht im Stich lassen … so wie ich es getan habe.« Er schien Jacks und Hanas Anwesenheit vergessen zu haben und begann vor sich hin zu murmeln. »Es war meine Schuld, dass ich diesen Mönch hereingelassen habe. Dass ich ihn nicht nach Waffen abgesucht habe. Dass ich mich von einer Verkleidung habe täuschen lassen. Dass mein Vater jetzt …«

Ronin war immer leiser geworden und verstummte schließlich ganz. Am Ende starrte er nur noch ins Feuer. Die Flammen spiegelten sich in seinen Augen, die noch blutunterlaufener waren als sonst. Er schnaubte und eine Träne lief ihm über die Wange.

»Alles in Ordnung?«, fragte Hana leise.

»Natürlich«, sagte er barsch und wischte sich mit dem Unterarm über das Gesicht. »Mir steigt nur der Rauch in die Augen, das ist alles.«

侍

33

Hinin

Verlegen saßen sie um das Feuer. Betretenes Schweigen hatte sich breitgemacht.

»Also gehen wir nach Nara!«, sagte Hana, um die anderen aufzumuntern. Sie nahm ihr Holzschwert in die Hand. »Botan sollte sich vorsehen – Samurai Hana ist ihm auf den Fersen!«

Sie schwang das Schwert durch die Luft und Ronin konnte sich gerade noch rechtzeitig ducken.

»Leg das hin!«, knurrte er. Es schien ihm schon leidzutun, dass er ihr das Schwert überhaupt gegeben hatte. »Ich habe dir doch gesagt, du bist kein Samurai!«

Ein Blick auf den finster dreinblickenden Ronin, dessen Hände zitterten, genügte Hana und sie gehorchte.

»Du könntest mir ja zeigen, wie man damit umgeht«, entgegnete sie tapfer.

Doch Ronin brachte sie mit einem durchdringenden Blick zum Schweigen.

»Wie kommen wir also am schnellsten nach Nara?«, fragte Jack, in der Hoffnung, Ronin von seiner schlechten Laune abzulenken.

»Durch das Tal des Kizu«, antwortete Ronin.

»Gibt es keinen anderen Weg?« Jack stöhnte. Dann mussten sie schon wieder denselben Weg zurückgehen!

Ronin schüttelte den Kopf. »Durch die Berge würden wir zu lange brauchen und es gibt nur wenige Möglichkeiten, den Kizu zu überqueren. Wir müssen das Risiko eingehen.«

»Ich war schon einmal in Nara«, warf Hana ein. »Es ist nur etwa einen Tag von hier entfernt.«

»Weißt du vielleicht, wo der Tempel Tōdai-ji liegt?«, fragte Jack und zeigte ihr das grünseidene *omamori*.

Hana grinste. »Den kannst du nicht verfehlen. Er ist wahrscheinlich das größte Bauwerk der Welt!«

Jack bemerkte, dass Ronins Hände immer noch zitterten, und machte auf dem Baumstamm, auf dem er saß, Platz. »Komm näher ans Feuer, Ronin.«

»Mir ist nicht kalt«, murmelte Ronin und versuchte, das Zittern zu unterdrücken. »Ich bräuchte nur einen Schluck Sake, dann wäre ich wiederhergestellt.«

Hana runzelte die Stirn und sah Ronin vorwurfsvoll an. »Warum musst du eigentlich immer trinken?«

»Um zu vergessen.«

»Das mit deinem … Vater?«

»Das geht dich nichts an«, brauste Ronin auf.

Hana senkte gekränkt den Kopf.

Ronin brummte eine Entschuldigung und wandte sich an Jack. »Es ist schon komisch, Jack. Du willst dich erinnern, kannst es aber nicht. Ich kann mich erinnern und will es nicht!«

Mit diesen Worten entfernte er sich und setzte sich an einen Baum gelehnt hin, um zu schlafen. Jack sah, wie ein Schauer ihn durchlief. War das der fehlende Sake, die kalte Nacht oder seine schwere Vergangenheit?

Jack und Hana saßen noch eine Weile schweigend am Feuer, während es um sie vollends Nacht wurde. Nur das Knacken der brennenden Scheite und das Summen von Insekten durchbrach die Stille. Jack stocherte mit einem Ast in der Glut und ein Funkenregen stob zum nächtlichen Himmel auf.

»Ich liebe es, wie die Flammen tanzen«, murmelte Hana verträumt und starrte in den Schein des Feuers.

Auch Jack blickte unverwandt in die orangefarbene Glut und hing seinen Gedanken nach. Das Feuer erinnerte ihn daran, wie die Niten Ichi Ryū gebrannt hatte, und er bildete sich ein, in den Flammen das Gesicht des lachenden Kazuki zu sehen. Dabei fiel ihm wieder ein, wie Kazuki gedroht hatte, Akiko zu töten.

Wütend auf sich selbst umklammerte er den Ast so fest, dass die Knöchel seiner Hand weiß hervortraten. Wie dumm von ihm, zu verraten, dass Akiko überlebt hatte!

Doch solange Kazuki hinter Jack her war, hatte er keine Zeit, Akiko zu suchen. Anders hingegen, wenn Jack Japan verließ, um nach England heimzukehren – dann hatte Kazuki freie Hand, an Akiko schreckliche Rache zu nehmen. Die Vorstellung, dass Akiko etwas zustoßen könnte, war Jack unerträglich. Er musste mit Kazuki zu einem Entscheidungskampf zusammentreffen. In einem Anfall hilfloser

Wut zerbrach er den Ast in seiner Hand. Das Geräusch riss ihn aus seinen Gedanken und er zwinkerte ein paarmal.

»Kann ich dich etwas fragen?«, flüsterte Hana.

Jack nickte und warf den zerbrochenen Ast ins Feuer.

»Wenn du deinen Portolan in Nara gefunden hast, kann ich dann mit dir nach Nagasaki kommen?«

Jack wusste nicht gleich, was er darauf antworten sollte, und zögerte.

»Ich glaube, das wäre keine gute Idee«, sagte er schließlich. »Es wäre zu gefährlich. Ich weiß nicht einmal, ob du überhaupt mit nach Nara kommen solltest. Sowohl der Shogun als auch die Skorpion-Bande sind hinter mir her. Außerdem will ich in Nagasaki Japan verlassen und nach Hause zurückkehren.«

»Aber was soll ich hier?«, fragte Hana betrübt. »Seit ich mit dir und Ronin zusammen bin, habe ich zum ersten Mal das Gefühl, nicht mehr allein zu sein.«

Jack spürte förmlich die Einsamkeit in ihrem Herzen. »Hm … wäre es dann nicht besser, bei Ronin zu bleiben?«

Hana sah zu dem Samurai hinüber, der in einen unruhigen Schlaf gefallen war. Traurig schüttelte sie den Kopf. »Das würde er nicht wollen. Es war dumm von mir, ihn zu fragen, ob er mich adoptiert!«

Sie wandte sich zum Gehen. »Vergiss einfach, dass ich dich gefragt habe. Mich will sowieso niemand. Ich bin eine *hinin*.«

»Eine *hinin?*«

»Eine Ausgestoßene, ein Niemand.«

»Das bist du nicht!«, erwiderte Jack entschieden. »Du bist Hana!«

»Bin ich das wirklich? Ich kenne nicht einmal meinen richtigen Namen. Ich nenne mich nur ›Hana‹, weil ich das jemand habe sagen hören und es mir gefiel. Damals hatte ich mich in einem Busch versteckt und eine Frau blieb davor stehen, zeigte darauf und sagte: ›Hana, hana.‹ Ich glaubte im ersten Moment, sie meinte *mich!* Dabei zeigte sie nur ihrer Tochter die Blumen …«

Tränen waren Hana in die Augen getreten.

Jack wusste nicht, was er sagen sollte. Er zog den durchnässten Origami-Kranich aus dem Ärmel seines Kimonos und gab ihn Hana.

»Den hat mir mein guter Freund Yori als Glücksbringer für den Heimweg geschenkt. Jetzt sollst du ihn haben. Er soll dich immer daran erinnern, dass du kein Niemand bist. Du hast mich als Freund.«

Hana nahm den Kranich und lächelte. »Danke«, sagte sie leise und wischte sich über die Augen. »Das bedeutet mir sehr viel. Ich habe noch nie einen richtigen Freund gehabt.«

Jack streckte die Hand aus. »Sieh mal, wenn du an seinem Schwanz ziehst, dann schlägt er mit den Flügeln.«

Hana kicherte und Jack war froh, dass er wenigstens einmal einem anderen Menschen das Gefühl geben konnte, einen Freund zu haben. Bisher hatte immer er sich um die Anerkennung und Freundschaft der anderen bemühen müssen.

Er sah Hana an und dann den schnarchenden Ronin.

Und mit einem Mal wurde ihm klar, dass sie alle drei Ausgestoßene der japanischen Gesellschaft waren – ein herrenloser Samurai, eine Diebin und ein Ausländer. Aber das Schicksal hatte sie zusammengeführt und deshalb waren sie keine Ausgestoßenen mehr. Sie waren Freunde.

34

Die Nase des Buddhas

Jack riskierte einen Blick unter Ronins Strohhut hervor und der Atem stockte ihm. Noch nie hatte er ein so gewaltiges und großartiges Bauwerk gesehen.

Die große, vollständig aus Holz erbaute Halle des Tōdai-ji beherrschte die ganze Landschaft. Sie war so breit wie ein Berg und höher als der höchste Turm, und die Mönche und Pilger, die auf dem Tempelgelände davor unterwegs waren, wirkten neben ihr wie Ameisen. Die Wände waren weiß gestrichen, die Balken in einem tiefen Rotbraun, das wie die Rüstung eines Königs glänzte. Das obere Dach wurde von zwei krummen Hörnern bekrönt, die in der Morgensonne golden blitzten.

Jack ging hinter Ronin und Hana den breiten Weg entlang, der auf die Treppe des Tempels zuführte. Auf beiden Seiten erstreckte sich ein schöner Garten mit sorgfältig gestutzten Büschen, der von Hunderten von Rehen und Hirschen bevölkert wurde. Einige davon fraßen Futter aus der Hand der Mönche. Hana bemerkte, wie Jack sich darüber wunderte.

»Die Einwohner von Nara halten diese Tiere für himmlische Geschöpfe«, erklärte sie. »Sie glauben, dass sie die Stadt vor Unglück bewahren.«

An einer großen, steinernen Laterne vorbei gelangten sie zu einem überdachten Brunnen. Jack und Hana spülten sich den Mund aus und wuschen sich die Hände. Ronin nahm unterdessen verstohlen einen Schluck aus einer neuen Flasche Reiswein.

»Mehr Reinigung brauche ich nicht«, verkündete er und schmatzte zufrieden mit den Lippen.

Auf dem Weg durch Nara waren sie an einem Sakeladen vorbeigekommen und Ronin hatte für Nachschub gesorgt. Zum Glück für Jack und Hana verkaufte der Laden unmittelbar daneben *manjū* und sie hatten für das wenige Geld, das sie noch übrig hatten, drei Dampfnudeln und etwas getrockneten Reis erstanden.

Nachdem sie sich gereinigt hatten, stiegen sie die Stufen zur großen Halle hinauf. Vor dem Eingang stand eine große Urne mit Räucherstäbchen, von denen feine Rauchfäden aufstiegen. Die sechs mächtigen Türen standen weit offen. Sie betraten die gewaltige, dämmrige Halle und wieder verschlug es Jack den Atem.

Vor ihm thronte, die rechte Hand erhoben, die linke in den Schoß gelegt, ein riesiger Buddha aus Bronze. Eingerahmt von einem goldenen Rückenteil, ragte die Götterstatue vor ihnen auf und blickte über sie hinweg in die Ferne. Sogar Ronin wurde bei ihrem Anblick von Ehrfurcht ergriffen.

Rechts und links davon standen in einiger Entfernung

die imposanten hölzernen Statuen zweier Krieger. Der eine war gelb bemalt, der andere rot. Zwei grimmige Wächter, die fast genauso hoch waren wie die Pfeiler, die das Dach des Tōdai-ji stützten. Hana ging zu einem der Krieger, um ihn näher zu betrachten. Am Eingang stand ein junger Priester. Jack näherte sich ihm mit gesenktem Kopf und zog das grünseidene *omamori* aus seinem Kimono.

»Ah, wie ich sehe, warst du schon einmal hier«, sagte der Priester leise und begrüßte Jack mit einer Verbeugung.

»Nein, leider nicht«, erwiderte Jack. »Ich habe das Amulett gefunden und glaube, dass es jemandem aus Eurem Tempel gehört. Vielleicht kennt Ihr den, der es verloren hat?«

Der Priester lächelte und schüttelte sanft den Kopf. »Wir verkaufen diese Amulette sehr oft.« Er zeigte auf einen mit lauter grünseidenen *omamori* behängten Stand. »Dein Amulett kann einem von tausend Pilgern gehören.«

Jack betrachtete die vielen Reihen von *omamori* und seine Hoffnung verflog augenblicklich. Der einzige Gegenstand, den er von dem Überfall zurückbehalten hatte, hatte sich als wertlos erwiesen. Er bedankte sich mit einer Verbeugung bei dem Priester und kehrte zu Ronin zurück.

Jetzt hatten sie als Anhaltspunkt nur noch den Namen Botan. »Wie sollen wir diesen Samurai bloß finden?«, fragte er deprimiert.

»Ich werde mich in der Stadt umhören müssen«, erwiderte Ronin. »Aber wir werden dadurch andere auf uns aufmerksam machen.«

»Seht mal dort!«, rief Hana.

»Pst!«, mahnte der Mönch, der neben ihr stand. »Nicht so laut.«

»Oh, Entschuldigung«, murmelte Hana. Stumm winkte sie Jack und Ronin zu einem großen hölzernen Pfeiler am hinteren Ende der Halle.

Der Pfeiler war so dick wie eine alte Eiche und hatte an seinem Fuß ein Loch, das sich komplett durch ihn hindurchzog. Während Ronin und Jack sich ihm näherten, bedankte Hana sich bei dem Mönch, mit dem sie sich offenbar unterhalten hatte, und verabschiedete sich mit einer Verbeugung.

»Das ist unglaublich!«, sagte sie leise. »Dieses Loch hat genau dieselbe Größe wie das Nasenloch der großen Buddha-Statue. Wer es schafft, hindurchzukriechen, den segnen die Götter mit Glück und er ist im nächsten Leben erleuchtet.«

»Pah!«, schnaubte Ronin verächtlich.

Doch Hana ließ sich davon nicht beeindrucken. Sie kniete sich hin und kroch in das Loch. Gleich darauf tauchte sie auf der anderen Seite wieder auf.

»Ich bin erleuchtet. Wer ist der Nächste?«

»Nach dir, Ronin«, sagte Jack.

»Ich glaube nicht an Götter«, brummte Ronin. »Und sie glauben ganz gewiss nicht an mich.«

Jack fand, er hatte nichts zu verlieren. Außerdem fiel ihm ein, dass der Rätselmönch von der Nase Buddhas gesprochen hatte. Damit musste er diese gemeint haben. Er kniete sich hin und blickte durch das Loch. Es war viel enger, als er vermutet hatte. Dann vergewisserte er sich rasch, dass niemand ihm zusah, gab Hana seinen Hut und Ronin die Schwerter und zwängte sich mit den Armen voraus hinein. Auf halbem Weg blieb er mit den Schultern stecken. Er strampelte mit den Beinen, aber es nützte nichts.

»Ich stecke fest«, sagte er so laut, wie er es gerade noch wagte.

Am anderen Ende erschien Hanas grinsendes Gesicht. »Keine Sorge, ich ziehe dich durch.«

Jack strampelte und zappelte, während Hana an seinen Armen zog. Ronin hatte für Jacks missliche Lage nur ein spöttisches Grinsen übrig. Mit viel Ächzen und Stöhnen arbeitete sich Jack Zentimeter für Zentimeter voran, rutschte das letzte Stück mit Schwung auf der anderen Seite heraus und landete vor Hana auf dem Boden.

»Hoffentlich hat sich die Mühe auch gelohnt«, keuchte er.

Er erhob sich und setzte seinen Hut wieder auf. Dabei bemerkte er aus den Augenwinkeln eine Bewegung.

Ein Samurai hatte die Halle betreten und unterhielt sich mit dem Priester. Ein Gefolge begleitete ihn – offenbar handelte es sich bei dem Mann um einen hochrangigen Samurai oder Fürsten. Er trug eine förmliche schwarze, flügelartige Weste, eine plissierte, schwarz-weiß gestreifte Hose und leuchtend weiße Zehensocken. Auch die Griffe seiner Schwerter boten einen ungewöhnlichen Anblick. Sie waren mit weißer Seide umwickelt.

Doch was Jack besonders ins Auge fiel, war der kleine rechteckige Behälter an seiner Hüfte. Der Inro und der zugehörige Knopf ähnelten dem Inro, den Daimyo Takatomi ihm geschenkt hatte, aufs Haar.

Es konnte kein Zufall sein. Das war der Mann, den sie suchten!

35

Sasumata

»Bist du dir diesmal sicher?«, fragte Ronin. Sie folgten dem Samurai und seinem Gefolge unauffällig durch das Tempelgelände.

Jack nickte. »Es ist mein Inro! Glaubst du, der Samurai ist Botan?«

Ronin schüttelte den Kopf. »Ich hatte den Eindruck, dass es sich bei Botan um einen ganz gewöhnlichen Samurai handelt. Dieser Mann bekleidet jedoch einen viel höheren Rang.«

»Wer ist er dann?«, fragte Hana.

Ronin trat zu einem Mönch, der gerade ein zahmes Reh fütterte, und fragte ihn. Der Mönch antwortete mit demütig gesenktem Kopf: »Das ist Daimyo Sanada, der Fürst der Provinz Nara.«

Jack durchlief ein kalter Schauer. Wie kam ein Samuraifürst in den Besitz seines Inro? Offenbar bestand ein Zusammenhang zwischen Daimyo Sanada und dem Samurai Botan. Arbeiteten Botan und seine Bande etwa für den Daimyo? Dann hatte der Fürst vielleicht auch den Portolan. Und wenn er dessen Bedeutung kannte, war das Logbuch womöglich schon zum Shogun unterwegs!

Die drei ließen den Mönch mit dem Reh stehen und gingen auf dem Hauptweg weiter hinter dem Daimyo her.

»Womöglich steckt Daimyo Sanada ja hinter dem Überfall auf mich«, meinte Jack.

»Könnte es auch einen zweiten solchen Inro geben?«, fragte Ronin.

Jack schüttelte den Kopf. »Nein. Daimyo Takatomi hat ihn eigens für mich anfertigen lassen. Es gibt ihn nur ein Mal. Akiko, Yamato und ich haben jeweils Unikate bekommen.«

»Vielleicht hat Daimyo Sanada ihn von Botan gekauft.«

Jack dachte darüber nach. Möglich war es natürlich. Jedenfalls bestand zwischen den beiden unbestreitbar eine Verbindung, die sie auch zum Portolan führen konnte.

»Ich könnte den Inro für dich zurückstehlen«, schlug Hana vor.

Ronin sah sie mit gerunzelter Stirn an. »Seine Leibwächter würden dir die Hände abschlagen, noch bevor du in seine Nähe kommst.«

Hana erbleichte bei dieser Vorstellung und vergrub die Hände ängstlich in den Ärmeln ihres Kimonos.

»Wir müssen mit ihm sprechen und herausfinden, wie er zu meinem Inro gekommen ist«, sagte Jack. »Und ob er auch den Portolan hat.«

»Du kannst ihn nicht einfach so ansprechen«, gab Ronin zu bedenken. »Dazu bräuchten wir eine offizielle Einladung.«

»Könnte uns der Name deines Vaters vielleicht dazu verhelfen?«, fragte Jack vorsichtig.

Ronins Gesicht verfinsterte sich. »Das bezweifle ich. Er war ein geachteter Mann, hatte aber auch Feinde. Außerdem müsstest du in Gegenwart eines Daimyo dein Gesicht zeigen.«

»Dann lasst uns doch herausfinden, wo er wohnt«, sagte Hana. »Dann könnten wir uns nachts in sein Haus schleichen und den Portolan suchen. So wie wir es mit der Perle gemacht haben.«

Ronin tat den Vorschlag mit einer knappen Handbewegung ab. »Die Residenz eines Daimyo ist schwer bewacht und wahrscheinlich zusätzlich durch Fallen gesichert. Kein Samurai und schon gar keine Diebin könnten dort unbemerkt eindringen. Höchstens ein Ninja!«

Jack unterdrückte ein Lächeln. Er hatte bei den Ninja auch das lautlose Gehen geübt.

»Aber es ist unsere einzige Chance«, sagte er zu Ronins Überraschung und Hanas Freude. »Folgen wir ihm zumindest nach Hause.«

Daimyo Sanada schritt bereits durch das Große Südliche Tor und Jack und die anderen mussten schneller gehen, um ihn einzuholen. Sie gingen zwischen den gewaltigen Pfeilern hindurch, die das geschwungene Dach des Tores stützten. Rechts und links davon standen die hölzernen Statuen zweier imposanter, muskelbepackter Wächter des Buddhas, Agyō und Ungyō. Finster blickten sie auf die Besucher nieder und hatten beide die Hand ausgestreckt, als wollten sie Jack, Ronin und Hana warnen und aufhalten. Doch die Warnung kam zu spät.

Kaum hatten sie den Bezirk des Tōdai-ji verlassen, näherten sich von allen Seiten Schritte. Im nächsten Augenblick hatte eine Gruppe von schwer bewaffneten Polizisten sie umzingelt. In den Händen hielten sie lange Bambusstangen oder *sasumata* – Stangen mit tückisch aussehenden U-förmigen Gabeln.

Ronin, Jack und Hana griffen nach ihren Schwertern, doch sofort prasselten aus allen Richtungen Schläge auf sie nieder. Selbst wenn sie die Schwerter hätten ziehen können, hätten ihre Angreifer sie doch mit ihren langen Stangen nicht an sich herangelassen.

Sie wurden gegen die Pfeiler des Tors getrieben und jeweils mit mehreren *sasumata* an Hals und Armen dagegengedrückt.

»Und da heißt es, ihr wärt gefährlich!«, rief der Anführer der Polizisten höhnisch, obwohl er vorsichtshalber einigen Abstand hielt.

Als Jack gerade glaubte, die schmerzhaften Schläge seien vorbei, wurde ihm der Kopf zwischen vier Bambusstangen eingeklemmt. Er versuchte sich zu befreien, aber die vier Polizisten an den Enden der Stangen drückten gnadenlos zu. Die Schmerzen waren so unerträglich, dass er keinen klaren Gedanken mehr fassen konnte.

Ronin und Hana erging es ähnlich. Die Schwerter wurden ihnen abgenommen und nun waren sie den Polizisten auf Gedeih und Verderb ausgeliefert.

»Los, wir dürfen den Fürsten nicht warten lassen!«, rief der Offizier und trieb seine Leute zur Eile an. Die Polizisten setzten sich daraufhin mit ihren Gefangenen in Richtung Stadt in Bewegung.

»So habe ich mir die offizielle Einladung ehrlich gesagt nicht vorgestellt«, murmelte Ronin mit schmerzverzerrtem Gesicht.

侍

36

Daimyo Sanada

»Was für ein herrliches Kunstwerk!«, rief Daimyo Sanada. Er zog Jacks Langschwert aus der Scheide und bewunderte das beim Härten der Klinge entstandene Muster. Die Wellen auf dem Stahl schimmerten im Sonnenlicht und schienen förmlich dahinzufließen.

Man hatte Jack, Ronin und Hana in den Garten der Residenz des Daimyo gebracht, wo sie mit gesenkten Köpfen und auf den Rücken gefesselten Händen vor ihm knieten. Reglos starrten sie auf die schwarz-weiß karierten Bodenfliesen und harrten ihres Schicksals. Der Weg, auf dem man sie hergebracht hatte, war mit schwarzen und weißen Kieseln bestreut. Ein verstohlener Blick auf das Haus zeigte Jack, dass es weiße Wände und schwarze Pfeiler hatte. Ähnlich wie die schwarz-weiße Hose des Daimyo schien auch alles in seiner Umgebung entweder schwarz oder weiß zu sein.

»Die Schwerter Shizus haben nicht ihresgleichen«, fuhr der Daimyo begeistert fort und schob das Schwert behutsam wieder in die Scheide. »Und sie sind für einen Gaijin gewiss viel zu gut!«

Er übergab die Schwerter einem seiner Begleiter, einem Mann mit kahlem Schädel, steil gebogenen Augenbrauen und mürrischem Gesicht. Jacks Mut sank. Er hatte so viel riskiert, um seine kostbaren Schwerter zurückzubekommen. Und jetzt wurden sie ihm wieder weggenommen.

Der Daimyo schritt vor seinen drei Gefangenen auf und ab. »Ich hatte nicht so bald mit eurer Festnahme gerechnet. Der Befehl zu eurer Verhaftung wurde erst heute Morgen von einem *metsuke* überbracht.« Er hielt eine Schriftrolle hoch. »Drei Reisende – ein herrenloser Samurai mit Bart, ein streunendes Mädchen und ein Gaijin-Samurai mit einem Hut und zwei Shizu-Schwertern mit rot umwickelten Griffen. Es dürfte für meine Männer nicht schwer gewesen sein, euch zu erkennen. Ich hätte allerdings noch gern gewusst, warum ihr überhaupt nach Nara gekommen seid.«

Jack sah keinen Grund, dem Daimyo die Antwort zu verweigern. Sie befanden sich in einer ausweglosen Lage, aber er wollte trotzdem wissen, wo der Portolan seines Vaters abgeblieben war. »Ich war auf dem Weg nach Nagasaki, um Japan zu verlassen, wie der Shogun es angeordnet hat, doch an der Grenze des Iga-Gebirges wurde ich überfallen und ausgeraubt. Die Suche nach meinen Habseligkeiten hat uns hierher geführt.«

Der Daimyo seufzte in gespieltem Mitleid. »Welch ein Jammer! Was genau vermisst du denn?«

»Zum Beispiel den Inro an Eurem Gürtel.« Jack wies mit einem Nicken auf den lackierten Behälter. »Einer Eurer Samurai hat ihn mir gestohlen.«

»Das ist eine schwere Anschuldigung. Den Inro hat mir mein Berater Kanesuke-san geschenkt.« Sanada deutete mit einem Kopfnicken auf den kahlköpfigen Gefolgsmann. »Willst du etwa behaupten, er sei ein Dieb?«

»Fragen wir ihn doch selbst, woher er ihn hat«, entgegnete Jack.

Kanesuke lief vor mühsam unterdrückter Wut rot an, doch Daimyo Sanada blickte noch nicht einmal in seine Richtung. »Warum sollte ich das tun? Schließlich bist *du* hier der Schuldige!«

»Aber diesen Inro hat mir Daimyo Takatomi geschenkt! Zum Dank dafür, dass ich ihm das Leben gerettet habe, als der Ninja Drachenauge ihn überfiel …«

»Daimyo Takatomi?«, fiel Sanada Jack ins Wort. Sein Interesse war plötzlich geweckt. »Ein höchst ehrenwerter und weiser Mann. Er sitzt im Rat des Shoguns neben mir. Und ich meine mich tatsächlich zu erinnern, dass er im Rat zu deiner Verteidigung von einem solchen Vorfall gesprochen hat. Doch wenn der Inro wirklich dir gehört, musst du mir das beweisen.« Er machte den Inro vom Gürtel los und drückte ihn an seine Brust. »Beschreibe mir, was darauf abgebildet ist, und ich glaube dir.«

Jack nickte.

»Wenn du das nicht kannst«, fügte der Daimyo hinzu und kniff die Augen zusammen, »dann hat Kanesuke das Vergnügen, dem Mädchen die rechte Hand abzuschlagen.«

Ein Wächter packte Hana, löste ihre Fesseln und zwang sie, den Arm auszustrecken. Kanesuke ließ sich das Kurzschwert eines anderen Wächters geben und legte es mit der Schneide nach unten auf Hanas Handgelenk.

Hana sah Jack mit weit aufgerissenen Augen und offenem Mund flehend an.

»Ein Kirschbaum!«, rief Jack hastig. »In Gold und Silber.«

Der Daimyo verzog keine Miene. »Das kannst du auch beim Hereinkommen gesehen haben.«

»Die Blüten sind mit Elfenbein eingelegt!«

»Ich bin immer noch nicht überzeugt.«

»Aber ich habe Euch gesagt, was darauf zu sehen ist!«, beharrte Jack.

Kanesuke hob sein Schwert und Hana schrie auf.

»Dann sage mir noch eins, Gaijin: Wie viele Vögel sitzen auf dem Baum?« Der Daimyo lächelte verschlagen.

Jack versuchte angestrengt, sich zu erinnern. Sein Kopf war mit einem Mal ganz leer. Hanas Schrei ging in ein jämmerliches Wimmern über. Kanesuke packte sein Schwert fester und machte sich bereit, zuzuschlagen. Hana wurde totenblass.

»Wartet!«, rief Jack, der plötzlich die List des Daimyo durchschaute. »Gar keine!«

Kanesuke sah seinen Herrn um Erlaubnis suchend an, aber das Lächeln Sanadas wich einer finsteren Miene. »Stimmt.«

Von Wut auf Jack übermannt, schickte sich Kanesuke an, Hana die Hand trotzdem abzuschlagen.

»Nein!«, befahl Sanada und sah ihn böse an. »Der Gaijin

hat die Prüfung bestanden. Es sieht so aus, als habe er tatsächlich die Wahrheit über den Inro gesagt.«

Kanesuke schien unter dem strengen Blick seines Herrn sichtbar zu schrumpfen. Er übergab das Schwert wieder dem Wächter und kehrte mit gesenktem Kopf an seinen Platz zurück. Hana legte erleichtert ihre Hand an die Brust.

Der Daimyo betrachtete eingehend den Inro in seiner Hand. »Ich würde ihn dir ja gern zurückgeben«, fuhr er fort, »aber dort, wohin du gehst, wirst du keine Verwendung mehr dafür haben.« Er gab den Inro einem anderen Mann aus seinem Gefolge. »Wir haben hier also deinen Inro und natürlich deine Schwerter … Aber was hat es mit diesem Buch auf sich, diesem sogenannten Portolan?«

Jack sah ihn mit offenem Mund erschrocken an. »Ihr habt ihn?«

Der Daimyo schüttelte langsam den Kopf. »Ich hoffte, du hättest ihn. Der Shogun hat um seine Rückgabe gebeten.«

»Rückgabe?«, rief Jack. »Aber er gehört mir! Ich habe ihn von meinem Vater bekommen.«

»Du beanspruchst viel«, sagte der Daimyo. Er trat zu einem kleinen, hölzernen Tischchen und schnalzte enttäuscht mit der Zunge. »Schade, dass du ihn nicht mehr hast. Der Shogun wäre mir sehr dankbar gewesen, wenn ich ihn hätte beschaffen können.«

Zu seiner Überraschung war Jack fast erleichtert, zu hören, dass der Portolan nicht aufgetaucht war. Der Shogun durfte ihn auf keinen Fall in die Hände bekommen. Vielleicht hatte Botan ihn noch. Wenn er ihn nicht verkauft oder weggeworfen oder damit Feuer gemacht hatte. Vielleicht würde er es nie erfahren, dachte Jack. Schließlich konnte er jederzeit zum Tod verurteilt werden.

In Gedanken versunken setzte sich der Daimyo an das Tischchen, auf dessen Platte ein rechteckiges Gitter eingeritzt war. Darauf lagen, zu einem komplizierten Muster angeordnet, schwarze und weiße Spielsteine. Aus einer Schale nahm er einen weiteren weißen Stein und legte ihn mit einem Klacken auf das Spielbrett.

»Hast du schon einmal Go gespielt?«, fragte er.

Jack schüttelte den Kopf.

»Offensichtlich kommst du aus einem Land ohne Kultur! Dann ist es meine Pflicht, dich vor deinem Tod noch mit diesem Spiel bekannt zu machen.«

Jack sah ihn entgeistert an. »Warum um alles in der Welt sollte ich gegen Euch spielen, wenn Ihr uns töten wollt?«

»Vielleicht um deine Freiheit zurückzugewinnen?«, sagte Daimyo Sanada. Jack sah ihn ungläubig an. »Angesichts des großen Dienstes, den du Daimyo Takatomi erwiesen hast, biete ich dir an, dein Leben bei einer Partie Go zurückzugewinnen.«

»Aber ich habe keine Ahnung, wie man das spielt«, wandte Jack ein.

»Die Regeln sind einfach«, erwiderte der Daimyo mit einer geringschätzigen Handbewegung. Er sah jetzt Ronin an. »Ihr kennt das Spiel vermutlich?«

Ronin, der seit ihrer Ankunft noch kein Wort gesagt hatte, nickte kaum merklich.

»Gut. Dann gebe ich Euch den Rest des Vormittags Zeit, um es dem Gaijin beizubringen.«

»Ihr seid zu gütig«, murmelte Ronin.

»Und wenn ich Euch schlage«, fragte Jack, »kann ich Eurem Wort vertrauen?«

»Ich bin ein Ehrenmann, der sich an die Regeln hält und dessen Wort gilt«, antwortete der Daimyo und lächelte liebenswürdig.

Jack wusste, dass er sich mit dem Wort des Daimyo begnügen musste. »Und was passiert mit meinen Freunden?«

Der Daimyo überlegte einen Moment und hob die Hände. »Warum nicht? Ich bin heute großzügig gestimmt und lasse euch alle frei … vorausgesetzt, du gewinnst.«

Er wandte sich an Kanesuke. »Sorgt dafür, dass sechs Wächter sie die ganze Zeit bewachen. Sie können das Spielbrett im Teehaus verwenden. Ihr seid mir für sie verantwortlich. Aber zuerst muss ich Euch noch unter vier Augen sprechen.«

Der Daimyo und ein zerknirschter Kanesuke entfernten sich in Richtung Haus. Ronin beugte sich zu Jack und flüsterte: »Er spielt nur ein grausames Spiel mit uns. Wir haben nicht die geringste Chance, beim Go gegen Leute wie ihn zu gewinnen!«

»Aber er meinte doch, die Regeln seien leicht«, warf Hana in verzweifelter Hoffnung ein.

»Go mag einfach zu lernen sein«, räumte Ronin ein. »Aber um es wirklich zu beherrschen, braucht man ein ganzes Leben.«

侍

37

Die Spielregeln

Ronin erklärte sich trotz seiner Skepsis bereit, Jack die Spielregeln beizubringen. Vielleicht ergab sich ja doch noch, wenn sie nicht gleich hingerichtet wurden, die Gelegenheit zur Flucht.

Zu dritt saßen sie im Teehaus um das Spielbrett herum. Die sechs Wächter standen zwar in einiger Entfernung, hatten ihre Gefangenen aber noch kein einziges Mal aus den Augen gelassen oder die Hände von den Schwertern genommen.

»Stell dir vor, dieses Brett ist ein Stück Land, um das gekämpft wird«, setzte Ronin an und fuhr mit den Fingerspitzen über das Gitter aus neunzehn mal neunzehn Linien. »Denn darum geht es beim Go. Ziel ist es, einen möglichst großen Teil des Spielbretts zu kontrollieren und die Steine des Gegners zu schlagen, indem man sie mit seinen eigenen umschließt.«

Er nahm einen schwarzen Stein aus einer glatt polierten Schale aus Rosenholz.

»Die Steine sind deine ›Männer‹«, fuhr er fort und legte den Stein auf zwei sich schneidende Linien. »Man kann sie auf jeden unbesetzten Schnittpunkt setzen, die sogenannten ›Freiheiten‹. Einmal gesetzte Steine werden nicht mehr bewegt. Der Gegner kann sie im Lauf des Spiels umringen und gefangen nehmen, indem er alle benachbarten Freiheiten besetzt. Die Steine werden dann als Gefangene vom Brett genommen.«

Er nahm aus einer zweiten Schale drei weiße Steine und legte sie auf die leeren Punkte unmittelbar oberhalb und seitlich des schwarzen Steins, bis schließlich nur noch der Punkt darunter unbesetzt war.

»Benachbart sind horizontal oder vertikal, nicht aber diagonal angrenzende Punkte«, erklärte er. »Der schwarze Stein steht jetzt im *atari*, das heißt, ihm droht die Gefangennahme, weil er nur noch eine Freiheit übrig hat. Wo muss Weiß einen Stein setzen, um Schwarz gefangen zu nehmen?«

Er gab Jack einen weißen Stein und Jack setzte ihn, ohne zu überlegen, auf den leeren Punkt unterhalb des schwarzen Steins.

»Gut«, sagte Ronin. »Aber halte den Stein immer zwischen Mittel- und Zeigefinger. Das sieht eleganter aus und gilt als korrekter.«

Ronin nahm Jacks weißen Stein wieder vom Brett, ersetzte ihn durch einen schwarzen und fügte einige weitere schwarze Steine hinzu, sodass ein L entstand.

»Steine, die auf horizontal und vertikal benachbarten Punkten liegen, bilden eine Kette. Stell dir diese Ketten wie kleine Regimenter vor. Sie besitzen gemeinsame Freiheiten und sind deshalb stärker und nicht so leicht gefangen zu nehmen. Eine Kette kann nur dadurch gefangen genommen werden, dass alle ihre Freiheiten von gegnerischen Steinen besetzt werden.«

Er umstellte die L-förmige Kette schwarzer Steine mit weißen Steinen.

»Diese Kette ist jetzt gefangen.« Er entfernte die schwarzen Steine. »Und Weiß hat durch seinen Angriff das gesamte Gebiet erobert. Solche Kämpfe entscheiden darüber, wer das Spiel gewinnt. Zum Schluss, wenn kein Spieler mehr Gebiete erobern, Steine gefangen nehmen oder das Gebiet des Gegners verkleinern kann, zählt jeder die freien Punkte innerhalb seines Gebiets und die Gefangenen, die er gemacht hat. Am Ende gewinnt der Spieler mit der höchsten Punktzahl.«

»Das klingt leicht«, sagte Jack. Er hatte wenig Mühe, das Spiel zu verstehen, denn es kam ihm nicht schwerer vor als das Damespiel, das er mit seinem Vater gespielt hatte.

»Lass dich nicht täuschen!«, warnte Ronin. »Steine des Gegners gefangen zu nehmen, ist nur eine Möglichkeit, ein Gebiet zu erobern. Der Sieg hängt aber mehr davon ab, wie man mit seinen eigenen Steinen ein Gebiet absteckt. Bei diesem Spiel kommt letztlich alles auf die richtige Strategie an.«

Er legte verschiedene Ketten von Steinen auf dem Spielbrett aus. »Steine, die man nebeneinander legt, unterstützen sich gegenseitig und können nicht so leicht gefangen genommen werden. Siehst du hier?« Er zeigte auf eine schwarze Kette, die von weißen Steinen umgeben war, aber noch zwei Freiheiten aufwies. »Steine auf dem ganzen Brett zu verteilen, verschafft einem dagegen größeren Einfluss und hilft dabei, Gebiete für sich zu gewinnen.« Er umgab zu Demonstrationszwecken die obere rechte Ecke des Spielbretts mit weißen Steinen. »Die Herausforderung beim Go besteht darin, beiden Anforderungen gerecht zu werden. Man muss zugleich defensiv und offensiv spielen und sich immer zwischen taktischer Notwendigkeit und strategischer Planung entscheiden.«

»Woher weißt du das alles?«, fragte Hana, die mit gekreuzten Beinen neben ihnen saß, fasziniert.

»Mein Vater und ich haben täglich gespielt«, antwortete Ronin wehmütig.

Um seine Mundwinkel erschien ein kaum wahrnehmbares Lächeln, das allerdings sofort wieder verschwand.

»Seiner Meinung nach sollte Go zur Ausbildung jedes Kriegers gehören. Denn im Grunde ist es eine Kampfkunst. Und man lernt es am besten, indem man es spielt.«

Ronin schob Jack die Schale mit den schwarzen Steinen hin.

»Schwarz beginnt. Alles Weitere erkläre ich dir während des Spiels.«

Sie spielten eine Probepartie. Zuerst verteilte Jack seine Steine willkürlich auf dem Brett, stellte allerdings schnell fest, dass er schon bald überall von Weiß angegriffen wurde. Im weiteren Verlauf der Partie zeigte Ronin ihm, wie er die eigenen Steine verbinden, Ketten des Gegners durchbrechen, dessen Einflussbereich verkleinern und in das Gebiet des Gegners eindringen konnte.

»Es geht bei diesem Spiel um ›Leben‹ und ›Tod‹«, fuhr Ronin in seinen Ausführungen fort. Er zeigte auf zwei Gruppen Jacks. »Sie haben zwar noch Freiheiten, sind aber schon tot, weil eine Gefangennahme unvermeidlich ist. Verschwende deine Zeit also nicht damit, weiter an ihnen anzubauen.« Er wies zum Vergleich auf eine weiße Gruppe in Form einer Acht. »Diese Gruppe hingegen lebt, weil sie nicht geschlagen werden kann. Du siehst die beiden ›Augen‹ in der Mitte, hier und hier? Dort kannst du keinen Stein hineinsetzen, denn er hätte keine Freiheiten und würde ›Selbstmord‹ begehen. Solche Gruppen sind für das Überleben auf dem Brett entscheidend.«

Sie spielten einige weitere Partien und Jack hielt jedes Mal ein wenig länger durch. Auf diese Weise erfuhr er immer mehr über das Spiel. Dann machte Ronin ihn mit der Strategie des *sente* vertraut – Zügen, die den Gegner mit Gefangennahme bedrohten und die Entwicklung anderer Stellungen erlaubten – und zeigte ihm, wann es besser war, eine Gruppe zu opfern, um auf einem wichtigeren Gebiet tätig zu werden.

Jack drohte der Kopf zu platzen, so vieles galt es zu berücksichtigen. Er verstand zwar den grundsätzlichen Spielablauf, konnte aber noch keine eigenen Strategien entwickeln. Go war tatsächlich viel komplizierter, als es auf den ersten Blick schien.

»Du musst dich noch deutlich steigern!«, schimpfte Ronin. »Du darfst dich nicht auf einzelne Konflikte konzentrieren, sondern musst stets das Ganze im Auge behalten und auf Konstellationen und Formationen achten wie ein Feldherr in einer Schlacht, in der viele einzelne Kämpfe gleichzeitig stattfinden.«

Sie begannen eine neue Partie. Jack war so konzentriert, dass er gar nicht merkte, wie die Zeit verging, bis schließlich ein Diener mit dem Mittagessen erschien, das nur aus Reis und Wasser bestand. Sie spielten sogar beim Essen weiter.

Ronins Rat folgend, betrachtete Jack Go als Kampfkunst und versuchte die Technik der beiden Himmel auf das Spiel anzuwenden. Statt seine Aufmerksamkeit auf zwei Schwerter zu richten, richtete er sie auf zwei verschiedene Bereiche des Bretts. Er verwandelte das Spiel in Gedanken in einen Kampf gegen vier Gegner gleichzeitig und konnte allmählich erste Erfolge gegen Ronin verbuchen. Zuerst nahm er eine ganze Gruppe Ronins gefangen, dann gelang ihm eine Gruppe mit zwei »Augen« und zuletzt fiel er auch noch in Ronins Gebiet ein!

»Ich glaube, du gewinnst!«, rief Hana aufgeregt. Und mit einem Blick auf Ronins ernstes Gesicht fügte sie hinzu: »Jack gewinnt doch … oder?«

Ronin betrachtete das Spielbrett und wollte gerade antworten, als sich Kanesuke auf leisen Sohlen dem Teehaus näherte. Auf seinem faltigen Gesicht lag ein verschlagenes Grinsen.

»Darf ich bitten?«

38

Eine Partie Go

Auf dem schwarz-weiß gefliesten Platz in der Mitte des Gartens stand ein Tisch. Der Daimyo saß in einem reinweißen Hosenrock und mit ernstem Gesicht, wie es sich für eine Partie Go gehörte, an der einen Seite. Jack saß ihm gegenüber, ebenfalls mit ernstem Gesicht, und versuchte krampfhaft seine Nervosität zu unterdrücken. Für den Daimyo war das Ganze trotz seiner feierlichen Miene nur ein Spiel, für Jack dagegen ging es um Leben und Tod.

Ronin und Hana knieten, von sechs Samurai bewacht, am Rand der Fliesen. Kanesuke nahm, nachdem er seinem Herrn Tee serviert hatte, respektvoll in einiger Entfernung als Schiedsrichter Aufstellung.

»Ich freue mich auf unsere Partie, auch wenn sie vielleicht schnell vorbei ist«, eröffnete Daimyo Sanada das Spiel und nahm einen Schluck Grüntee. »Dabei interessiert mich vor allem, wie ein Ausländer das Spiel strategisch angeht.«

Seine Grausamkeit verschlug Jack die Sprache. Der Daimyo spielte mit ihrem Leben, nur um seine Neugier zu befriedigen!

»Da du jetzt zum ersten Mal richtig spielst und ich fair

bin, kannst du Schwarz haben. Ich gebe dir außerdem vier Steine Vorsprung.«

Jack sah Ronin fragend an.

»Du kannst in jede Ecke auf den dritten Schnittpunkt von außen einen Stein legen, bevor der Daimyo den ersten Stein setzt. Das verschafft dir eine gute Ausgangsposition in allen wichtigen …«

»Genug!«, fiel der Daimyo ihm mit erhobener Hand ins Wort. »Die Erklärung der Regeln ist erlaubt, weitere Ratschläge nicht!«

Jack legte seine ersten vier Steine, wobei er darauf achtete, sie jeweils zwischen Zeige- und Mittelfinger zu halten. Der Daimyo nahm es mit einem wohlwollenden Nicken zur Kenntnis und legte dann lautlos seinen ersten Stein in die linke obere Ecke des Bretts.

»Der Kampf ist eröffnet.«

Beim ersten Dutzend Züge folgte Jack der mit Ronin im Voraus besprochenen Eröffnungsstrategie. Er versuchte seinen Einfluss in der unteren rechten Hälfte des Bretts auszubauen und überließ dem Daimyo die obere linke. Dann versuchte er, Weiß aus der unteren Hälfte auszuschließen, aber der Daimyo konterte und setzte einen weißen Stein neben einen schwarzen Stein und verringerte damit dessen Freiheiten. Dann griff er erneut an und besetzte noch eine weitere Freiheit. Jack musste seinen Stein daraufhin stärken, indem er eine Kette von zwei schwarzen Steinen bildete.

So ging die Partie eine Weile weiter. Jeder Spieler steckte auf verschiedenen Bereichen des Bretts sein Territorium ab, fiel gelegentlich in das gegnerische Gebiet ein und drohte, Gefangene zu machen.

Der Daimyo seufzte zufrieden.

»Eine Partie Go ist wie ein Kunstwerk. Das Spiel von Schwarz gegen Weiß und Weiß gegen Schwarz entfaltet einen schöpferischen Zauber, nicht wahr?«

Er wartete nicht auf Jacks Antwort. »Die Entfaltung der Gedanken und die Harmonie der Spieler sind wie eine stumme Musik.«

Den nächsten Stein setzte er mit einem lauten Klacken auf, wie um seine Worte zu unterstreichen. Er griff an und hatte einen Stein zwischen zwei Gruppen Jacks geschoben mit dem Ziel, den Einfluss von Schwarz im unteren Spielfeld weiter zu schwächen. Die kleinere Gruppe war isoliert und Jack wusste, dass er sofort handeln musste, wenn er deren Gefangennahme verhindern wollte. In einem Übungsspiel mit Ronin hatte sich eine ähnliche Situation ergeben. Er hatte seine Steine verteidigen wollen, doch Ronin hatte ihn korrigiert. Er musste stattdessen angreifen und *sente* erlangen, sonst kam er aus der Defensive nicht mehr heraus. Also griff er Weiß an mit dem Ziel, eine der oberen Gruppen einzuschließen.

»*Kiai!*«, sagte Daimyo Sanada überrascht. »Du hast Kampfgeist, Gaijin!«

Während Weiß damit beschäftigt war, den Angriff abzuwehren, hatte Jack Gelegenheit, seine eigene bedrohte Gruppe zu sichern. Außerdem konnte er sich nun daranmachen, drei Steine des Daimyo einzukreisen.

Daimyo Sanada studierte das Brett sorgfältig. »Hm ... Ihr habt gut mit ihm geübt, Ronin. Ich muss mich steigern.«

»Pause!«, verkündete Kanesuke auf ein Nicken des Daimyo hin.

Der Daimyo warf einen letzten Blick auf das Brett und machte einen kurzen Spaziergang durch den Garten, um über seinen nächsten Zug nachzudenken. Jack wusste nicht, ob solche Pausen erlaubt waren, war aber dankbar dafür. Der Kopf schwirrte ihm vor lauter Konzentration. Er stand auf, vertrat sich ebenfalls die Beine und ging dabei möglichst nahe an Ronin und Hana vorbei.

»Unglaublich!«, wisperte Ronin. »Du hast ihn in die Defensive gedrängt!«

»Aber er kontrolliert das ganze obere Brett«, erwiderte Jack flüsternd.

Ronin schüttelte den Kopf. »Der Ausgang des Spiels könnte vom Schicksal der drei weißen Steine abhängen«, erklärte er leise. »Wenn du sie schlagen kannst und der Daimyo es nicht schafft, das anderswo auszugleichen, verliert er. Wenn sie dagegen überleben, gewinnt Weiß.«

Jack warf erneut einen Blick auf das Brett. Die drei weißen Steine standen stellvertretend für ihre drei Leben. Er spürte förmlich, wie der Druck, der auf ihm lastete, noch zunahm. Bisher hatte er Ronins Taktik angewandt, aber jetzt, in der mittleren Phase des Spiels, musste er ausschließlich auf seine eigene Strategie vertrauen.

Der Daimyo kehrte von seinem Spaziergang zurück, setzte sich wieder und bedeutete Jack, es ihm gleichzutun.

»Viel Glück!«, flüsterte Hana. Die Angst war ihr deutlich anzuhören.

Jack holte tief Luft. Er versuchte ein zuversichtliches Lächeln und kehrte ebenfalls zum Brett zurück. Daimyo Sanada hatte bereits einen Stein in die Hand genommen und hielt ihn theatralisch über das Brett.

»Jetzt beginnt der Kampf erst richtig.«

侍

39

Sternbilder

Weiß eröffnete mit einem Überfall auf schwarzes Gebiet auf der rechten Seite. Jack wehrte den Angriff mit seinem nächsten Stein ab, aber dann drohte Daimyo Sanada mit einem meisterhaften Zug, eine schwarze Gruppe gefangen zu nehmen und gleichzeitig die entscheidenden drei weißen Steine zu befreien.

Jack schlug zurück und versuchte Weiß daran zu hindern, die Steine durch Schaffung zusätzlicher Freiheiten zu retten. Doch seine Verteidigung wurde trotz aller Anstrengungen durch weitere Attacken des Daimyo zunichtegemacht. Der Daimyo griff von überall an und Jacks Strategie begann sich zusehends aufzulösen. In seinem Bemühen, die drei weißen Steine einzukreisen und zu schlagen, übersah er zudem Daimyo Sanadas Angriff in der oberen Bretthälfte. Bevor er es überhaupt merkte, hatte der Daimyo schon vier schwarze Steine eingekreist und gefangen genommen.

Jack war der Verzweiflung nahe. Er hatte im oberen Teil praktisch allen Einfluss verloren. Wie konnte er jetzt noch hoffen zu gewinnen?

»Können wir eine Pause machen?«, fragte er vorsichtig.

»Aber natürlich«, sagte Daimyo Sanada. »Die Partie macht mir großen Spaß.« Er nutzte die Gelegenheit zu einem Gespräch mit Kanesuke.

Jack ging über den Platz und wurde langsamer, als er an Ronin und Hana vorbeikam.

»Keine Sorge«, flüsterte Ronin mit aller Zuversicht, die er aufbieten konnte. »Auch wenn man in einem Gebiet Verluste macht, kann man sich trotzdem verteidigen und gewinnen.«

»Wie denn?«, fragte Jack verzweifelt. »Er kreist alle meine Gruppen ein.«

»Du musst die Muster erkennen, nach denen er vorgeht! Versuche seine Züge vorauszuahnen. Behalte das ganze Brett im Blick ...«

»Es geht weiter!«, rief Kanesuke, der ihr Gespräch bemerkt hatte.

Jack kehrte an seinen Platz zurück und starrte düster auf das Brett. Er sah keine »Muster«, sondern nur lauter einzelne Konflikte. Die Verteilung von Schwarz und Weiß insgesamt ergab keinen Sinn und er konnte keine schlüssige Strategie daraus ableiten.

»Wenn er weiter so lange braucht, spielen wir noch im Licht der Sterne«, bemerkte Kanesuke spöttisch.

Sternbilder!

Das war der rettende Einfall! Jacks Vater, ein Schiffssteuermann, hatte ihm beigebracht, wie man nach den Sternen navigierte. Zuerst hatte er sich am Himmel vor lauter Sternbildern überhaupt nicht zurechtgefunden. Doch sein Vater hatte ihm gezeigt, wie man das Kleine im Großen und das Große im Kleinen erkennen konnte. Nach und nach hatte Jack die wichtigen Sternformationen unterscheiden gelernt und plötzlich konnte er den Himmel lesen und auf sicherem Kurs durch den endlosen Ozean steuern.

Wenn die weißen Steine nun Sterne waren und die schwarzen der Nachthimmel, konnte er die Schlacht in Gedanken ordnen. Sofort bildete sich ein Muster heraus und eine Strategie entstand in seinem Kopf. Zugleich erwachte auch die Hoffnung, er könnte auf diesem Weg doch noch zum Sieg gelangen.

Der Daimyo plante offenbar, die drei weißen Steine zu opfern, dafür aber das von Schwarz beanspruchte Gebiet am unteren Rand des Bretts zu zerstören. Sogleich machte Jack dort einen Zug. Zwei Gruppen entstanden – eine weiße und eine schwarze – und ein Wettrennen um die Gefangennahme der jeweils gegnerischen Steine begann.

Jack war zuerst am Ziel, machte vier Gefangene und sicherte sich das Gebiet.

Der Daimyo schnaubte, nahm erregt einen weißen Stein und griff seinerseits in der Mitte links an.

Doch Jack hatte inzwischen das ganze Spiel im Blick und sein Gefühl riet ihm, den Zug zu ignorieren. Stattdessen setzte er mit einem lauten Klacken einen Stein in die Mitte des Bretts.

»Nein!«, rief Ronin angesichts dieses waghalsigen Manövers, aber zu spät. Der Stein war gesetzt.

Daimyo Sanada grinste. Der Gaijin hatte einen entscheidenden Fehler gemacht!

Doch Jack spürte instinktiv, dass er die richtige Strategie verfolgte. Er setzte weiter Steine an scheinbar ungewöhnliche Stellen und das schadenfrohe Grinsen des Daimyo wich einer besorgten Miene. Der Kampf wurde immer heftiger und der Daimyo fuhr mit den Fingern laut durch die Schale mit seinen Steinen. Jack entnahm Ronins Gesicht, dass sich das nicht gehörte. Offenbar hatte er den Daimyo aus dem Konzept gebracht.

Daimyo Sanada runzelte die Stirn und brauchte für seine Züge immer länger. Doch dann gelang ihm eine Gruppe mit zwei »Augen« und seine Stimmung besserte sich. Als er diese lebende Gruppe dann noch mit den drei weißen Steinen verbinden konnte, begann er wieder zu grinsen.

Ronin schüttelte verzweifelt den Kopf und wandte den Blick ab. Jetzt würden sie verlieren. Sein Blick wanderte zu den sechs Wächtern neben ihnen. Einen, vielleicht auch zwei konnte er überwältigen. Doch ein Fluchtversuch ohne seine Schwerter kam einem Selbstmord gleich.

»Dieser Zug ist nicht erlaubt!«, sagte Kanesuke kurz angebunden.

Ronins Blick kehrte zu dem Brett zurück und er sah, dass Jack einen schwarzen Stein in eins der weißen »Augen« gesetzt hatte.

»Ohne Freiheiten begehst du damit ›Selbstmord‹«, erklärte Daimyo Sanada voller Schadenfreude.

»Aber nehme ich damit nicht diesen Stein gefangen?«,

fragte Jack unschuldig und zeigte auf den danebenliegenden weißen Stein, der zum Rand des Bretts hin eingeschlossen war.

Ronin sah genauer hin und hielt die Luft an. »Ein ›falsches Auge‹!«

Zwar war Jacks Stein umkreist, doch hatte er zugleich einen weißen Stein gefangen genommen. Der Daimyo, der sich durch Jacks unorthodoxe Strategie hatte verwirren lassen, schnaubte über seinen eigenen Fehler. Seine Gruppe war auf allen Seiten von Schwarz eingeschlossen und unrettbar verloren. Jack besetzte bei seinem nächsten Zug das andere »Auge« und nahm die falsche lebende Gruppe einschließlich der entscheidenden drei weißen Steine gefangen. Es war, als wären in einem Sternbild alle Sterne zur gleichen Zeit erloschen.

Die letzte Phase der Partie begann. Jetzt ging es um alles oder nichts.

Erbittert stritten der Daimyo und Jack um Steine und Gebiete. Jede Freiheit wurde hart umkämpft. Jack folgte keiner bewussten Strategie mehr, sondern verließ sich auf die instinktive Erfassung der Gesamtkonstellation.

Daimyo Sanada drang in die letzte Lücke der schwarzen Verteidigungsmauer ein, doch Jack schloss ihn rasch wieder aus und verhinderte weitere Gefangennahmen. Die Grenzen zwischen Weiß und Schwarz lagen jetzt fest. Als der Daimyo feststellte, dass keine weiteren Steine mehr geschlagen werden konnten, verzichtete er auf seinen nächsten Zug und gab Jack, wie von den Regeln vorgeschrieben, einen weißen Gefangenen. Jack verzichtete ebenfalls auf seinen Zug und gab dem Daimyo im Gegenzug einen schwarzen Stein.

»Ende der Partie«, verkündete Kanesuke und die Zählung der unbesetzten Freiheiten und der Gefangenen begann.

40

Leben und Tod

Jack spürte, dass er womöglich gewonnen hatte, so abwegig diese Vorstellung auch sein mochte. Denselben Gedanken las er in den Augen des Daimyo. Gleichwohl lagen Schwarz und Weiß nach dem langen Kampf zu nahe beieinander, um das Ergebnis sicher vorhersagen zu können.

Kanesuke trat zum Tisch, um mit der Zählung zu beginnen. Dabei stolperte er und fiel auf das Brett, sodass die Steine in alle Richtungen flogen.

»Tollpatsch!«, rief Daimyo Sanada, doch klang er eher erleichtert. »Wie sollen wir jetzt das Ergebnis ermitteln?«

Kanesuke verbeugte sich entschuldigend, doch Jack bemerkte das verschlagene Lächeln auf seinem Gesicht.

»Jack hat gewonnen«, erklärte Ronin mit fester Stimme.

»Es gibt keinen Gewinner!«, widersprach der Daimyo unwirsch. »Die Zählung konnte nicht durchgeführt werden.«

»Schwarz hat Weiß mit zwei Punkten besiegt.«

»Das konntet Ihr von da drüben gar nicht sehen.«

»Und ob!«, rief Ronin empört und stand auf. Doch zwei Wächter packten ihn, bevor er auch nur einen Schritt in Richtung ihres Herrn machen konnte.

»Das Spiel ist ungültig«, erklärte der Daimyo. »Führt die Gefangenen ab.«

»Aber der Mann ist absichtlich gestolpert!«, protestierte Hana, während sie über den Platz gezerrt wurde. »Ihr habt betrogen!«

Der Daimyo trat ihr in den Weg und packte sie am Hals. Einen Augenblick lang glaubte Jack schon, er würde Hana an Ort und Stelle hinrichten lassen.

»Niemand nennt mich einen Betrüger«, sagte er scharf und griff nach seinem Schwert. »Schon gar nicht eine *hinin*.«

Hana sah ihn unerschrocken an. »Aber Ihr habt Euer Ehrenwort gegeben!«, krächzte sie.

»Ich sollte dich für deine Unverschämtheit augenblicklich töten. Aber ich bin ein Ehrenmann und achte die Tugenden des Bushido.« Er ließ sie los. »Wir haben vereinbart, dass ich euch freilasse, wenn der Gaijin gewinnt. Leider hat es keinen Gewinner gegeben …«

»Dann spielt noch einmal«, erwiderte Hana und versuchte sich von den Wächtern loszumachen.

Daimyo Sanada wandte sich an Jack. »So unterhaltsam das Spiel war, ich habe jetzt zu tun. Vielleicht ein anderes Mal. Aber ich will gerecht sein und gebe dir eine andere Möglichkeit, die Freiheit zu gewinnen.«

Er ließ sich von Kanesuke dessen Geldbörse geben, schüttete die Münzen auf den Tisch, nahm zwei Go-Steine und steckte sie stattdessen in den Beutel.

»Wähle einen Stein«, sagte er und hielt Jack den Beutel hin. »Weiß bedeutet Leben, Schwarz Tod.«

Jack betrachtete nachdenklich den Beutel. Wieder einmal lag das Schicksal seiner Gefährten in seiner Hand. Wenigstens hatte er diesmal eine gute Chance, sie zu retten.

»Ich lasse dich nicht darüber entscheiden, ob ich lebe oder sterbe!«, rief Hana aufgebracht und hielt Jacks Hand fest, als er hineingreifen wollte.

»Mir ist egal, wer den Stein zieht«, sagte der Daimyo ungeduldig.

»Dann soll *janken* darüber entscheiden«, sagte Hana und zog Jack und Ronin zur Seite.

»Was ist *janken?*«, fragte Jack verwirrt. Er verstand nicht, warum sie sich so plötzlich einmischte.

»Schere, Stein, Papier«, antwortete Hana und machte in rascher Folge eine Faust, eine flache Hand und ein V mit zwei Fingern. Sie senkte die Stimme zu einem Flüstern. »Ich habe gesehen, wie der Daimyo zwei schwarze Steine in den Beutel gesteckt hat.«

»Aber du kannst ihm nicht schon wieder Betrug vorwerfen«, wisperte Jack. »Dann lässt er uns alle auf der Stelle töten.«

Sie taten so, als spielten sie *janken*, um Zeit zu gewinnen und in der verzweifelten Hoffnung, dass einem von ihnen der rettende Plan einfallen würde.

»Er hatte überhaupt niemals vor, uns gehen zu lassen«, schimpfte Ronin leise mit einem verstohlenen Blick auf den Kreis schwer bewaffneter Wächter, die ihre Schwerter gezogen hatten.

»Meine Zeit ist begrenzt«, drängte der Daimyo und

schüttelte den Beutel. »Die Wahl ist einfach. Weiß oder Schwarz, Leben oder Tod …«

»Lasst mich ziehen«, sagte Hana zu Ronin und Jack.

»Warum?«, fragte Jack leise. »Wir können ja doch nicht gewinnen!«

»Vertrau mir einfach.« In Hanas Augen war ein listiges Funkeln getreten.

Sie trat vor den Daimyo und griff in den Beutel. Auf den Lippen des Daimyo erschien in Erwartung des Ergebnisses ein triumphierendes Lächeln.

Jack und Ronin sahen mit angehaltenem Atem zu. Sie wussten beide, dass Hana keinen weißen Stein in den Beutel schmuggeln konnte. Der Daimyo hätte sofort *sie* des Betrugs bezichtigt, weil drei Steine im Spiel gewesen wären. Was hatte sie also vor?

Hana zog die Hand hastig aus dem Beutel und ließ den Stein, den sie ausgewählt hatte, fallen, bevor jemand seine Farbe sehen konnte.

»Oh nein!«, rief sie. Der Stein war zwischen den anderen Go-Steinen auf dem Boden gelandet. »Jetzt wissen wir nicht, welchen Stein ich herausgenommen habe.«

»Egal«, sagte Daimyo Sanada, dessen Geduld zu Ende war. »Ihr habt eure Freiheit verspielt.«

Er winkte den Wächtern.

»Halt!«, rief Hana aufgeregt. »Wir wissen wohl, welche Farbe der Stein hatte. Ihr braucht nur im Beutel nachzusehen.«

Jack und Ronin wechselten einen Blick. Was für ein genialer Einfall! Im selben Moment nahm Hana dem Daimyo den Beutel weg und leerte den Inhalt in ihre Hand. Ein schwarzer Stein fiel heraus.

»Seht, dann muss ich Weiß gewählt haben!«, rief sie. »Das Leben!«

Daimyo Sanada wurde rot vor Wut. Er war überlistet worden. Die Wächter blieben unschlüssig stehen.

»Ihr habt Euer Ehrenwort gegeben«, erinnerte Hana ihn mit einem unschuldigen Lächeln an sein Versprechen.

侍

41

Getrennte Wege

»Ich kann noch gar nicht glauben, dass er uns hat ziehen lassen«, sagte Jack. Sie hatten Nara auf dem schnellsten Weg verlassen und durchquerten den Wald, der die Ausläufer der Berge bedeckte.

Es regnete leicht, aber nicht einmal das konnte ihre gute Laune dämpfen. Der Daimyo hatte trotz seiner Wut Wort gehalten und Jack sogar die Schwerter und den Inro zurückgegeben.

»Er wird uns nicht weit kommen lassen«, vermutete Ronin und nahm einen Schluck aus einer neuen Sakeflasche. Hana hatte geistesgegenwärtig einige Münzen Kanesukes in den Ärmeln ihres Kimonos verschwinden lassen und sie hatten unterwegs noch kurz angehalten, um Proviant zu kaufen.

»Aber wenigstens haben wir jetzt eine Chance, ihm zu entkommen. Dank Hana.«

Er legte Hana die Hand auf die Schulter und drückte sie. »Wie konntest du den Daimyo eigentlich mit seinen eigenen Mitteln schlagen?«

Hana senkte verlegen den Blick. »Ich habe früher auch

ein paarmal mit Trickbetrügereien gearbeitet. Und Betrüger erkennen einander.«

Ronin zog sie lachend an sich. »Ich nehme hiermit zurück, was ich über dich gesagt habe, Hana. Du magst eine Diebin sein, aber du bist mutiger und treuer als mancher Samurai, den ich kennengelernt habe.«

Hana strahlte über sein Lob. Wie Vater und Tochter standen sie nebeneinander, dachte Jack. Sie taten einander gut – vielleicht brauchten sie sich sogar. Jedenfalls war in Ronins Blick zum ersten Mal etwas anderes als Reue zu lesen.

Als sie an eine Kreuzung kamen, wurde Ronin plötzlich wieder ernst. »Hier trennen sich unsere Wege«, sagte er unvermittelt.

Hana sah ihn fassungslos an und ihre Freude war wie weggeblasen. »A-a-aber warum?«

»Wir werden steckbrieflich gesucht. Als Gruppe fallen wir zu leicht auf.«

Jack wusste, dass Ronin Recht hatte. Die Samurai des Shoguns waren hinter ihnen her, Kazuki und seine Skorpion-Bande und jetzt auch noch Daimyo Sanadas Leute. Es war nur eine Frage der Zeit, bis man sie schnappen würde. Einzeln konnten zumindest Ronin und Hana leichter untertauchen.

»Aber wohin soll ich denn allein gehen?«, fragte Hana unglücklich. »Ich bin so gern mit euch beiden zusammen.«

Jack spürte ihre Verzweiflung und wusste, dass sie in diesem Zustand ihren Häschern wahrscheinlich geradewegs in die Hände laufen würde. »Kann sie nicht mit dir mitkommen, Ronin?«, fragte er vorsichtig.

»Ja!«, rief Hana sofort und sah Ronin flehend an. »Du könntest mein Lehrer sein und ich könnte für dich kochen und …«

Ronin schüttelte energisch den Kopf, wich Hanas Blick aber aus. Die Trennung schien ihm nicht leichter zu fallen als ihr.

»Ich ziehe Schwierigkeiten geradezu an«, erwiderte er mit einem düsteren Blick auf seine Sakeflasche. »Für ein Mädchen ist das nicht der richtige Platz.«

Doch Hana packte ihn am Ärmel. »Bitte! Du wirst mich gar nicht bemerken.«

»Nein!«, erwiderte Ronin unwirsch und machte sich los.

Hana traten Tränen in die Augen. Die Zurückweisung schmerzte sie mehr als die bevorstehende Trennung.

Auch Jack durfte nicht zulassen, dass Hana ihn nach Nagasaki begleitete. Er war ein noch auffälligeres Ziel als Ronin. Aber er hatte eine andere Idee und löste dadurch gleichzeitig ein weiteres Problem, das ihn seit Kyoto beschäftigte.

»Hana, kannst du für mich nach Osten gehen, nach Toba?«, fragte er.

»Ist das ein neuer Auftrag?« Hanas Miene hellte sich ein wenig auf.

»Ja, sogar ein sehr wichtiger. Du musst Akiko warnen, dass Kazuki nach ihr sucht und sich an ihr rächen will.« Er hielt ihr den Inro hin. »Zeige ihr den, dann weiß sie, dass du meine Freundin bist. Sie wird sich um dich kümmern.«

»Komm mit mir!«, bat Hana flehentlich.

»Das kann ich nicht. Ich würde die Skorpion-Bande geradewegs zu Akiko führen. Ich werde in die entgegengesetzte Richtung aufbrechen und eine deutliche Spur hinterlassen, die unsere Verfolger von Toba ablenkt. Wirst du das für mich tun?«

Hana nahm den Inro mit beiden Händen und nickte entschlossen.

»Danke«, sagte Jack erleichtert. Wenn alles gut ging, würde Akiko zumindest gewarnt werden.

Sie verteilten den Proviant, dann machte Hana sich auf den Weg. Jack und Ronin sahen ihr nach. Sie winkte ihnen ein letztes Mal und verschwand kurz darauf hinter einer Kuppe.

»Tapferes Mädchen«, sagte Ronin. »Ich werde sie vermissen.«

»Auch ihre Reden?«, fragte Jack, erstaunt über Ronins Geständnis.

»Sogar die«, gab Ronin zu. Er sah Jack an. »Tut mir leid, dass wir den Portolan nicht gefunden haben.«

»Wir haben es zumindest versucht«, antwortete Jack tapfer. »Aber du hast Recht, unter den gegebenen Umständen wäre es Selbstmord, weiter nach Botan zu suchen.«

Es war Zeit, der Wahrheit ins Auge zu blicken. Sosehr es ihn auch schmerzte – der Portolan war verloren. *Was du willst, wird geopfert*, hatte der Rätselmönch gesagt. Offenbar hatte er von diesem Opfer gesprochen. Trotz aller Anstrengungen, Strapazen und Gefahren musste Jack die letzte Verbindung zu seinem Vater verloren geben. Er konnte sein Versprechen, das Logbuch nicht in falsche Hände geraten zu lassen, nicht halten. Seine Zukunft war ungewiss.

»Aber ich werde weiter nach diesem Halunken Botan Ausschau halten«, versicherte Ronin. »Und nach dem Portolan.«

»Du hast schon mehr als genug getan«, erwiderte Jack. »Bitte begib dich meinetwegen nicht mehr in Lebensgefahr.«

»Ich habe nicht mehr viel zu verlieren«, sagte Ronin und hielt die Flasche hoch. »Aber es war mir eine Ehre, dir zu helfen, junger Samurai.«

Damit verbeugte er sich und wandte sich nach Norden, in Richtung Kyoto.

»Warte!«, rief Jack. »Ich schulde dir noch etwas für deine Dienste.«

»Du schuldest mir gar nichts.«

»Doch«, beharrte Jack und eilte ihm nach. »Das ist Ehrensache. Wir haben vereinbart, dass du dir von den Dingen, die wir wiederbekommen, eins auswählen darfst.«

»Aber ich könnte dir nicht deine Schwerter nehmen.«

»Dann … nimm die Perle.« Jack öffnete seinen Kimono und zog die goldene Haarnadel heraus. Es fiel ihm zwar schwer, die schwarze Perle wegzugeben, aber Akiko hätte ihn sicher darin bestärkt, sich an die Abmachung zu halten. Das gehörte sich so.

»Wie rührend!«, ertönte plötzlich eine Stimme, die vor Spott triefte.

Jack und Ronin fuhren herum. Vor ihnen stand ein Samurai in einem dunkelbraunen Kimono und grinste über ihre verwirrten Gesichter. Er war stämmig, hatte Arme wie geknotete Seile und sah aus wie ein kampferprobter Veteran. Sein verwegenes Gesicht wurde von einem ordentlich gestutzten Spitzbart und einem Schnurrbart eingerahmt. Seine Nase dagegen war plattgedrückt, er hatte sie sich wahrscheinlich im Kampf gebrochen, und über das Kinn zog sich eine Narbe.

»Ronin! Ich hätte nicht gedacht, dass ich dich wiedersehen würde«, sagte er und breitete erfreut die Arme aus.

Ronin starrte ihn verwirrt und zugleich misstrauisch an und griff nach seinem Schwert.

»Und es kränkt mich, dass du dich nicht an mich erinnerst.«

Ronin kniff die Augen zusammen und betrachtete den Mann aufmerksam. »Mein Gedächtnis ist nicht besonders gut. Hilf mir.«

»Du warst damals sturzbetrunken, Ronin. Im Grunde bin ich überrascht, dass du dem Alkohol nicht schon längst erlegen bist.«

»Wer bist du?«, wollte Ronin wissen.

»Botan natürlich!«

Vor Schreck, dass der, den sie gesucht hatten, jetzt leibhaftig vor ihnen stand, zogen Jack und Ronin gleichzeitig ihre Schwerter.

»Warum willst du gegen einen alten Freund kämpfen?«, fragte Botan unbeeindruckt.

»Du bist nicht mein Freund«, erwiderte Ronin. »Wo ist der Portolan, den du gestohlen hast?«

Botan lachte. »Ich wollte dich gerade dasselbe fragen.«

»Was soll das heißen?« Ronin runzelte die Stirn.

»Na, daran musst du dich aber doch erinnern! Kanesuke wollte unbedingt, dass ich dieses Buch finde. Und jetzt, mein Freund, sage mir bitte, wo es ist.«

Jack war über diese Wendung des Gesprächs genauso verwirrt wie Ronin. »Aber wir haben Euch gesucht, weil Ihr es habt!«, rief er.

»Mit dir habe ich nicht gesprochen, Gaijin«, erwiderte Botan unwirsch. »Du solltest eigentlich tot sein.«

Er wandte sich wieder an Ronin. »Ich muss zugeben, ich bin einigermaßen überrascht, dich in Gesellschaft des Gaijin anzutreffen. Zumal du doch geholfen hast, ihn auszurauben!«

Ronin und Jack starrten ihn so entgeistert an, dass Botan in tiefes, dröhnendes Lachen ausbrach.

»Du lügst!«, sagte Ronin, doch schienen sich bereits erste Zweifel in ihm zu regen.

Jack, der es bemerkte, sah seinen Gefährten ungläubig an. Hatte Ronin ihn wirklich überfallen, bevor sie sich im Teehaus in Yamashiro begegnet waren? Gründete ihre ganze Freundschaft auf Betrug?

Er musterte erst Ronin und dann Botan. Was war die Wahrheit?

»Nicht zu fassen, dass keiner von euch sich erinnert!«, rief Botan und schüttelte belustigt den Kopf.

Jack hatte plötzlich das beunruhigende Gefühl, Botans Lachen schon einmal gehört zu haben. Auch seine Narbe und die gebrochene Nase kamen ihm bekannt vor. Dasselbe galt für den aufdringlichen Geruch nach Sake, den Ronin stets verströmte.

In seinem Kopf hob sich allmählich der Nebel des Vergessens und aus den Tiefen seines Bewusstseins tauchte die Erinnerung auf …

42

Betäubt

»Erlaubt, dass ich Euch etwas zu trinken spendiere«, lallte der betrunkene Samurai und setzte sich unaufgefordert an Jacks Tisch vor dem Dorfwirtshaus an der Bergstraße.

»Das ist sehr freundlich von Euch, aber mein Gelübde verbietet es mir.« Jack hatte sich mit dem blauen Gewand eines komusō *verkleidet, eines Mönchs der Leere. Auf dem Kopf trug er einen für diese Mönche typischen Weidenkorb, um nicht als Ausländer erkannt zu werden. Aus demselben Grund mied er auch die Gesellschaft anderer Menschen, vor allem die von Samurai.*

»Aber ich bestehe darauf.« Der Mann winkte dem Wirt. »Einen Sake für mich. Und für meinen Freund einen ...«

»Grüntee«, lenkte Jack ein, denn er wollte den Samurai nicht verärgern und dadurch noch mehr Aufmerksamkeit erregen. An einem anderen Tisch saß plaudernd und scherzend eine Gruppe von drei Samurai. Vor allem einer von ihnen – ein athletischer Mann mit einer Narbe am Kinn und einem tiefen, dröhnenden Lachen – hatte seit Jacks Ankunft immer wieder zu ihm herübergesehen. Mit ihm wollte Jack auf keinen Fall Streit anfangen.

Der Wirt entfernte sich eilig mit ihrer Bestellung.

»Ich heiße übrigens Ronin. Und Ihr seid?«

»Takeshi«, antwortete Jack. Er benutzte den Vornamen seines Vormunds Masamoto.

»Sehr erfreut, Euch kennenzulernen.« Ronin versuchte eine höfliche Verbeugung, doch sie wollte ihm in seinem Rausch nicht gelingen. Er streckte die Hand aus und stieß torkelnd gegen Jacks Kopfbedeckung. »Warum tragt Ihr eigentlich so einen komischen Korb?«

»Er steht für unsere Loslösung von der Welt«, erklärte Jack und rückte den Korb wieder gerade.

»Merkwürdig, sein Gesicht so zu verstecken.«

Ihre Getränke kamen.

»Ich schenke Euch ein«, erbot sich Ronin und machte sich an der Teekanne zu schaffen. Mit unsicheren Händen goss er eine Tasse Tee ein und schob sie über den Tisch zu Jack.

»Kampai!«, *prostete er ihm zu und schüttete seinen Sake in einem Zug hinunter.*

Jack nahm einen Schluck. Der Tee war von schlechter Qualität und schmeckte extrem bitter. Ronin schmatzte genießerisch mit den Lippen. Dann fiel sein Blick auf Jacks lange Bambusflöte, die auf dem Tisch lag.

»So eine Flöte wollte ich schon immer spielen«, sagte er. Er nahm die Flöte, die neben der Kopfbedeckung das zweite Symbol der Mönche der Leere war, setzte sie an die Lippen und pustete mit aller Kraft hinein. Ein schriller Ton erklang.

»Sie ist offenbar kaputt.« Er betrachtete sie kurz und gab sie zurück. »Egal. Wohin seid Ihr unterwegs?«

»Nach Süden«, antwortete Jack und trank den Tee rasch aus. Das Gespräch hatte sich wieder in eine gefährliche Richtung entwickelt.

Ronin sog die Luft zwischen den Zähnen ein. »Gefährliche Gegend. Viele Banditen.«

»Vielen Dank für den Tee«, sagte Jack zum Abschied und hob sein Bündel und seine Schwerter auf. Die Schwerter waren in ein Tuch eingeschlagen, damit sie keinen Verdacht erregten.

»Ich sage Euch was, Takeshi, ich begleite Euch als Führer.«

»Das ist nicht nötig.«

»Doch, doch«, beharrte der Samurai und stand schwankend auf. »Wir wollen doch nicht, dass ein Mönch in Schwierigkeiten gerät.«

Jack marschierte mit raschen Schritten die Straße entlang in Richtung Bergwald.

»Ihr habt es aber eilig«, bemerkte Ronin hinter ihm und holte ihn ein. »Bestimmt wollt Ihr gleich beten.« Nebeneinander gingen sie zwischen den endlosen Zedern hindurch. »Zum Glück kenne ich eine Abkürzung.«

Er zog den protestierenden Jack von der Hauptstraße weg auf einen schmalen Pfad, der an einer engen Schlucht entlang durch den Wald führte. Sie waren noch nicht weit gegangen, als Jack auf einmal furchtbar müde wurde. Übelkeit stieg in ihm auf und er stolperte.

»Ihr solltet eine Weile ausruhen«, schlug Ronin vor.

Jack hatte nicht die Kraft, ihm zu widersprechen, und ließ sich von ihm zu einem Baum führen. Dort setzte er sich. Seine Glieder fühlten sich schwer wie Blei an, um ihn herum drehte sich alles und ihm war schlecht. Er schloss die Augen …

43

Ein lebendes Ziel

»Du hast mir ein Schlafmittel gegeben!«, rief Jack aufgebracht und wich zurück. Ein Schwert hielt er weiter auf Botan gerichtet, das andere auf Ronin.

»Habe ich das?«, fragte Ronin verwirrt. Dann dämmerte auch ihm langsam die Erinnerung. »*Du* warst der Mönch?«

»Und ich habe dich für einen Ehrenmann gehalten, einen Mann des Bushido! Einen Samurai!«

»Der Alkohol war schuld!«, rief Ronin beschwörend und schüttelte demonstrativ seine Flasche. »Ich war verzweifelt und auf der Suche nach Arbeit. Man sagte mir, wir würden einen Spion fangen … der sich als Mönch verkleidet hätte! Und spionierende Mönche sind mir aus gutem Grund verhasst.«

Jack blieb unbeeindruckt.

»Also deshalb kannte der Glücksspieler in Kizu deinen Namen! Du gehörst zu Botans Bande! Warum sollte ich dir jetzt noch trauen, Ronin?«

»Ich habe dir seitdem immer geholfen …«

»Aber ohne dich wäre ich gar nicht erst ausgeraubt worden!«, fiel Jack ihm ins Wort.

Ronin senkte voller Scham den Kopf. »Du hast Recht. Ich habe einen unverzeihlichen Fehler begangen.«

»Sagst *du* das oder ist es der Alkohol? Kein Wunder, dass du ein *ronin* bist. Kein Fürst würde dich in seine Dienste nehmen!«

»Tut mir leid, wenn ich euer Geplänkel unterbreche«, mischte Botan sich ein. »Aber es gibt dringendere Dinge zu erledigen. Was hast du mit dem Portolan gemacht, Ronin?«

Jack sah Ronin empört an. Auch er erwartete eine Antwort. Doch Ronin schüttelte nur bedauernd den Kopf. »Ich … ich kann mich nicht erinnern.«

»Du bist als Samurai ein solcher Versager, Ronin!«, rief Botan und hob verärgert die Arme. »Kein Wunder, dass du auch deinen Vater im Stich gelassen hast.«

Ein wütendes Funkeln trat in Ronins Augen. Er hob sein Schwert und wollte sich gerade auf Botan stürzen, als plötzlich ein Mann aus dem Wald trat.

»Legt eure Schwerter weg!«, rief er. Es handelte sich um den Glücksspieler aus Kizu. »Sonst stirbt eure Freundin!«

Ronins Blick fiel auf Hana. Der Glücksspieler hatte sie gepackt und hielt ihr ein Messer an die Kehle. Ronin erstarrte.

»Gerade rechtzeitig!«, rief Botan.

Drei weitere Männer traten aus dem Wald und umzingelten Jack und Ronin.

»Wenn ihr dem Mädchen auch nur ein Haar krümmt«, knurrte Ronin, »dann werde ich …«

»Du wirst hier gar nichts«, zischte Botan. »Ihr tut, was Shoda sagt.«

Da ihnen nichts anderes übrig blieb, legten Jack und Ronin ihre Schwerter auf den Boden. Sofort packten die Banditen sie und drückten sie auf die Knie.

»Das ist deine letzte Chance, Ronin. Wo ist das Buch?«

»Ich sagte doch, ich weiß es nicht mehr.«

»Vielleicht können wir deiner Erinnerung ein wenig auf die Sprünge helfen.« Botan wandte sich an einen seiner Leute. »Binde das Mädchen an den Apfelbaum da drüben.«

Hana wurde mit den Armen an den Stamm gefesselt und Botan lieh sich Shodas Messer und trat neben sie. »Sage es mir oder ich schneide dem Mädchen die Zunge heraus.«

Er packte Hana am Kopf und zwang sie, den Mund zu öffnen. Hana wehrte sich kreischend, aber gegen Botan war sie machtlos.

»Gnade!«, rief Ronin. »Sie hat damit nichts zu tun.«

Aber Botan ignorierte ihn und schob Hana das Messer in den Mund.

»Halt!«, schrie Ronin. »Ich … ich erinnere mich vielleicht doch.«

Botan grinste. »Siehst du, du brauchtest nur eine kleine Aufforderung.«

»Allerdings nur ganz verschwommen.« Ronin rieb sich die Stirn. »Den Überfall habe ich vergessen. Ich weiß nur noch, wie ich neben einer Schlucht aufwachte … Ein Mann mit Bart … in roten Kleidern … saß vor mir und schnatterte irgendetwas in Reimen daher … Mir war, als würde ich träumen oder als sei ich verrückt geworden … Der Mann hielt ein Buch in den Händen, wahrscheinlich den

Portolan, und stellte mir ein Rätsel, das ich lösen musste, wenn ich es behalten wollte … Offenbar habe ich ihm die falsche Antwort gegeben …«

»So ein Blödsinn!«, schnaubte Botan und hob das Messer wieder an Hanas panisches Gesicht.

»Nein!«, rief Jack. »Er spricht bestimmt vom Rätselmönch.«

Botan und seine Kumpane lachten abschätzig. »Den gibt es doch nur im Märchen. Als Kinderschreck.«

»Aber ich bin ihm ebenfalls begegnet«, beharrte Jack verzweifelt. Er musste Hana retten! »Ich kann euch zu dem Schrein führen, an dem er betet.«

Bei diesen Worten ließ Botan Hana los und ging zu Jack.

»Wehe, du lügst, Gaijin!«, zischte er und fuchtelte drohend mit dem Messer vor ihm herum. »Dann schneide ich dir noch viel mehr ab als die Zunge.«

»Binde zuerst Hana los«, forderte Jack.

Botan überlegte einen kurzen Moment. »Nein, binde du sie los … und zwar damit.« Aus einem Beutel an seinem Gürtel zog er fünf *shuriken*.

Jack starrte sie ungläubig an. Es handelte sich um dieselben Wurfsterne, die sein Freund Tenzen ihm geschenkt hatte.

»Die habe ich in deinem Bündel gefunden«, erklärte Botan und musterte Jack misstrauisch. »Aber erzähle mir jetzt bitte nicht, dass du auch noch ein Ninja bist!«

Jack schwieg.

»Nun ja, wir werden es gleich wissen. Shoda, leg dem

Mädchen einen Apfel auf den Kopf. Bevor wir zu diesem Rätselmönch aufbrechen, spielen wir ein kleines Spiel.«

Botan nahm einen *shuriken* in die rechte Hand und zielte damit auf Hana, die keinen Mucks von sich gab.

»Die Schwierigkeit bei lebenden Zielen ist, dass sie oftmals schreien …, er warf, »… oder dass sie bluten«, sagte er.

Eine Spitze des Sterns streifte Hana. Sie schrie auf und aus der Wunde floss Blut. Die rasiermesserscharfe Kante hatte ihr rechtes Ohr geritzt.

Botan gab Jack einen Stern. »Hoffen wir um Hanas willen, dass du besser werfen kannst als ich. Wenn du den Apfel triffst, ist sie frei. Wenn nicht …«

侍

44

Volltreffer

Jack hatte nicht mehr mit einem *shuriken* geübt, seit er das Ninjadorf verlassen hatte. Er wog die Waffe in der Hand, um wieder ein Gefühl dafür zu bekommen. Wurfsterne waren äußerst gefährlich. Sie konnten ihre Opfer verwunden, kampfunfähig machen und sogar töten.

Jack überlegte für einen Moment, ob er mit dem Stern Botan oder ein Mitglied seiner Bande angreifen sollte. Aber Shoda hielt sein Messer wieder in der Hand und stand nur wenige Meter von Hana entfernt. Er würde sie töten, noch bevor Jack zwei Schritte machen konnte. Und Ronin, der noch auf dem Boden kniete und trübsinnig auf seine Flasche starrte, konnte er nicht mehr vertrauen.

»Ich brauche drei Versuche«, erklärte er und zeigte auf die anderen Wurfsterne in Botans Hand. »Es ist eine Weile her, dass ich einen geworfen habe.«

Botan beäugte ihn argwöhnisch. »Wenn es sein muss.«

Jack wandte sich Hana zu. Sie stand etwa dreißig Schritte von ihm entfernt. Er durfte sich nicht den geringsten Fehler erlauben und musste auch den Wind einberechnen. Wegen des Nieselregens lag der Wurfstern glitschig in der Hand.

Jack holte tief Luft, um sich zu beruhigen, beschloss, beim ersten Versuch von oben zu zielen, und warf. Pfeifend flog der Stern durch die Luft, verfehlte sein Ziel aber deutlich und bohrte sich mit der Spitze neben Hanas rechtem Handgelenk in den Stamm.

»Du hättest mir fast die Hand abgeschnitten!«, rief Hana zur Belustigung Botans und seiner Bande. »Hast du überhaupt schon mal mit so etwas geworfen?«

»Ein oder zwei Mal«, gab Jack kleinlaut zu.

Botan reichte ihm den nächsten Stern.

Hana erbleichte. Diesmal warf Jack von unten. Blitzend schoss der Stern in Augenhöhe auf Hana zu. Sie schrie … und der Stern bohrte sich links von ihrem Kopf und nur um Haaresbreite von diesem entfernt in den Stamm.

Botan grinste. »Du näherst dich allmählich dem Ziel.«

»Aufhören, Jack!«, flehte Hana und starrte den tödlichen Stern erschrocken an.

»Ich glaube, ich habe es allmählich heraus«, erwiderte Jack und hob den dritten *shuriken*.

Diesmal schleuderte er ihn seitlich aus der Hüfte. Der Stern flog kerzengerade auf sein Ziel zu und traf den Apfel genau in der Mitte. Apfelstücke spritzten in alle Richtungen. Botans Kumpane brachen in spontanen Beifall aus und Hana wurde vor Erleichterung fast ohnmächtig.

»Sehr beeindruckend«, meinte Botan und hob den letzten *shuriken* in seiner Hand. »Aber ich treffe noch besser. Mitten ins Herz!«

»Das dachte ich mir«, sagte Jack und trat den Samurai

mit einem Halbkreistritt in den Bauch, bevor er den Stern werfen konnte.

Als Shoda das sah, hob er sein Messer und machte Anstalten, sich auf Hana zu stürzen. Doch Jack entriss Botan den Stern und schleuderte ihn auf Shoda. Der Stern bohrte sich in sein Bein, sodass er nicht mehr richtig gehen konnte.

»Lauf, Hana!«, schrie Jack. Erst jetzt bemerkte Hana, dass der Wurfstern neben ihrer rechten Hand das Seil, mit dem sie gefesselt war, teilweise durchtrennt hatte. Sie zerrte daran und riss es vollends durch. Ein anderer Kumpan Botans wollte sie festhalten, aber Hana schüttelte das Seil rasch ab, zog den Wurfstern neben ihrem Kopf heraus und rammte ihn dem Mann in den Arm. Brüllend hielt sich der Mann die blutende Wunde. Doch Hana trat ihm vorsichtshalber auch noch mit aller Kraft gegen das Knie. Ein hässliches Knacken ertönte und der Mann ging zu Boden.

Botan hatte sich inzwischen wieder erholt und griff Jack mit einem Wutschrei an. Jack musste sich ducken, um von seinem Schwert nicht in zwei Hälften geteilt zu werden. Er richtete sich sofort wieder auf und tauchte schnell beiseite, weil ein zweiter Schlag ihn beinahe geköpft hätte. Seine eigenen Schwerter lagen außer Reichweite hinter Botan auf der Erde. Ohne sie hatte er nicht mehr lange zu leben.

Als Ronin sah, dass Hana frei war, stürzte er hinzu und griff nun seinerseits in den Kampf ein. Er spritzte seinem Bewacher Sake in die Augen und erledigte den Mann dann mit dessen eigenem Schwert. Anschließend hob er sein Langschwert vom Boden auf und wollte Botan angreifen, doch der fünfte Samurai der Bande trat ihm in den Weg und ein erbitterter Zweikampf entbrannte.

Unbehelligt näherte sich Botan in der Zwischenzeit Jack und ließ sein Schwert erneut durch die Luft sausen. Jack musste vor der tödlichen Klinge immer weiter zurückweichen. Plötzlich stieß er mit dem Rücken gegen einen Baum. Botan holte zum entscheidenden Schlag aus, da kam aus dem Nichts ein Apfel geflogen und traf ihn mitten ins Gesicht.

»Volltreffer!«, schrie Hana und hob triumphierend die Fäuste.

Botan taumelte rückwärts und Jack nutzte die Gelegenheit, um zu seinen Schwertern zu rennen.

Hanas Freude währte allerdings nur kurz, denn Shoda näherte sich ihr jetzt humpelnd mit gezücktem Messer. Sie bombardierte ihn ebenfalls mit Äpfeln, doch Shoda schlug sie einfach beiseite. Zuletzt ging Hana hinter dem Baum in Deckung, aber Shoda kam ihr von der anderen Seite entgegen und schnitt ihr den Fluchtweg ab. Grimmig stach er nach ihrem Gesicht. Hana schrie, duckte sich und begann in wilder Panik um den Baum herumzurennen.

Ronin sah ihre Not und kämpfte jetzt mit verstärkter Kraft gegen seinen Gegner. Er schlug sein Schwert zur Seite und verwundete ihn mit einem Schnitt quer über den Bauch tödlich. Der Samurai hielt sich die Eingeweide und brach zusammen, während Ronin Hana zu Hilfe eilte.

Es regnete inzwischen und über den Bergen näherten sich schwarze Gewitterwolken. Jack riss seine Schwerter vom

Boden und trat Botan entgegen. Trotz dessen athletischer Gestalt fühlte er sich ihm mit den Schwertern Shizus in der Hand gewachsen. Er hob sie und nahm die Ausgangshaltung der Technik der beiden Himmel ein.

Botan wischte sich die Reste des Apfels aus dem Gesicht. »Deine Mätzchen mit dem Schwert werden dich nicht retten!«, fauchte er.

Er griff an. Wie Blitze zuckten ihre Schwerter durch die Luft und schlugen klirrend aufeinander. Botan war ein brutaler Kämpfer, der seine ungeheure Kraft zu nutzen verstand. Jack spürte jedes Mal die Erschütterung in seinen Armen, wenn ihre Schwerter zusammentrafen. Er musste Masamotos ganze Schwertkunst aufbieten, um sich gegen Botans wütende Angriffe zu wehren.

Der Regen lief ihnen in die Augen und die nasse Erde verwandelte sich in einen gefährlich rutschigen Morast. Jack wollte Botan mit einem Herbstblattschlag entwaffnen, aber der Samurai behielt sein Schwert in der Hand und konterte mit einem Hieb quer über Jacks Oberarm. Die Klinge schnitt tief ins Fleisch ein und Blut strömte aus der Wunde. Jack schlug Botans Schwert zur Seite, wich zurück und betrachtete erschrocken seinen Arm. Zwar handelte es sich nur um eine Fleischwunde, doch sie ging so tief, dass der linke Arm nicht mehr voll einsatzfähig war.

Auch Botan wusste das und griff Jack mit aller Kraft auf der geschwächten Seite an. Mit einem gewaltigen Hieb schlug er ihm das Kurzschwert aus der Hand und Jack konnte sich nur noch mit seinem Langschwert verteidigen.

Erschöpft und heftig blutend musste er immer weiter zurückweichen. Botan setzte ihm nach und deckte ihn mit Schlägen ein. Jack stolperte über einen toten Samurai, rutschte aus und fiel aufs Knie. Sofort war Botan über ihm.

»Jetzt hole ich mir meine Belohnung!«, rief er und hob das Schwert zum entscheidenden Schlag.

In einem Bogen sauste die Klinge auf Jack zu und die Zeit schien stillzustehen … Doch dann bohrte sich der Stahl einer anderen Klinge in Botans Brust. Ächzend griff sich der Samurai ans Herz und kippte tot um.

Hinter ihm stand blutverschmiert und mit hassverzerrtem Gesicht Ronin. Shoda lag regungslos am Fuß des Apfelbaums. Hana zitterte wie Espenlaub, schien aber unverletzt. Ronin kam einen Schritt näher und Jack stand hastig auf und hob sein Schwert. Ronin mochte ihm gerade das Leben gerettet haben, aber er durfte ihm nicht trauen.

»Und jetzt?«, fragte er, von der Hitze des Gefechts noch ganz erregt. »Willst du mir wieder ein Schlafmittel geben? Mich töten? Meine Schwerter stehlen? Oder warst du von Anfang an hinter dem Portolan her? Du hast mich die ganze Zeit im Kreis geführt, Ronin, deshalb sind wir nirgends angekommen! Du bist kein Samurai, sondern ein Säufer und Lügner!«

45

Jubu

»Du hast Recht, Jack«, gab Ronin zu und sah ihn traurig an. »Ich habe dich zwar nicht angelogen, aber im Stich gelassen. So wie ich meinen Vater im Stich gelassen und mich selbst aufgegeben habe. Kein Fürst will einen Trinker als Samurai. Ich verdiene es nicht, diese Schwerter zu tragen.«

Wütend stieß er sein Langschwert in den Boden, wo es zitternd stecken blieb. Dann hob er die halb leere Sakeflasche auf und wandte sich im strömenden Regen zum Gehen.

Hana lief zu Jack. »Wohin will er?«

»Wahrscheinlich ins nächste Wirtshaus«, antwortete Jack und riss von Botans Kimono einen Streifen ab, um seinen blutenden Arm zu verbinden.

»Aber er hat sich gar nicht verabschiedet.« Auf Hanas Gesicht vermischten sich die Regentropfen mit Tränen. »Komm zurück, Ronin!«

Doch Ronin ging unaufhaltsam weiter, die Flasche wieder an die Lippen gesetzt.

»Lass ihn!«, sagte Jack. Er riss noch ein Stück Stoff ab und verband damit Hanas blutendes Ohr. »Man kann ihm nicht trauen. Er gehörte zu Botans Bande.«

»Das glaube ich nicht«, erwiderte Hana empört. »Er hat mir das Leben gerettet und er hat Botan getötet und dadurch auch dich gerettet!«

»Und er hat mir ein Schlafmittel gegeben und mich ausgeraubt.«

Hana starrte Jack entsetzt an. »Wenn das stimmt, warum hat er dir dann jetzt geholfen?«

»Weil er sich an nichts mehr erinnert! Aber du hast ihn ja selbst gehört. Er hatte tatsächlich den Portolan. Und vielleicht hätte er mich bei der nächsten Gelegenheit wieder ausgeraubt und getötet, um die Belohnung des Shoguns zu kassieren.«

»Aber ich kenne ihn ganz anders«, protestierte Hana und verschränkte trotzig die Arme vor der Brust.

Jack ging zu dem Apfelbaum hinüber und zog die Wurfsterne aus dem Stamm. Er wusste, dass er Ronin Unrecht tat. Vor Botans Auftauchen hatte Ronin sich verabschieden wollen, ohne Lohn für seine Dienste anzunehmen. Er hatte gewiss seine Fehler – er war launisch, unberechenbar und dem Alkohol ergeben –, aber er war kein schlechter Mensch. Tief im Innersten erfüllten ihn eine tiefe Treue und ein unerschütterliches Pflichtgefühl. Nach allem, was Ronin für ihn getan hatte, bereute Jack schon jetzt, was er im Eifer des Gefechtes zu ihm gesagt hatte. Doch konnte auch das nichts daran ändern, dass Ronin an seinem gegenwärtigen Unglück schuld war.

Er verstaute die Wurfsterne in ihrem Beutel. Wieder hatte er etwas von seinen Sachen gefunden. Nur der Portolan fehlte jetzt noch. Und wenn Ronin die Wahrheit gesagt hatte, wusste Jack auch, wo er ihn suchen musste.

»Ich kehre nach Kizu zurück«, sagte er. »Von dort finde ich hoffentlich zu dem Shinto-Schrein zurück, wo ich dem Rätselmönch begegnet bin.«

»Ich begleite dich!«, rief Hana.

»Nein, du musst Akiko warnen. Der Mönch dürfte nicht schwer zu finden sein, es sei denn, es gibt ihn wirklich nur im Märchen und ich habe nur von ihm geträumt.«

»Es gibt ihn wirklich«, erwiderte Hana. »Er lebt in dem alten, verlassenen Tempel auf dem Berg Jubu im Nordosten von Kizu, auf der anderen Seite des Flusses. Dort geht niemand hin, der bei Trost ist. Aber …« Sie schluckte und schien ein wenig blasser zu werden. »Aber ich könnte dich hinführen und danach nach Toba weitergehen.«

»Dann lass uns aufbrechen, bevor hier noch jemand auftaucht«, sagte Jack und wickelte sich fester in seinen feuchten Kimono.

Er ging ein paar Schritte und merkte dann, dass Hana ihm nicht folgte. Sie war mit gesenktem Kopf bei Ronins Langschwert stehen geblieben.

»Auf was wartest du?«, fragte Jack.

»Ronin wird zurückkehren, um sein Schwert zu holen«, sagte sie. Sie drückte den Papierkranich, den Jack ihr geschenkt hatte, in einen Spalt zwischen Griff und Parierstange des Schwerts. »Dann soll er wissen, dass er noch eine Freundin hat.«

Es war tiefe Nacht, als Hana und Jack in Kizu eintrafen. Sie vergewisserten sich, dass niemand die Brücke bewachte, überquerten den Fluss, bogen gleich dahinter nach Nordosten von der Straße ab und verschwanden kurz darauf im Waldesdickicht.

»Wir müssen dem Flusstal folgen«, erklärte Hana.

»Woher kennst du den Weg?«, fragte Jack. Er konnte nicht einmal einen Pfad erkennen.

»Ich kenne ihn gar nicht«, gestand Hana. »Aber ich musste mich einmal auf dem Berg verstecken und verirrte mich. Bei dieser Gelegenheit sah ich den Rätselmönch und auch seinen Tempel auf dem Gipfel. Da ich die Gerüchte über ihn kannte, rannte ich schnell weg.«

Sie arbeiteten sich mühsam voran, folgten Tierfährten und mussten sich manchmal erst eine Schneise durch das Unterholz schlagen. Nach einer Weile ging es steiler bergan. Dunkelheit und Nässe machten den Weg zu einer gefährlichen Rutschpartie. Als sie endlich zu einem überhängenden Felsen gelangten, blieb Jack stehen.

»Lass uns für die Nacht hier bleiben«, schlug er vor. »Hier ist es trocken.«

»Du hast Recht«, stimmte Hana ihm keuchend zu. »Wir brauchen unsere Kraft morgen noch für den Jubu.«

Sie suchten vor dem prasselnden Regen Zuflucht in der kleinen Höhle. Jack versuchte Feuer zu machen, aber das Holz war zu nass. Zitternd vor Kälte saßen sie auf einem Stein. Zum Essen mussten sie sich mit kaltem Reis und rohem Gemüse begnügen. Jack wagte sich noch einmal in die

Sintflut hinaus und kehrte kurz darauf mit einigen belaubten Ästen für ein provisorisches Nachtlager zurück. Die Blätter waren zwar nass, aber immer noch besser als der harte Steinboden.

Blitze zuckten über den Himmel und Donner rollten grollend durch das Tal. Ihr tiefes Rumpeln erschütterte die ganze Höhle. Hana rückte instinktiv näher an Jack heran.

»Hoffentlich hört das Gewitter bald wieder auf«, sagte sie mit vor Kälte und Angst klappernden Zähnen.

Jack legte beruhigend den Arm um sie und begann ihre Schulter zu reiben, damit ihr warm wurde. »Du brauchst keine Angst zu haben. Ich habe auf dem Meer schon weit Schlimmeres überstanden.«

»Das meine ich nicht«, erwiderte Hana. »Dieser Berg ist verflucht.« Ihre Augen waren weit aufgerissen. »Es heißt, dass der Berggott des Jubu brüllt, wenn er wütend ist.«

Wieder fuhr ein gleißender Blitz über den Himmel.

»Er kämpft dann gegen den Flussgott. Wenn er verliert, strömt Blut aus seinen Flanken und der Fluss staut sich und überflutet das Tal.«

Donnergrollen dröhnte ihnen in den Ohren und Hana schmiegte sich noch enger an Jack.

»Wurde der Tempel deshalb aufgegeben?«, fragte er.

»Teilweise ja. Aber der Berg wird auch von *onryō* heimgesucht.«

»Echten *onryō?*«

Hana nickte. »Ich habe einen *kōshakushi* einmal die Geschichte erzählen hören. Vor vielen Monden, zur Zeit des

Kaisers Temmu, wurde im Tempel auf dem Jubu schwarze Magie betrieben. Es gab dort ein Kloster mit geheimnisvollen Mönchen, die angeblich mit der Hand Felsen bewegen und Gedanken lesen und nach ihrem Willen beeinflussen konnten. Sogar über die Naturgewalten herrschten sie.«

Hana überlief ein Schaudern. Jack spürte ihre Angst, musste aber insgeheim lächeln. Ihre Beschreibung erinnerte ihn an die Ninja und ihre Magie der *kuji-in*. Er hatte selbst miterlebt, wie Ninja mit dem Ring des Himmels ähnliche Dinge vollbrachten, und sogar einige ihrer geheimen Künste erlernt.

»Der Kaiser erklärte sie zu bösen Geistern und schickte seine Soldaten, um den Tempel zu zerstören«, fuhr Hana fort. »Es kam zu einer gewaltigen Schlacht. Von den zehntausend Soldaten, die auf den Berg stiegen, kehrten nur hundert zurück und die meisten davon hatten den Verstand verloren. Keine einzige Leiche der tausend Mönche, die im Tempel gewohnt haben sollen, wurde je gefunden, aber ihre Geister spuken dort angeblich immer noch herum. Wer unerlaubt in ihr Reich eindringt, zieht sich ihren Zorn zu und verschwindet auf Nimmerwiedersehen.«

»Wie hat sich der Rätselmönch dann gegen sie behauptet?«, fragte Jack.

»Er gehört zu ihnen. Wer sein Rätsel nicht lösen kann, so heißt es, verliert seine Seele an ihn.«

Hana verstummte.

»Wir sollten noch ein wenig schlafen«, meinte Jack. Hanas Geschichte hatte ihn beunruhigt, aber er wollte es nicht zeigen. Der Mönch hatte ihm bereits ein Rätsel gestellt und ihm war noch keine Lösung eingefallen.

Sie streckten sich auf ihr Lager aus Blättern aus und Jack vergewisserte sich, dass seine Schwerter in Reichweite lagen. Die vollkommen erschöpfte Hana war schon bald fest eingeschlafen. Jack lauschte auf ihre gleichmäßigen Atemzüge und das Rauschen des Regens, das durch die Höhle hallte. Er schlang die Arme um sich, um sich zu wärmen, und berührte dabei die weiche Seide des an seinem Gürtel hängenden *omamori*. Behutsam machte er es los und betrachtete das kleine grüne Säckchen.

Wie war es in seinen Besitz gekommen?

Was war passiert, nachdem Ronin ihm das Schlafmittel verabreicht hatte? Hatte der Samurai ihm auch die Verletzungen zugefügt? Warum hatte Ronin sich von der Bande getrennt? Und warum hatte man ihm den Portolan gelassen?

Angestrengt versuchte Jack sich zu erinnern. Draußen flammte der Himmel auf und der Berggott grollte wieder. Er war gerade dabei einzuschlafen, da kehrte die Erinnerung zurück …

侍

46

Überfall

»Sieh dir diesen außergewöhnlichen Inro an, Botan«, sagte eine Stimme.

Jack spürte, wie jemand den Behälter von seinem Gürtel losmachte. Er war kaum bei Bewusstsein und zu schwach, um sich zu bewegen. Der Korb auf seinem Kopf war nach unten gerutscht und er konnte nur vier Paar Füße in Sandalen sehen.

»He, was ist hier los?«, lallte eine Stimme, die Ronin gehörte.

»Das geht dich nichts an«, antwortete eine männliche Stimme unwirsch.

»Ich dachte, er soll verhört werden«, sagte Ronin. »Nicht ausgeraubt!«

»Deine Arbeit ist getan. Nimm deinen Sake und verschwinde!«

»Seit wann trägt ein Mönch solche Schwerter, Botan?«, fragte ein dritter Mann.

»Sieh mal, Manzo, er hat auch eine Geldschnur!«, rief wieder die erste Stimme. »Und ein Bündel mit Proviant, Kleidern und … einem Buch?«

»Was ist das für ein Mensch?«, fragte die barsche Stimme. »Lass uns sein Gesicht sehen, Shoda.«

Der Korb wurde Jack unsanft vom Kopf gezogen.

»Ein Gaijin!«, rief ein ausgemergelter Samurai in einem zerschlissenen grauen Kimono und trat mit dem Korb in der Hand erschrocken einen Schritt zurück.

»Dir kann man so leicht Angst machen, Shoda, das ist doch noch ein Kind!«, spottete ein jüngerer Samurai mit hohen Augenbrauen und einem vorspringenden Kinn. Er schwang eins von Jacks Schwertern. »Mit so einem Schwert könnte ich jeden besiegen.«

»Ich habe keine Angst, Manzo. Ich habe nur nicht mit einem Gesicht gerechnet, das genauso hässlich ist wie deins.«

Ronin, der in großen Schlucken aus einer Flasche trank, starrte den Gaijin verwirrt an.

»Das ist nicht irgendein Gaijin«, erklärte Botan. »Blonde Haare, blaue Augen und Samuraischwerter. Er muss der Gaijin-Samurai sein, hinter dem die Polizei her ist. Wir sind auf eine Goldgrube gestoßen! Auf seinen Kopf ist eine Belohnung von einem ganzen koban *ausgesetzt.«*

In Shodas Augen trat ein gieriges Funkeln. »Ist dieser Gaijin lebend oder tot mehr wert?«, fragte er. Jack sah sein hämisch grinsendes Gesicht abwechselnd scharf und verschwommen.

»Keine Ahnung«, antwortete Botan. »Aber ihn bis nach Kizu zu schleppen, kostet zu viel Mühe. Sein Kopf reicht.«

Jack wollte schreien, doch er brachte nur ein schwaches Stöhnen zustande.

»Lass mich das machen!«, erbot sich Manzo und hob Jacks Langschwert.

»Nein!«, rief Ronin, zog sein Schwert und drückte Manzos Klinge zur Seite. »Das war nicht ausgemacht!«

»Die Pläne haben sich geändert«, erwiderte Botan kalt.

»Ich sehe nicht untätig zu …« Ronin schwankte unbeherrscht. »… wie ihr …« Er schüttelte den Kopf, um ihn freizubekommen. »… ein unschuldiges Kind ermordet!«

Damit brach er auf dem Boden zusammen und seine Flasche rollte in die Büsche.

Manzo lachte. »Offenbar hast du auch in seinen Sake Schlafmittel gegeben.«

Botan stand über dem bewusstlosen Ronin. »Erinnere mich daran, dass ich nie wieder einen betrunkenen Samurai anheuere.«

»Was willst du nun mit ihm tun?«, fragte Shoda.

»Nichts. Morgen Früh hat er alles vergessen.«

»Gut, dann brauchen wir die Beute auch nicht mit ihm zu teilen.«

»Es wäre ungerecht, ihm gar nichts dazulassen«, erwiderte Botan. Er hob den Portolan auf und ließ ihn in Ronins Schoß fallen. »Dann hat er wenigstens etwas zu lesen, wenn er aufwacht!«

Er lachte dröhnend.

»Und jetzt tötet den Gaijin und packt seinen Kopf ein.«

Grinsend holte Manzo erneut mit dem Schwert aus. Den sicheren Tod vor Augen, regte sich Jacks Überlebensinstinkt mit einem Adrenalinstoß. Mit äußerster Willensanstren-

gung und unter Anspannung aller Muskeln rollte er zur Seite und das auf seinen Hals zielende Schwert fuhr stattdessen in einen Baum.

Manzo wollte es herausziehen, aber Jack sprang auf, packte seine Bambusflöte und schlug sie dem Samurai mit aller Kraft auf den Hinterkopf. Der Mann fiel wie ein Stein zu Boden.

»Packt ihn!«, schnaubte Botan.

Shoda stürzte sich auf Jack. Jack war zu benommen, um dem Hagel von Schlägen auszuweichen, der auf ihn niederging. Ein Schlag traf in ins Gesicht. Seine Lippe platzte auf und sein Mund war auf einmal voller Blut. Mit letzter Verzweiflung stieß er Shoda das Ende der Flöte in den Bauch, sodass er keine Luft mehr bekam. Anschließend führte er wie in Trance den Hornstoß des Dämons aus, der ihm zufällig in den Sinn gekommen war, eine Ninjatechnik, bei der man dem Gegner einfach den Kopf in die Brust stieß. Jack traf den keuchenden Shoda mit der Wucht eines Rammbocks und warf ihn um.

Im nächsten Moment bekam er selber einen furchtbaren Tritt von hinten und flog durch die Luft. Er landete am Rand der Schlucht und konnte nur mit letzter Kraft verhindern, dass er abstürzte. Die Flöte verlor er dabei aus der Hand. Sie fiel klappernd den Steilhang hinunter und verschwand im tosenden Fluss. Weil er keine Waffe mehr hatte, wollte er in die Büsche kriechen, doch da hatte Botan ihn schon gepackt.

Ein Hagel von Schlägen nagelte ihn am Boden fest. So-

bald er aufstehen wollte, schlug Botan erneut zu. Botans Faust traf seinen Kopf und er sah nur noch verschwommen. Sein linkes Auge schwoll zu. Botan trat ihn in den Magen und zerrte ihn hoch.

»Ich werde dich jetzt töten«, sagte er und spuckte Jack an. »Und ich werde es genießen.«

Verzweifelt schlug Jack Botan den Kopf ins Gesicht. Botans Nase brach mit einem leisen Knacken. Er heulte vor Schmerzen auf und ließ Jack los. Jacks Beine knickten unter ihm ein und er taumelte über den Rand der Schlucht. Im Fallen streckte er die Hand nach Botans Obi aus, bekam aber nur das daran hängende grünseidene Amulett zu fassen. Sich überschlagend stürzte er weiter ab. Dornengestrüpp zerriss seine Kleider, Steine verschrammten seinen ganzen Körper. Dann schlug er mit dem Kopf gegen etwas Hartes …

Jack erwachte. Graues Morgenlicht erfüllte die Höhle. Es regnete immer noch, aber das Schlimmste war offenbar überstanden.

Müde rieb er sich die Augen, stand auf und stöhnte vor Schmerzen. Sein linker Arm, an dem Botan ihn mit dem Schwert verletzt hatte, war steif und wund. Doch wenigstens erinnerte er sich jetzt an alles. Daran, woher er seine Verletzungen hatte, wie er zu dem *omamori* gekommen war, wie er Botan die Nase gebrochen hatte und wie er ihm zuletzt entkommen war.

Vor allem aber wusste er, dass Ronin nicht wirklich Mitglied der Bande gewesen war. Man hatte auch ihn hereingelegt und er hatte versucht, Jack das Leben zu retten.

Doch war es zu spät, sich darüber noch Gedanken zu machen. Ronin kämpfte mit seinen eigenen Dämonen. Jack musste den Portolan finden.

47

Alle verrückt

Jack ließ Hana schlafen, sprach ein heilendes Mantra und wechselte den Verband an seinem Arm. Anschließend begab er sich auf die Suche nach etwas Essbarem zum Frühstück, mit dem sie ihre schwindenden Proviantvorräte ergänzen konnten. Bei seiner Rückkehr war Hana wach und wanderte aufgeregt durch die Höhle.

»Da bist du ja!«, rief sie. »Ich dachte schon, ein *onryō* hätte dich in der Nacht geholt.«

Jack grinste. »Unmöglich. Vergiss nicht, dass ich selber mal einer war!«

Sein Scherz schien sie zu beruhigen, und als er ihr dann noch seinen mit Beeren und Nüssen gefüllten Ärmel zeigte, ging ein Strahlen über ihr Gesicht. Sie frühstückten und suchten dann nach einem Weg, der den überhängenden Felsen hinaufführte. Nach einer Weile entdeckte Jack ein in den Stein gemeißeltes Gesicht, das zum Teil unter einem Busch versteckt und mit Flechten bedeckt war. Es bot mit seinen zotteligen Haaren, drei Augen und langen, spitzen Zähne einen schrecklichen Anblick und war nicht gerade dazu angetan, ihre Ängste zu beschwichtigen. Doch verlief genau daneben ein schmaler Sims, den sie hinaufsteigen konnten.

»Wenigstens wissen wir, dass wir auf dem richtigen Weg sind«, versuchte Jack den anderen Mut zu machen und ging voraus.

An den Felsen gedrückt schoben sie sich seitlich die Wand hinauf. Der Stein war glitschig und Hana zitterten auf dem ganzen Weg nach oben die Beine. Doch Jack war von ihrem Mut beeindruckt – sie beklagte sich kein einziges Mal und blieb auch nicht stehen. Oben angekommen, stieß sie einen tiefen Seufzer der Erleichterung aus.

»Den leichten Teil haben wir geschafft«, sagte sie.

Unter ihnen bildete der Wald eine geschlossene Decke bis zum Fluss, der sich wie eine silberne Schlange durch das Tal wand. Über ihnen begann ein neues Waldstück. Riesige Zedern erstreckten sich dort, so weit das Auge reichte.

»Wo liegt der Tempel denn?«, erkundigte sich Jack.

Hana zeigte auf den bewaldeten Gipfel des Jubu in einiger Entfernung. Über den Wipfeln konnte man mit einiger Mühe die Spitze einer Pagode erkennen.

»Kein Wunder, dass er aufgegeben wurde«, sagte Jack. Für den restlichen Aufstieg würden sie wahrscheinlich noch den ganzen Tag brauchen.

Sie folgten einem schmalen Pfad, der durch den Wald bergan führte. Regen tropfte von den ausladenden Ästen der Zedern über ihren Köpfen. Sie mussten durch zahllose angeschwollene Bäche waten und über einige Bäume klettern, die während des nächtlichen Unwetters umgefallen waren und den Weg versperrten. Der Wald umschloss sie wie ein grünes Gefängnis. Die dichten Zedern hatten alles Leben am Boden erstickt und nur gelegentlich drang ein spärlicher Sonnenstrahl zu ihnen herunter. Jack war froh, als sie endlich aus dem bedrückenden Dunkel auftauchten und plötzlich vor einem Bergsee standen.

»Lass uns hier Mittagspause machen«, schlug er vor. Er schöpfte mit den Händen Wasser und trank.

Sie ließen sich auf einem Felsen nieder, teilten den restlichen Reis und bewunderten den Wasserfall, der in Kaskaden über eine Felswand zum See hinunterstürzte. An der Stelle, wo ein Bach aus dem See austrat, bildeten umgestürzte Bäume einen natürlichen Damm. Der See bot einen schönen Anblick und einen Moment lang vergaßen sie beide, weshalb sie hergekommen waren.

Doch sobald sie mit dem Essen fertig waren, drängte Jack erneut zum Aufbruch. Wieder tauchten sie in den undurchdringlichen Wald ein. Am späten Nachmittag verlor sich der Pfad, dem sie bislang gefolgt waren, und Jack musste sich nun ganz auf seinen Orientierungssinn verlassen. Die Bäume standen jetzt immer dichter zusammen und der Wald wurde noch dunkler, doch dann entdeckte Jack ein zweites in einen Felsen gehauenes Fratzengesicht und fasste wieder Mut.

Angestrengt hielt er nach einem weiteren Zeichen Ausschau, als Hana ihn plötzlich am Arm packte. »Ich glaube, vor uns ist jemand«, flüsterte sie.

Und tatsächlich, vor ihnen saß mit dem Rücken zu ihnen eine Gestalt reglos auf einem Stein.

Jack hielt die Luft an und schlüpfte rasch mit Hana hinter einen Baum. Von dort aus beobachteten sie die Gestalt.

Minuten vergingen, doch nichts passierte. Schließlich beschloss Jack, sich der Gestalt zu nähern. Er bedeutete Hana, zu bleiben, wo sie war, stand auf, legte die Hand an sein Schwert und ging geradewegs auf die Gestalt zu. Sie drehte sich immer noch nicht um und bewegte sich auch nicht. Erst jetzt erkannte Jack, dass es sich um die Statue eines Mannes handelte.

Sie wirkte verblüffend lebensecht, geradezu als sei der Mann im Sitzen zu Stein erstarrt. Doch seine Augenhöhlen waren leer, die Zunge gespalten und der Mund wie zu einem ewigen Schrei aufgerissen. Jack überlief ein kalter Schauer.

»Das ist eine Warnung«, ertönte Hanas Stimme unvermutet hinter ihm und Jack machte vor Schreck einen Satz nach vorn. »Ein böser Geist des Tempels.«

Ein Krachen im Unterholz ließ sie beide herumfahren. Sie suchten das Dunkel mit den Augen ab, doch entdeckten sie niemanden. Es herrschte eine gespenstische Stille.

»Was war das?«, fragte Hana mit einem kaum hörbaren Flüstern.

»Wahrscheinlich ist ein Ast heruntergefallen«, antwortete Jack, die Hand griffbereit am Schwert. »Lass uns weitergehen.«

Der Regen fiel jetzt in dicken Tropfen von den Bäumen auf sie nieder und die Luft war drückend und fast zu dick zum Atmen. Dichter Nebel hing zwischen den Bäumen und Jack wurde immer unbehaglicher zumute.

Ein seltsames Kichern hallte durch den Wald und neben ihnen knackte ein Ast.

»Hast du das gehört?«, wisperte Hana. Sie war zusammengezuckt und hatte die Augen vor Angst aufgerissen.

Jack nickte und zog sein Schwert.

Vorsichtig schlichen sie weiter. Vor ihnen gerieten einige Farnwedel in Bewegung, als seien sie von Geistern belebt. Jack schlug auf sie ein, doch da war niemand.

Hanas Atem ging vor Aufregung schneller. *»Onryō«*, flüsterte sie in Panik. »Wir müssen sofort weg von hier!«

»Beruhige dich, das war wahrscheinlich nur ein Tier«, erwiderte Jack, doch auch er spürte, wie der Nebel sie wie mit Fühlern umschlang und geradezu in sie eindrang.

Schatten huschten von Baum zu Baum. Jack und Hana gingen vor Angst immer schneller. Plötzlich teilte sich der Nebel und gab den Blick auf eine Pagode frei, von der der Wald vollständig Besitz ergriffen hatte. Die Wurzeln der Bäume hielten ihren Fuß fest umschlungen.

Sie waren im verlassenen Tempel des Jubu angelangt.

Verlassen schien er allerdings keineswegs zu sein.

Hinter ihnen ertönte plötzlich ein irres Lachen. Sie drehten sich um. Vor ihnen stand ein zum Skelett abgemagerter Mann in einem zerschlissenen Gewand. Seine Wangen waren eingefallen, die Augen tief in den Höhlen eingesunken. Er stand unter einem alten Torbogen, dem Eingang zum Tempelbezirk, den sie offenbar unbemerkt passiert hatten. Den Fuß nachziehend und eine Hand ausgestreckt torkelte er auf sie zu und krächzte: »Wisst ihr die Lösung?«

Jack und Hana wichen vor dem grässlichen *onryō* zurück. Als sie an einem weiteren baufälligen Gebäude vorbeikamen, schnellte plötzlich eine knochige Hand aus dem Eingang und packte Hana. Hana schrie unwillkürlich auf und Jack riss sie los.

»Wisst ihr die Lösung?«, fragte eine Stimme aus dem Inneren des Gebäudes flehentlich.

Von überall her fielen jetzt andere Stimmen mit ein. »Wisst *ihr* die Lösung … die Lösung … die Lösung?«

Aus dem Nebel tauchten weitere ausgemergelte Gestalten auf. Auf einer Treppe, deren steinerne Stufen bröckelten, stand ein Mann, wiegte sich hin und her und murmelte irgendein Kauderwelsch vor sich hin. Ein anderer schlug sich mit den Händen an den Kopf und heulte dazu wie ein Wolf. In einer Ecke kniete eine Frau, die Kiefernzapfen in eine Schale legte, die Schale auf dem Boden ausleerte und wieder von vorn anfing.

»Die sind alle verrückt!«, flüsterte Hana.

Der Chor der Stimmen schwoll an. Der skelettähnliche Mann kam immer näher und die anderen Gestalten folgten ihm. Unversehens sahen Jack und Hana sich umringt und standen mit dem Rücken zur Pagode.

Schlagartig verstummte der Sprechchor. Die *onryō* zerstreuten sich und verschwanden im Dunkel.

Jack hob den Kopf und sah, dass aus einem der oberen Fenster der Pagode ein Kopf herausblickte. Er war kahl, hatte vorquellende Augen und einen Bart und glotzte in wildem Entzücken auf ihn herunter. Der Kopf verschwand und tauchte im nächsten Moment am Fenster im Stock darunter auf. Dasselbe geschah im dritten, zweiten und ersten Stock. Schließlich eilte der Rätselmönch in seinem leuchtend roten Gewand aus dem Eingang der Pagode und verbeugte sich umständlich vor Jack und Hana.

Er hüpfte um sie herum, fuchtelte in grotesker Nachahmung eines shintoistischen Reinigungsrituals mit einem toten Ast durch die Luft und ließ einige Blätter auf ihre Köpfe niederregnen. Zuletzt blieb er vor Jack stehen und trat so dicht vor ihn, dass sich ihre Nasen fast berührten.

»Wie der Fisch zur Katze geschwommen, bist du wieder zu mir gekommen!«

侍

48

Löst dieses Rätsel!

»Ich komme wegen des Portolans, den Ihr Ronin abgeluchst habt«, erklärte Jack und versuchte sich nicht anmerken zu lassen, wie sehr ihn die Nähe des Mönchs irritierte.

»Ein neues Rätsel!« Der Mönch sah Hana an und rollte mit den Augen. »Dabei hat er meines noch gar nicht beantwortet.«

»Er hat dir schon ein Rätsel aufgegeben?«, rief Hana beunruhigt.

Jack nickte. Hana zog ihn von dem Mönch weg. »Du musst es lösen«, flüsterte sie aufgeregt. »Sonst verlierst du deine Seele an ihn.«

»Du glaubst offenbar wirklich an so etwas.« Jack warf dem Mönch einen verstohlenen Blick zu. Er klaubte sich gerade Läuse aus dem Bart und verspeiste sie genüsslich.

Hana deutete auf die sonderbaren Gestalten, die im Dunkeln warteten und den Rätselmönch ehrerbietig anstarrten. »Ob das jetzt *onryō* sind oder nicht, für mich sehen sie jedenfalls so aus, als hätten sie ihre Seelen verloren.«

Hana konnte durchaus Recht haben, dachte Jack mit einem Schaudern. Der Mönch, den er für einen harmlosen

Narren gehalten hatte, mochte verrückt sein, aber eines stand fest: Er hatte die anderen offensichtlich fest in seiner Gewalt. Worin auch immer sein Geheimnis bestand, er war gefährlich.

»Wir holen nur den Portolan und gehen wieder«, sagte er leise.

Er trat wieder zu dem Mönch. Hana folgte dicht hinter ihm.

»Beantwortet mir zuerst eine Frage«, sagte er. »Wisst Ihr, wo mein Logbuch ist?«

Der Rätselmönch grinste. »Ich habe viele Bücher. Für eine Antwort löse ein Rätsel oder … lass es sein und falle dem Wahnsinn anheim.«

»Pass auf, Jack«, warnte Hana. »Das könnte eine Falle sein.«

»Warum so verbissen?« Der Mönch lachte und vollführte einen Tanz um sie. »Irgendwann werdet ihr doch sterben müssen!«

»Es geht um zu viel, Hana«, erwiderte Jack leise. »Schon zu viele Menschen haben ihr Leben für diesen Portolan geopfert. Ich habe meinem Vater ein Versprechen gegeben und kann nicht mehr zurück …«

»Natürlich kannst du nicht mehr zurück, du bist im Kreis gefangen!«, fiel der Mönch ein und drehte sich um sich selbst. »Wer drin ist, muss das Rätsel lösen oder sterben.«

Im selben Moment verschwand die Sonne hinter dem Horizont und die Dämmerung legte sich über den Tempel. Es wurde schlagartig kalt und der ganze Ort wirkte auf einmal wie ein gespenstischer Friedhof. Die verrückten Schüler des Mönchs kamen wie lebende Leichen aus ihren Winkeln gekrochen und umringten Jack und Hana.

»Sieht aus, als hätten wir keine andere Wahl«, sagte Jack und nahm Hana an der Hand.

»Gut, besser, am besten!«, rief der Mönch und klatschte vor Freude in die Hände. »Die Herausforderung ist angenommen, Wetten werden nicht mehr entgegengenommen!« Mit diesen Worten zerrte er sie kurzerhand in die verfallene Pagode, in der es stockdunkel war. Sie stolperten über zahllose Knochen von Tieren und Menschen, die in der Eingangshalle verstreut lagen. Der Rätselmönch verschwand im Dunkeln. Um sie herum waren schlurfende und scharrende Geräusche und keuchendes Atmen zu hören. Hana umklammerte unwillkürlich Jacks Hand fester. Eine ledrige Hand berührte ihr Gesicht und sie schrie auf. Jack zog sie an sich, um sie zu beruhigen.

Der Rätselmönch klatschte zweimal in die Hände und einige Schüler zündeten daraufhin mit einer knisternden Kerze Fackeln an. In ihrem flackernden Schein waren ausgemergelte, zahnlose Gesichter zu sehen, deren aufgesprungene Lippen in einem fort flüsterten: »Die Lösung? Die Lösung? Die Lösung?«

Faustgroße Spinnen krochen über die Wände und von den Dachbalken hingen Spinnweben wie Schleier herunter. Der Rätselmönch hockte inzwischen auf einem hölzernen Thron, der mit Girlanden aus verfaulten Früchten und längst verwelkten Blumen geschmückt war. Er trug eine Dornenkrone und hielt einen knorrigen Stock in der Hand, den er einige Male auf dem Boden aufstieß.

Das Flüstern verstummte und die Schüler legten sich zwischen den Knochen auf den Boden. Jack und Hana beobachteten das verrückte Treiben stumm.

»Nur der Tod kann den Narren heilen«, verkündete der Rätselmönch wie ein Prediger auf der Kanzel.

»*Er* kennt die Lösung!«, riefen seine Schüler im Chor.

»Nur ein Narr glaubt alles zu wissen. Der Weise dagegen weiß, dass er nichts weiß.«

»*Er* kennt die Lösung!«

Der Rätselmönch starrte Jack und Hana mit vorquellenden Augen an.

»Seid ihr weise Narren oder närrische Weise? Wir wollen doch sehen, ob ihr mit eurem Mund tut uns die Wahrheit kund!«

»Stellt ein Rätsel! Stellt ein Rätsel! Stellt ein Rätsel!«, rief der Chor der Schüler in fieberhafter Erregung.

Der Rätselmönch gebot mit erhobener Hand Schweigen.

»Dann löst dieses Rätsel! Was springt dahin, kann aber nicht laufen, windet sich, ohne von der Stelle zu kommen, und hat ein Bett, ohne je darin zu schlafen?«

Jack sah ihn überrascht an. Er hatte mit dem ursprünglichen Rätsel von Gott und dem Teufel gerechnet. Doch hatte es keinen Sinn, mit einem Verrückten zu streiten. Er hatte sich der Herausforderung gestellt und musste jetzt das verrückte Spiel des Mönchs mitspielen. Angestrengt überlegte er. Das Rätsel, das der Mönch ihm bei ihrer ersten Begegnung gestellt hatte – *was wird nass, wenn es trocknet?* –, hatte trotz des scheinbaren Widerspruchs eine logische Lösung gehabt.

Hana sah Jack ängstlich an. Er hatte die Stirn gerunzelt.

»Vielleicht ein kleines Kind?«, schlug sie vor.

»Ist das eure Antwort?«, krähte der Mönch.

»Nein!«, erwiderte Jack rasch. »Wie soll ein kleines Kind springen, wenn es noch nicht laufen kann?«

Die Lösung lag ihm förmlich auf der Zunge. *Es springt dahin … windet sich … hat ein Bett …*

Er dachte an den Unterricht bei seinem Vater, in dem sie die verschiedensten Gewässer behandelt hatten, und hob den Kopf. »Die Lösung lautet: Bach.«

»Stimmt das?«, skandierten die Schüler im Chor.

Der Rätselmönch stieß seinen Stock auf den Boden, sah Jack böse an und begann plötzlich wie irre zu grinsen.

»Rich-tig«, rief er. Dabei betonte er jede Silbe einzeln, als spreche er das Wort nur ungern aus.

Ein gemeinsamer Seufzer der Schüler stieg zum knarrenden Gebälk der Pagode auf.

»Du bekommst für deine Antwort auch eine Antwort«, sagte der Mönch. »Ja, ich kenne dieses Buch.«

Mit einer so einfachen Antwort hatte Jack nicht gerechnet. »Wo ist es? Habt Ihr es?«

Der Rätselmönch lachte schrill vor Vergnügen und schlug übermütig gegen die Seiten seines Thrones. »Zwei weitere Fragen – zwei weitere Rätsel! Zwei und zwei, und wieder bist du mit dabei.«

Jack fühlte sich hinters Licht geführt. Der Rätselmönch spielte mit ihnen. Aber sie hatten keine andere Wahl.

»Löst dieses Rätsel! Was ist so zerbrechlich, dass man es schon bricht, wenn man nur seinen Namen sagt?«

Jack und Hana überlegten angestrengt, doch diesmal wollte ihnen nichts einfallen. Nicht zum ersten Mal wünschte Jack, Yori wäre bei ihnen. Hinter seinen Schläfen pochten dumpfe Kopfschmerzen und er sah, dass auch Hana sich die Stirn rieb.

»Ein Teller aus Porzellan?«, schlug sie vor, verwarf den Gedanken aber sofort wieder. »Nein, was bricht sonst noch? Ein Bein … eine Welle …«

Jack dachte an Jess und Akiko. »Das Herz! Wenn man den Namen von jemandem sagt, den man sehr gernhat, kann einem dabei das Herz brechen.«

Hana nickte langsam, schien aber nicht überzeugt.

»Antwortet mir oder verschwindet von hier!«, rief der Mönch grinsend.

Seine Schüler begannen jetzt mit den Fäusten auf den Boden zu trommeln.

»Die Lösung! Die Lösung! Die Lösung!«

»Was könnte es noch sein?«, überlegte Jack. Das stete Trommeln verschlimmerte den Druck in seinem Kopf.

Hana schwieg. Sie hatte vor Schmerzen die Augen geschlossen. Jack hatte das Gefühl, dass nur die richtige Antwort das Trommeln in seinem Kopf beenden konnte, und sah den Rätselmönch an. »Die Lösung lautet …«

»Nein!«, rief Hana und hielt ihm mit der Hand den Mund

zu. »Erinnerst du dich an den Mönch, der im Tōdai-ji gesagt hat, ich solle leise sein? Ich hatte die Ruhe gestört, das Schweigen der anderen gebrochen. Die Lösung lautet: Schweigen!«, rief sie.

Das Trommeln verstummte und aller Augen richteten sich auf den Rätselmönch. Sein Gesicht schien vor Ärger rot anzuschwellen.

»Rich-tig«, schimpfte er.

Die Schüler begannen lauthals zu jammern. Jack sah Hana verblüfft an. Wie froh er jetzt war, sie dabeizuhaben! Seine Kopfschmerzen ließen wie eine verebbende Welle nach.

Der Rätselmönch sprang von seinem Thron auf und lief aufgeregt hin und her. »Ich brauche ein Rätsel«, murmelte er, »gereimt, wenn es geht, ein Rätsel, das er gewiss nicht versteht.«

Jack hörte hinter sich ein Schlurfen und sah, dass eine Gruppe aufgebrachter Schüler den Eingang versperrte. Ein Freudenschrei lenkte seine Aufmerksamkeit jedoch wieder nach vorn. Der Mönch vollführte einen Tanz auf dem Podest, auf dem der Thron stand.

»Löst dieses Rätsel! Was ist das? Wer ihn herstellt, verkauft ihn. Wer ihn kauft, braucht ihn nicht. Wer ihn in Gebrauch nimmt, weiß nicht, dass er das tut.«

Das Rätsel erwies sich als noch schwieriger zu lösen als das vorangegangene. Jack hatte das Gefühl, sich nicht mehr konzentrieren zu können. Die Gedanken entglitten ihm und seine Kopfschmerzen kehrten noch heftiger als zuvor zurück.

Plötzlich fiel Hana auf die Knie. Jack beugte sich zu ihr hinunter. »Hana! Was ist?«

»Ich … ich … kann nicht mehr denken …«, stotterte sie.

Der Mönch hielt sie offenbar in einem Zauber gefangen und drohte sie an den Rand des Wahnsinns zu treiben.

49

Die Lösung

Wie in einem Schraubstock wurde der Griff nach ihren Seelen immer fester. Jack war, als kämpfe er gegen den Mönch an – nicht mit dem Schwert, sondern mit dem Verstand. Jedes Rätsel war ein Angriff, jede Antwort ein Konter. Der Druck in seinem Kopf wurde stärker und er war kaum noch in der Lage, einen klaren Gedanken zu fassen. Hana wand sich bereits vor Qualen auf dem Boden und brabbelte vor sich hin. Der Sprechgesang der Schüler wurde lauter und sie schlugen wieder mit den Fäusten auf den Boden.

»Die Lösung! Die Lösung! Die Lösung!«

Jack hielt sich die Ohren zu. Sein Kopf drohte zu platzen. Ihm war, als müsste er sterben. Die Fäuste klangen wie Hammerschläge. Bum! Bum! Bum! Vor Jacks geistigem Auge tauchte plötzlich das verrunzelte, zahnlose Gesicht des Böttchers auf.

Merkwürdig, nicht wahr? Dass der, der den Sarg bezahlt, ihn nicht braucht, und der, der ihn bekommt, nichts davon weiß …

»Sarg!«, schrie Jack. »Die Lösung ist: Sarg!«

Schweigen senkte sich über die Halle.

Dann begann ein Wispern und Raunen. »Stimmt das? Stimmt das? Stimmt das?«

Der Rätselmönch schleuderte wütend seine Dornenkrone durch die Halle. »Rich-tig!«, heulte er und hüpfte auf seinem Thron auf und ab wie ein rasender Affe. »Löst dieses Rätsel! Löst dieses Rätsel! Löst …«

»Halt!«, rief Jack, zog sein Schwert und richtete es auf ihn. Die Schüler scharten sich um den Mönch, um ihn zu schützen. »Wir haben Eure Rätsel beantwortet, jetzt antwortet mir.«

Der Rätselmönch hielt inne, strich sein Gewand glatt und ließ sich auf seinen Thron fallen. »Aber warum denn mit Gewalt?«, sagte er, als geschehe *ihm* Unrecht. »Wo ist das Buch? Hier. Habe ich es? Ja.«

»Dann gebt es mir und wir gehen, ohne Euch etwas anzutun«, sagte Jack. Er half Hana aufzustehen.

Der Rätselmönch hob drohend seinen knochigen Finger. Das irre Flackern war in seine Augen zurückgekehrt. »Nein, nein, nein«, sagte er hämisch. »Du hast das erste Rätsel noch nicht gelöst.«

Hana sah Jack erschrocken an. »Das erste Rätsel war noch gar nicht dabei?«, fragte sie.

Das gackernde Lachen des Rätselmönchs erfüllte die ganze Halle.

»So löse denn dieses Rätsel, junger Samurai! Was ist größer als Gott und schlimmer als der Teufel? Die Armen haben es, die Reichen brauchen es, und wenn du es isst, stirbst du daran. Sage es mir und ich gebe es dir.«

Jack und Hana sahen einander ratlos an.

Ihre Gesichter wurden den eingefallenen, angestrengten Gesichtern der Schüler des Rätselmönchs immer ähnlicher. Mit seinen Rätseln hatte der Mönch sie wie mit einem Netz gefangen. Und mit jeder Lösung verstrickten sie sich nur noch mehr darin.

Jack spürte, wie seine Nerven aufs Äußerste gespannt waren und zu zerreißen drohten.

Denke wie Yori!, ermahnte er sich.

Er schlug sich mit den Fäusten an den Kopf, um die Lösung herbeizuzwingen. »Was ist das? Was ist das?«

»Nur der größte Weise … könnte das lösen«, murmelte Hana resigniert.

»Was sagst du da?«, fragte Jack.

»Nur der größte Weise …«

»Natürlich!« Er packte sie aufgeregt an den Schultern. »Und der Mönch hat uns die Lösung bereits gesagt.«

Hana starrte ihn verständnislos an.

»Nur ein Narr glaubt alles zu wissen«, erklärte Jack. »Der Weise dagegen weiß, dass er *nichts* weiß. *Nichts* ist größer als Gott und *nichts* schlimmer als der Teufel. Die Armen haben *nichts*, die Reichen brauchen *nichts*, und wenn man *nichts* isst, stirbt man. Die Lösung lautet: nichts.«

»Rich-tig!«, schrie der Mönch.

»*Er* kennt die Lösung!«, murmelten die Schüler ehrfürchtig und begannen sich vor Jack zu verbeugen. Nur der Rätselmönch gab sich vollkommen unbeeindruckt. Gleichgültig betrachtete er seine Fingernägel und verhielt sich wie ein

Kind, das auf einmal keine Lust mehr hat, ein Insekt zu quälen.

»Du hast einen Fuchs überlistet, aber ist der Fuchs überhaupt ein Fuchs?«

»Keine Rätsel mehr!«, rief Jack.

»Gut. Wir machen es wie vereinbart. Du sagst mir die Lösung und ich…« Der Mönch kramte in einer alten Truhe, die neben dem Thron stand. »… ich gebe dir das.« Er öffnete die Hände. Sie waren leer. Er krähte vor Vergnügen. »Nichts!«

Jack trat blitzschnell vor ihn und hielt ihm die Spitze seines Langschwerts an die Kehle. Diesmal stellten sich die Schüler nicht mehr schützend vor ihren Meister. Der Mönch schluckte und erbleichte.

»Hier nun ein einfaches Rätsel für Euch«, zischte Jack. »Welcher Gegenstand kann Euch das Leben retten?«

Mit zittrigen Händen fasste der Mönch erneut in die Truhe und holte einen vertrauten, in schwarzes Öltuch eingeschlagenen Gegenstand heraus und außerdem Jacks Bündel, an dem noch Sensei Yamadas rotseidenes *omamori* hing.

»Rich-tig«, sagte Jack, hängte sich das Bündel über die Schulter und steckte das Logbuch sorgfältig ein.

Langsam gingen er und Hana rückwärts aus der von Fackeln erleuchteten Halle und traten in den Hof hinaus. Der Mond stand bleich am nächtlichen Himmel und dunkle Wolken jagten an ihm vorbei. Als sie das Tor des Tempelbezirks passierten, trat der Rätselmönch aus der Pagode.

Um seine Füße streifte ein kleines, dachsähnliches Tier mit braunem Fell und spitzen Zähnen – ein *tanuki*.

Mit einem boshaften Lächeln winkte der Rätselmönch ihnen nach. »Es gibt viele Wege, aber nur eine Reise!«,[3] rief er. »Jene in unser Innerstes.« Er zeigte mit seiner knochigen Hand auf seine Brust.

»Finde dein Herz und du wirst deine Heimat finden, junger Samurai. Aber sei darauf gefasst, dass du bis dahin noch viel mehr verlieren wirst als nur ein Buch.«

侍

50

Der See

Erleichtert, den bösartigen Mönch hinter sich lassen zu können, hasteten sie durch den Wald. Sie folgten dem Weg, den sie gekommen waren, passierten die Statue mit dem zum Schrei aufgerissenen Mund und liefen durch das Labyrinth der Zedern. Nach einer Weile hörten sie immer lauter das Rauschen eines Wasserfalls. Offenbar näherten sie sich dem See.

Da Jack im Dunkeln nur wenige Schritte weit sehen konnte, musste er von seinen Fähigkeiten des Kämpfens ohne Augen Gebrauch machen, die er im Jahr zuvor bei Sensei Kano gelernt hatte, und sich nur nach dem Gehör orientieren. Sie zwängten sich durch einige Büsche, als Hana plötzlich aufschrie und nach unten wegrutschte.

Doch die Götter waren ihnen gnädig. Jack bekam Hana gerade noch am Arm zu fassen, bevor sie über den Rand einer zerklüfteten Felswand stürzte. Unter ihnen glänzte das Wasser des Sees.

Unter Aufbietung all seiner Kräfte zog Jack Hana wieder hinauf und in Sicherheit.

»Im Dunkeln ist es hier zu gefährlich«, sagte er, während

Hana sich von ihrem Schreck erholte. »Suchen wir uns einen Platz, an dem wir bis zum Morgen ausruhen können.«

Vorsichtig gingen sie am Rand des Steilhangs entlang, bis sie auf den Weg stießen, der zum See hinunterführte. Dort setzten sie sich unter einen Baum, aßen den letzten Reis, den sie noch hatten, und legten sich zum Schlafen nieder.

Jack wurde durch Wasser geweckt, das an seinen Füßen plätscherte. Er hob den Kopf. Der See war über Nacht gestiegen und hatte den Weg, dem sie folgten, vollständig überflutet. Der Himmel war bedeckt, aber Jacks Gefühl nach war es bereits später Vormittag. Er stieß Hana an. Sie rieb sich den Schlaf aus den Augen und gähnte. Dabei fiel ihr Blick auf den See.

»Er ist ja auf einmal doppelt so groß!«, rief sie.

Sie wateten am Ufer entlang bis zu der Stelle, wo sich der See staute. An den Bäumen und Ästen, die ihn verstopften, hatten sich tote Fische verfangen. Vorsichtig kletterte Jack auf den knarrenden Asthaufen, um einige davon aus dem Wasser zu ziehen.

Zwei ließ er zum Frühstück draußen, den Rest verstaute er in seinem Bündel. Hana musste eine Weile suchen, bis sie trockenes Reisig und Brennholz fand. Jack nahm inzwischen die Fische aus und pflückte einige wilde Kräuter, um sie zu würzen. Dann machten sie Feuer und schon bald stieg ihnen der verführerische Duft von gebratenem Fisch in die Nase.

Während sie auf das Essen warteten, blätterte Jack durch den Portolan.

Die Schrift und die Chiffren seines Vaters trösteten ihn und er meinte geradezu seine Stimme zu hören, wie er ihn in die Kunst des Steuermanns einwies. Das Logbuch enthielt eine Unmenge von Wissen, das sein Vater gesammelt hatte und das die Geschicke eines ganzen Landes ändern konnte. Jack war froh, dass er es endlich wiederhatte. Der albtraumhafte Tempel des Rätselmönchs und die wahnsinnigen Blicke seiner Schüler würden ihn allerdings den Rest seines Lebens verfolgen.

»Glaubst du, Ronin geht es gut?«, fragte Hana, während sie die Fische über dem Feuer wendete.

»Der ist zäher als ein alter Stiefel«, erwiderte Jack. Bestimmt saß Ronin mit einer Flasche Reiswein in der Hand in irgendeinem Wirtshaus. »Ich wünschte nur, ich könnte zurücknehmen, was ich zu ihm gesagt habe. Damit er weiß, dass ich ihm keine Vorwürfe mehr mache.«

»Ich habe einen Geschichtenerzähler einmal sagen hören: ›Worte sind wie Wasser: Was man verschüttet, kann man nicht mehr zurückholen‹«, sagte Hana. Und traurig fügte sie hinzu: »Ich wünschte jedenfalls, Ronin wäre jetzt bei uns. Natürlich ist er manchmal mürrisch, aber ich vermisse ihn trotzdem.«

Schweigend hingen sie ihren Gedanken nach.

»Das Essen ist fertig«, sagte Hana schließlich.

Sie aßen mit großem Appetit. Die Fische schmeckten köstlich und ihre Stimmung hob sich ein wenig.

Nach dem Frühstück sah sich Jack den Damm genauer an.

»Ich schlage vor, wir überqueren den Bach hier.«

Hana betrachtete den losen Haufen aus Treibholz misstrauisch. »Aber der Damm könnte jederzeit brechen.«

»Das müssen wir riskieren. Es sei denn, du schwimmst lieber!«

Hana schüttelte energisch den Kopf. »Du weißt, dass ich das nicht kann.«

Vorsichtig kletterte sie hinter Jack auf den Damm. In dem Gewirr der Äste und Stämme konnte man leicht ausrutschen oder stecken bleiben. Durch Lücken dazwischen rann stetig Wasser. Jack spürte den Druck, der sich dahinter aufgebaut hatte, und musste an die Worte des Ninjagroßmeisters denken … *Nichts ist weicher und nachgiebiger als Wasser, und doch kann nicht einmal der Stärkste ihm widerstehen. Wasser kann lautlos fließen und zuschlagen wie der Donner.* Er hoffte inständig, dass es in ihrem Fall lautlos floss.

»Gleich haben wir es geschafft«, sagte er. Sie balancierten auf dem letzten Stamm.

Plötzlich geriet der Stamm in Bewegung und ein Wasserschwall schoss auf sie zu. Hana schrie. Jack ging auf alle viere und streckte die Hand nach ihr aus. Doch wie durch ein Wunder konnte sie sich selbst festhalten und der Damm brach nicht.

So schnell, wie die Vorsicht es zuließ, krochen sie weiter. Jede Gewichtsverlagerung konnte bewirken, dass der ganze

Damm krachend den Berg hinunterstürzte, gefolgt von einem randvoll aufgestauten See.

Sie erreichten das gegenüberliegende Ufer und atmeten erleichtert auf. Jack blickte zurück und verstand schon jetzt nicht mehr, wie er es überhaupt hatte wagen können, den wackligen Damm zu überqueren. Er war eine tödliche Falle, die jederzeit zuschnappen konnte.

Regen begann wieder zu tröpfeln und überzog die Oberfläche des Sees mit Ringen. Jack und Hana eilten unter das schützende Dach der Zedern und folgten dem Pfad, den sie gekommen waren, bergab.

»Es regnet immer noch!«, stöhnte Hana und zog den Kopf vom Eingang der Höhle zurück.

Nach der abenteuerlichen Überquerung des Damms waren sie am späten Nachmittag an der Höhle am Fuß der Felswand angelangt. Da sie müde waren, hatten sie beschlossen, dort zu übernachten und am nächsten Morgen in aller Früh aufzubrechen. Doch am Morgen empfing sie nicht die Sonne. Regenwolken bedeckten den Himmel und ließen kein Licht durch.

»Regen ist gut«, sagte Jack zu Hanas Überraschung. »Dann sind auf den Straßen weniger Leute unterwegs.«

Sie verließen die schützende Höhle und gingen nach Südwesten in Richtung der Brücke von Kizu. Hana war schon nach wenigen Augenblicken vollkommen durchnässt, Jack blieb aufgrund des breitkrempigen Strohhuts, den Ronin ihm überlassen hatte, ein wenig länger trocken. Sie kehrten zur Hauptstraße zurück und Jack hielt wieder den Kopf gesenkt, für den Fall, dass sie anderen Reisenden begegneten. Diese Sorge war jedoch unbegründet. Es war noch zu früh am Tag und wegen des strömenden Regens blieben die Leute sowieso lieber zu Hause.

Sie verließen den Wald und gelangten zum Fluss, der sich in einen reißenden Strom verwandelt hatte. Am gegenüberliegenden Ufer lag Kizu. Die auf unzähligen Pfählen ruhende Brücke ragte gerade noch aus dem Wasser und war menschenleer, als Jack und Hana sie betraten.

»Hoffentlich sehe ich diesen Ort zum letzten Mal«, sagte Jack.

»Das hoffe ich auch«, meinte Hana. Sie blieb stehen und spähte über das Geländer in das rasch dahinströmende Wasser. Dann sah sie Jack an. »Aber dich sehe ich hoffentlich wieder … irgendwann.«

Jack lächelte gerührt. »Meine Mutter sagte immer, man sollte eine Reise in Freunden statt Meilen messen.[4] Ich habe bis Nagasaki noch einen weiten Weg vor mir, aber mithilfe von Freunden wie dir und Ronin bin ich weiter gekommen, als ich es je allein geschafft hätte. Dafür werde ich euch ewig dankbar sein.«

»Aber dafür sind Freunde ja da.«

»Ich schätze mich jedenfalls glücklich, dich als Freundin zu haben.«

Hana verbeugte sich verlegen. »Und ich freue mich, dass du Akikos Perle, deine Schwerter und vor allem das Buch deines Vaters wiedergefunden hast.« Sie hob den Inro hoch.

»Und wenn wir uns das nächste Mal sehen, bekommst du den zurück. Du sollst nicht denken, dass ich Freunde bestehle!«

»Er gehört dir«, sagte Jack. »Ich schenke ihn dir.«

»Wirklich?« Hana betrachtete den kostbaren Behälter andächtig. »Ein so wertvolles Geschenk habe ich noch nie bekommen. Danke!«

Sie verbeugte sich wieder.

»Ich habe dir zu danken«, erwiderte Jack. »Dafür, dass du mich auf meiner Suche begleitet hast.«

»Es war mir eine Ehre.« Hana befestigte den Inro neben ihrem Holzschwert. »Ich bete nur, dass ich Akiko rechtzeitig verständigen kann.«

»Beten hilft nichts«, ertönte eine bekannte Stimme hinter ihnen. Jack und Hana fuhren herum.

侍

51

Die Brücke

»Ich sagte doch, ich kriege dich, Gaijin.«

Kazukis kahl rasierter Schädel glänzte im Regen. Wie Statuen von Kriegern standen die Mitglieder der Skorpion-Bande am Eingang zur Brücke. Nobu, Hiroto, Goro, Raiden und Toru trugen schwarze Kimonos, auf deren Vorderseite das Wappen der roten Sonne prangte. Finster starrten sie Jack an und warteten mit der Hand am Schwert auf Kazukis Befehl zum Angriff.

Hana zog Jack unwillkürlich am Arm und sie wichen vor Kazuki zurück.

»Und diesmal entkommt ihr mir nicht.« Kazuki lachte gehässig und wies mit einem Nicken zum anderen Brückenende.

Jack blickte über die Schulter. Am Kizu zugewandten Ende stand ein Trupp von Polizisten. Sie waren mit eisernen *jutte*-Schlägern und tückischen *sasumata* bewaffnet und bildeten eine undurchdringliche Barriere.

Ein kurzer Blick auf den angeschwollenen Fluss überzeugte Jack, dass die einzige Alternative einem Selbstmord gleichkam, zumal wenn man nicht schwimmen konnte.

Jetzt verstand er auch, warum die Brücke so leer gewesen war – sie waren geradewegs in eine Falle gelaufen.

Er wandte sich wieder Kazuki zu. Zwar hatte er gewusst, dass dieser Tag kommen würde, aber er hatte nicht damit gerechnet, dass es so bald sein würde. Außerdem wusste er, dass er gegen diese Übermacht keine Chance hatte. Doch er musste seinen alten Rivalen besiegen! Er durfte nicht zulassen, dass Akiko durch Kazuki ein Leid geschah!

»Wie ich sehe, hat die Technik der beiden Himmel dir nichts genützt.« Kazuki zeigte grinsend auf Jacks verbundenen linken Arm.

Jack ging nicht auf den Spott ein. Trotz mehrfacher Anwendung des heilenden *kuji-in* war der Arm noch steif und er konnte ihn im Kampf nur begrenzt einsetzen. »Lass wenigstens Hana gehen«, sagte er. »Sie hat mit uns beiden nichts zu tun.«

Kazuki schüttelte den Kopf und schnalzte missbilligend mit der Zunge. »Wann begreifst du endlich, dass jeder, der dir hilft, damit sein eigenes Todesurteil unterschreibt?«

Hana ergriff ihr Holzschwert, zog es mit einiger Mühe aus dem Obi und richtete es schwankend auf Kazuki. »Jack ist mein Freund … Ich bin jederzeit bereit, mein Leben für ihn zu geben.«

Jack sah sie verblüfft an. Obwohl im Schwertkampf vollkommen unerfahren, schreckte sie nicht davor zurück, es mit einem erfahrenen Samurai aufzunehmen.

Kazuki bekam einen Lachanfall. »Da kämpft schon wieder ein Mädchen für dich, Jack! Und noch dazu eine *hinin!*«

Wütend stürzte Hana sich auf ihn und schlug ihm ihr Schwert auf den Schenkel. »Das bin ich nicht!«

Kazuki, der nicht mit dem Schlag gerechnet hatte, krümmte sich und Hana setzte sofort nach. Diesmal wehrte Kazuki den Hieb mit dem rechten Unterarm ab. Wie durch ein Wunder brach er sich dabei keine Knochen. Kazuki drückte Hanas Schwert zur Seite, zog blitzschnell mit der linken Hand sein Langschwert und holte zu einem Schlag aus, der Hana den Bauch aufgeschlitzt hätte.

Jack eilte ihr zu Hilfe und fing den tödlichen Schlag mit seinem Schwert ab. Hasserfüllt starrten die beiden Samurai einander ein. Ihre alte Rivalität war wieder voll entbrannt.

Schritte trampelten jetzt über die Bretter der Brücke. Die Skorpion-Bande näherte sich im Laufschritt.

»Ich bekomme meine Rache, Gaijin!«, fauchte Kazuki.

»Nein!«, schrie Hana und schlug ihm ihr Schwert mit voller Wucht auf den Bauch.

Kazuki krümmte sich vornüber. Doch bevor Hana oder Jack ihn endgültig niederschlagen konnten, wurden sie von der Skorpion-Bande angegriffen. Jack tat sein Bestes, sie in Schach zu halten. Zwar war sein linker Arm zu schwach, ein zweites Schwert zu halten, doch war er auch mit einem Schwert nicht leicht zu bezwingen.

Hiroto griff als Erster an. »Ich werde dich aufspießen wie ein Schwein!«, kreischte er mit seiner ohrenbetäubend schrillen Stimme. »Genauso wie du es mit mir getan hast.«

Jack erinnerte sich, dass er einmal ein Messer nach ihm geworfen hatte, um während eines Überfalls in der Niten

Ichi Ryū im letzten Moment zu verhindern, dass Hiroto ihn hängte. Er hatte Hiroto in den Bauch getroffen und Hiroto hatte die Schlinge loslassen müssen. Dass Jack ihn damals geschont hatte, wurde ihm jetzt womöglich zum Verhängnis.

Inzwischen wurde Hana von Toru angegriffen, Kazukis hünenhaftem Cousin.

»Du hast Kazuki wehgetan«, knurrte er, »also tu ich jetzt dir weh.«

Toru kämpfte nicht mit dem Schwert, sondern mit einer gewaltigen eisenbeschlagenen Keule. Er holte aus und Hana duckte sich mit einem Schrei darunter weg. Die Keule sauste ein zweites Mal auf sie nieder und sie musste zur Seite springen. Krachend grub sich die Keule in das Holz. Es knirschte und Splitter flogen in alle Richtungen. Den nächsten Schlag wollte Hana tapfer mit ihrem Holzschwert abwehren, doch ging sie unter seiner Wucht zu Boden.

Jack sah, in welcher Gefahr sie sich befand, und täuschte einen Angriff auf Hiroto vor. Hiroto wollte ihn abwehren und Jack trat ihn mit aller Kraft in den Bauch, genau dorthin, wo er ihn damals verwundet hatte. Hiroto bekam keine Luft mehr und ging in die Knie. Gerade als Toru Hana mit seiner Keule zerschmettern wollte, griff Jack ihn mit gesenktem Kopf und dem Hornstoß des Dämons an. Dazu schrie er gellend: *»KIAAAIIII!«*

Erschrocken wandte sich Toru ihm zu. Im selben Augenblick, in dem er die Keule erneut hob, rammte Jack ihn mit dem Kopf. Zwar war ihm, als renne er gegen eine Mauer, doch reichte der Zusammenstoß immerhin, um Toru aus dem Gleichgewicht zu bringen. Er stolperte gegen das Brückengeländer und stürzte, vom Gewicht seiner Keule nach hinten gezogen, in das schäumende Wasser des Kizu.

Als die anderen Mitglieder der Bande das sahen, drängten sie mit neu entfachter Wut auf Jack und Hana zu. Jack zog Hana auf die Beine und rannte mit ihr in die entgegengesetzte Richtung.

Doch im selben Augenblick befahl der Polizeioffizier auf der anderen Seite der Brücke seinen Leuten, die Bambusstangen zum Angriff zu senken.

Die Erkenntnis traf Jack und Hana wie ein Blitz. Es gab kein Entkommen! Sie waren von ihren Gegnern umzingelt!

»Ich lasse nicht zu, dass sie dir etwas tun«, sagte Jack und hielt sein Schwert schützend vor Hana.

»Und ich lasse nicht zu, dass sie dich töten«, rief Hana. Das hölzerne Schwert in ihrer Hand zitterte.

Seite an Seite blickten sie ihrem Schicksal entgegen.

侍

52

Ehre und Opfer

»Der Kopf des Gaijin gehört mir!«, rief Kazuki und drängte sich nach vorn.

Die anderen Bandenmitglieder traten sofort zurück, um Platz für den angekündigten Zweikampf zu machen. Kazuki und Jack hatten schon oft gegeneinander gekämpft, sowohl im Training als auch in der Schlacht. Sie waren einander ebenbürtig und ein endgültiger Sieger war nie ermittelt worden. Doch inzwischen hatte Kazuki eine verkrüppelte rechte Hand, in die ihn ein Pfeil Akikos getroffen hatte, und Jack hatte durch Botans Schuld den linken Arm verletzt.

Während Jack sich zum letzten Kampf bereit machte, wurde Hana von einem der Polizisten gepackt.

»Du bist doch die Diebin, die meiner Frau den Fächer gestohlen hat!«, fuhr er sie grimmig an.

Es gelang Hana, dem Mann mit ihrem Schwert einen Schlag gegen das Schienbein zu verpassen, sodass er sie loslassen musste. Doch andere Polizisten eilten sofort herbei und nagelten sie mit ihren *sasumata* auf dem Boden fest. Der Offizier trat jetzt vor, um Hana mit seinem Schwert zu töten.

Jack machte einen Satz, um es zu verhindern, doch noch vor ihm trat Kazuki dazwischen.

»Tötet sie noch nicht!«, befahl er. »Sie weiß wichtige Dinge.«

Der Offizier steckte sein Schwert widerstrebend ein, doch die Polizisten hielten Hana mit ihren Stangen weiter auf den Boden gedrückt.

Kazuki, der sein Langschwert in der linken Hand hielt, umkreiste Jack im strömenden Regen.

»Der Shogun hat die Belohnung für deine Festnahme soeben verdoppelt – egal ob lebend oder tot«, sagte er, die Augen zu Schlitzen verengt.

»Gut zu wissen, dass ich etwas wert bin«, antwortete Jack und hob abwehrbereit sein Langschwert.

»Aber … ich töte dich auch gern umsonst!«

Wie ein Blitz fuhr die blitzende Klinge durch die Luft. Jack wehrte sie instinktiv ab und schlug seinerseits mit aller Kraft nach Kazukis Hals. Kazuki duckte sich und zielte auf Jacks Magen. Jack sprang zur Seite. Kazukis rasiermesserscharfe Klinge hätte ihm fast den Gürtel zerteilt. Er revanchierte sich mit einem Diagonalschlag auf Kazukis Brust, während Kazuki zugleich einen Hieb nach seinem Bauch führte. Klirrend schlugen ihre Schwerter aufeinander und sie starrten einander durch das stählerne Kreuz hindurch an.

»Du kannst hier nicht gewinnen, Gaijin«, höhnte Kazuki und drückte mit aller Macht gegen Jacks Schwert.

Jack hielt dagegen. »Das will ich auch gar nicht, ich will nur dich besiegen.«

Er gab nach und ließ Kazuki wieder angreifen. In dem Augenblick, in dem ihre Schwerter aufeinandertrafen, führte er einen Flint-und-Funken-Schlag aus. Scharrend fuhr seine Klinge an der von Kazuki entlang. Im letzten Moment zwang er sie zur Seite und stach nach Kazukis Herz. Kazuki entging dem Angriff nur mit knapper Not. Die Spitze von Jacks Schwert verfing sich in seinem Kimono und riss ihm das Wappen der roten Sonne von der Brust.

»Da musst du dich schon mehr anstrengen!«, brüllte er höhnisch und revanchierte sich mit einem Hagel wütender Schläge.

So kämpften sie im strömenden Regen und die Skorpion-Bande und die Polizisten sahen dem Kampf um Leben und Tod fasziniert zu. Kazuki war Jack auch mit der linken Hand ebenbürtig oder sogar überlegen, und Jack wich unter seinen erbitterten Angriffen zurück.

»Hinter dir!«, schrie Hana.

Jack konterte einen Schlag Kazukis und sah sich rasch um. Hiroto zielte mit seinem Langschwert auf seinen Rücken. Jack zog sein Kurzschwert, biss die Zähne gegen die Schmerzen im linken Arm zusammen und schlug Hirotos Schwert in der letzten Sekunde zur Seite. Atemberaubend schnell senkte er sodann das Langschwert, stieß damit nach hinten zu und rammte es Hiroto in den Bauch.

Hiroto ging zu Boden und hielt sich den Magen. »Nicht schon wieder«, röchelte er.

»Ich sagte, er gehört mir!«, schimpfte Kazuki ohne das geringste Mitleid.

Er ließ den blutenden Hiroto einfach liegen und wandte sich wieder Jack zu.

»Genug geübt. Jetzt will ich sehen, ob du die Technik der beiden Himmel beherrschst.«

Jack hob seine beiden Schwerter. Die Schnittwunde an seinem linken Arm war aufgegangen und er konnte das Kurzschwert nur mit größter Mühe halten. In seinem gegenwärtigen Zustand war die Technik der beiden Himmel gegen einen Samurai von Kazukis Fähigkeiten wahrscheinlich eher ein Hindernis als ein Vorteil. Aber er hatte keine Wahl.

Plötzlich brach unter den Polizisten Chaos aus. Schmerzensschreie ertönten und die Männer liefen auseinander. Ein Polizist, der über Hana stand, stöhnte auf, spuckte Blut und brach zusammen. Hinter ihm wurde ein bärtiger Samurai mit wild aufgerissenen Augen sichtbar.

»Ronin!«, riefen Jack und Hana gleichzeitig.

Ronin hatte gesehen, dass Hana von den Gabeln mehrerer *sasumata* festgehalten wurde, und stürzte sich wutentbrannt auf ihre Häscher. Wie ein wirbelnder Derwisch ließ er sein Schwert kreisen und schlitzte allen Polizisten, die sich nicht schleunigst in Sicherheit brachten, den Bauch auf.

»Tötet ihn!«, brüllte Kazuki, als er sah, dass die Mitglieder seiner Bande nicht gleich auf den Überraschungsangriff reagierten.

Kaum befreit, sprang Hana auf, packte ihr Schwert und eilte an Ronins Seite. »Ich wusste, dass du zurückkommen würdest!«, rief sie.

»Es geht schließlich um die Ehre«, sagte Ronin.

»Und ein Opfer«, fügte Jack hinzu und eilte neben ihn, während die Mitglieder der Skorpion-Bande sich zum Angriff formierten. »Denn jetzt sitzen wir alle drei in der Falle. Und unsere Gegner sind in der Überzahl.«

»Ich sterbe jedenfalls lieber stehend und mit dem Schwert in der Hand, als dass ich auf den Knien und mit einer Flasche in der Hand lebe«,[5] erklärte Ronin und sah Jack an. »Ich werde wiedergutmachen, was ich an Unrecht getan habe, und dich nicht im Stich lassen.«

»Du hast mich nicht im Stich gelassen«, erwiderte Jack und wünschte, es bliebe mehr Zeit für Erklärungen. Doch Kazuki griff erneut an und Jack musste sich verteidigen. Getrieben von Rachedurst und Wut, schlug sein Rivale auf ihn ein. Jack wehrte sich mit der gleichen Leidenschaft, und das Wissen, die beiden Gefährten wieder an seiner Seite zu haben, verlieh ihm neue Kraft.

Goro stürzte sich auf Ronin und Nobu pflanzte sich vor Hana auf.

Die Polizisten, die Ronin durch sein Gemetzel in Panik versetzt hatte, stoben in alle Richtungen davon. Ihr Offizier brüllte mit sich überschlagender Stimme Befehle und versuchte die Ordnung wiederherzustellen. Die durch den reißenden Fluss ohnehin schon geschwächte Brücke begann unter dem zusätzlichen Gewicht der kämpfenden Männer zu ächzen und zu knarren.

Zwar war Ronin ein kampferprobter Haudegen, aber Goro war jung, kräftig und noch frisch. Ronin musste sein ganzes

Können aufbieten, um gegen ihn zu bestehen, und konnte Hana deshalb nicht zu Hilfe eilen.

Nobu grinste höhnisch, als er sah, wie klein seine Gegnerin war. Drohend baute er sich vor Hana auf, die allerdings nicht vor ihm zurückwich. Tapfer schwang sie ihr Holzschwert und schlug es ihm in den Magen. Doch es prallte nur ab.

»Ist das alles, was du kannst?«, schnaubte Nobu und hob sein Schwert, um sie zu töten.

Hanas Entschlossenheit geriet ins Wanken. Sie bekam es mit der Angst zu tun und ergriff die Flucht. Schwerfällig setzte Nobu ihr nach. Jack musste hilflos mit ansehen, wie Hana in ihrer Panik stolperte und hinfiel. Wehrlos lag sie auf dem Boden. Jack schrie, sie solle aufstehen, doch es war zu spät. Nobu hatte sie bereits eingeholt.

Er beugte sich gerade über sie, um den tödlichen Streich zu führen, da ertönte ein scharfes Knacken.

Die Bretter der Brücke brachen unter ihm ein und er fiel wie ein Stein hinunter. Nur sein mächtiger Bauch rettete ihn davor, in den Fluss zu stürzen. Stattdessen blieb er eingeklemmt zwischen den gebrochenen Brettern in der Luft hängen.

Hana sprang auf und lachte ihm triumphierend ins Gesicht. »Das war die Betrunkene Faust!«, rief sie.

Sie hatte nur so getan, als stolpere sie, und den schwergewichtigen Nobu mit ihrer vermeintlichen Hilflosigkeit auf die Bretter gelockt, die unter Torus Gewicht bereits angeknackst waren. Die Erleichterung über Hanas Etappensieg verlieh Jack neue Kraft und er stürzte sich angriffslustig auf Kazuki. Hanas nächster Gegner war allerdings Raiden, ein wahrer Koloss. Ihn konnte sie mit demselben Trick nicht mehr hereinlegen.

Der Polizeioffizier hatte derweil seine Männer sammeln können und kehrte mit ihnen zurück, um Ronin zu töten. Ronin, der zugleich noch gegen Goro kämpfte, musste seine ganze Kunst der Betrunkenen Faust gegen sie aufbieten. Er duckte sich, wich zur Seite und spielte die Polizisten gegeneinander aus. Jeder ihrer Angriffe endete damit, dass sie sich gegenseitig verletzten. Doch Goro merkte, dass die Kräfte des Samurai allmählich nachließen. Er schonte sich und wartete auf den Moment, in dem er zuschlagen würde.

Auch Jacks Kräfte schwanden rasch. Die Begegnung mit dem Rätselmönch hatte an ihnen gezehrt und er konnte das Kurzschwert mit dem linken, blutgetränkten Arm nur noch bis zur Hüfte heben. Er beschloss, ganz auf das Kurzschwert zu verzichten und stattdessen das Langschwert mit beiden Händen zu packen, und steckte das Kurzschwert in die Scheide.

»Du gibst auf?«, rief Kazuki verblüfft. Auch er keuchte vor Anstrengung.

»Nur damit du eine Chance hast!«, erwiderte Jack und wischte sich den Regen aus dem Gesicht.

Wieder trafen ihre Schwerter unerbittlich aufeinander. Noch war keiner von ihnen bereit, auch nur einen Zoll zurückzuweichen.

Hana war inzwischen von Raiden gegen das Geländer gedrängt worden. Ronin wollte ihr zu Hilfe eilen und schlug die Polizisten nieder, die ihm im Weg standen. Dabei wandte er den Blick von Goro ab. Goro nutzte die Gelegenheit, sprang vor und stach ihn in die Seite.

»Nein!«, schrie Jack.

Taumelnd wich Ronin zurück. Er blutete. Die Polizisten umringten ihn, um ihn zu töten.

Raiden hatte Hana an den Haaren gepackt und hob sie hoch. Sie kreischte und strampelte verzweifelt mit den Beinen.

Jack spürte, wie seine Gegenwehr gegen den erbarmungslos auf ihn eindreschenden Kazuki erlahmte. Ein Wunder musste geschehen, wenn er ihn besiegen und seine Freunde retten wollte.

Ihr Schicksal schien besiegelt …

53

Weggespült

Ein tiefes Donnern ließ die Kämpfenden innehalten. Es schwoll zu einem ungeheuren Getöse an und plötzlich erzitterte die Brücke unter ihren Füßen. Die Samurai blickten flussaufwärts. Dort bot sich ihnen ein schrecklicher Anblick. Eine sechs Meter hohe Wasserwand raste geradewegs auf sie zu und verschlang alles, was auf ihrem Weg lag.

Die Polizisten starrten die riesige Welle nur in fassungslosem Entsetzen an. Einige wenige wandten sich ab und rannten um ihr Leben. Doch Jack wusste, dass es dazu zu spät war.

Er warf sich an den nächsten Brückenpfeiler und klammerte sich mit letzter Kraft daran fest. Im nächsten Moment schlug die Welle zu. Bäume und Trümmer wurden gegen die Brücke geschleudert und rissen große Teile des Bretterbelags weg. Ein Polizist, der sich am Geländer festhielt, wurde in die Brust getroffen und stürzte in die Tiefe. Wasser schäumte über die Brücke und riss weitere schreiende Gestalten mit sich.

Die Welle erfasste Jack und ihm war, als würden ihm die Arme aus den Schultergelenken gerissen. Er hatte damals an Bord der *Alexandria* Unwetter, Brecher, Gewitter und Taifune überstanden, doch die Gewalt dieser Flutwelle kam ihm schlimmer vor als alles bisher Erlebte. Offenbar war der Damm oben in den Bergen gebrochen und das gestaute Wasser des Sees war mit einem einzigen riesigen Schwall ins Tal gestürzt. Der Ring des Wassers war ihm zu Hilfe gekommen. Aber wenn es ihm nicht gelang, sich festzuhalten, war auch sein Tod besiegelt.

Er hustete und spuckte und seine Arme drohten von dem Pfeiler abzurutschen. Sein linker Arm war zu schwach und die tosende Welle schien kein Ende nehmen zu wollen.

Dann war plötzlich alles vorbei und der Fluss sank wieder in sein Bett zurück. Jack holte keuchend Luft und sah sich verzweifelt nach Ronin und Hana um. Von der Brücke war nicht mehr viel übrig. Einige Abschnitte fehlten ganz, die Überreste schwankten gefährlich auf den wenigen noch aufrecht stehenden Pfählen. Nur einige wenige Menschen waren nicht von der Welle mitgerissen worden.

Zu ihnen gehörte Kazuki.

Er spuckte Wasser, erblickte Jack und rappelte sich sogleich wieder auf, wenngleich mit einiger Mühe. Über die schräg geneigten Bretter kam er schwankend auf Jack zu und schlug mit dem Langschwert nach dessen Kopf. Jack wich rasch zur Seite aus und kletterte am Rand einiger abgebrochener Bretter entlang. Kazuki folgte ihm und Jack sprang auf den nächsten noch stehenden Brückenabschnitt.

»Du kommst hier nicht lebend weg!«, schrie Kazuki und sprang hinterher.

Jack drehte sich mit erhobenem Schwert zu ihm um. »Du auch nicht!«

Klirrend trafen ihre Schwerter aufeinander und der Zweikampf ging weiter. Während sie kämpften, brach ein weiterer Stützpfeiler ab und fiel in den Fluss, wo er sofort von der Strömung mitgerissen wurde. Der Bretterbelag neigte sich zur Seite und Jack sprang auf den nächsten, kleineren Abschnitt. Kazuki sprang auf das Teilstück unmittelbar daneben, während hinter ihm die Bretter, auf denen sie eben noch gestanden hatten, einstürzten und im Wasser verschwanden.

Sie kämpften unerbittlich weiter.

Jack wich einem Stoß Kazukis nach seinem Bauch aus und versuchte, seinen Gegner mit einem Herbstblattschlag zu entwaffnen. Doch Kazuki kannte den Schlag, konterte sofort und brachte sein Schwert in Sicherheit.

»Erbärmlich!«, höhnte er. »Ich war in der Technik der beiden Himmel schon immer besser als du.«

Er schlug diagonal nach Jacks Oberkörper und Jack musste nach hinten springen. Der kleine Abschnitt, auf dem er stand, begann aufgrund der plötzlichen Gewichtsverlagerung gefährlich zu schwanken und ein bedrohliches Splittern ertönte.

Der ganze Abschnitt begann zu kippen. Kazuki lachte gehässig.

Doch Jack sprang mit einem verzweifelten Satz auf einen Stützpfeiler. Er landete auf einer Fläche, die kaum Platz für zwei Füße bot, und ruderte mit den Armen, bis er das

Gleichgewicht wiedergefunden hatte. Ronins Übung mit den Pflaumenbaumpfählen hatte sich wieder einmal als lebensrettend erwiesen.

»Spring mir nach, wenn du es wagst!«, forderte er Kazuki heraus.

Kazuki konnte Jack von seinem Platz aus nicht erreichen und sein Verlangen, den Feind zu töten, überwog alle Bedenken. Mit vor Anstrengung verzerrtem Gesicht sprang er auf den gegenüberliegenden Brückenpfeiler. Er kam auch darauf zu stehen, aber der Pfeiler selbst hatte sich gelockert und begann bedrohlich über dem Wasser zu schwanken.

Sie waren jetzt beide damit beschäftigt, das Gleichgewicht zu halten und zugleich gegeneinander zu kämpfen.

Von Pfeiler zu Pfeiler springend schlugen sie taumelnd aufeinander ein, zwei Samurai an der äußersten Grenze ihrer Fähigkeiten. Der Regen prasselte unvermindert auf sie nieder und die Tropfen stachen wie Nadeln. Jack wusste, dass es nur eine Frage der Zeit war, bis einer von ihnen den entscheidenden Fehler machte.

Er wollte Kazuki erneut angreifen, strauchelte aber und taumelte nach vorn. Plötzlich war er vollkommen wehrlos. Kazuki nutzte die Gelegenheit, sprang auf den Pfeiler neben ihm und holte aus, um ihm den Kopf abzuschlagen.

Doch Jack hatte gar nicht das Gleichgewicht verloren, sondern seinen Rivalen mit einer List hereingelegt. Er duckte sich unter Kazukis Klinge hindurch und schlug blitzschnell nach Kazukis Beinen. Kazuki war gezwungen hochzuspringen, versuchte, wieder auf seinem Pfeiler zu landen, verfehlte ihn jedoch und stürzte in die schäumenden Fluten des Kizu.

Jack sah ihn unter der Wasseroberfläche verschwinden, wieder auftauchen und nach Luft schnappen. Verzweifelt streckte Kazuki die Hände aus und bekam gerade noch den letzten Pfeiler zu fassen, an dem er vorbeigetrieben wurde. Doch die Strömung zerrte erbarmungslos an ihm und Jack wusste, dass er sich mit seiner verkrüppelten rechten Hand nicht mehr lange festhalten konnte.

侍

54

Das versteckte Messer

»Hilf mir!«, schrie Kazuki.

Jack sah von seinem Pfeiler zu seinem im Fluss strampelnden Rivalen hinunter. Er empfand keinerlei Mitleid mit ihm und machte keine Anstalten, ihn zu retten. In wenigen Minuten war die Gefahr, die ihm von der Skorpion-Bande drohte, für immer gebannt. Und Akiko brauchte keine Vergeltung mehr zu fürchten.

»Bitte!«, flehte Kazuki mit vor Panik verzerrtem Gesicht. Seine rechte Hand rutschte ab und er schrie auf. Doch noch gelang es ihm, sich mit der linken festzuhalten.

Jack hatte in den gefährlichen Gewässern des Atlantiks und des Pazifiks viele Menschen ertrinken sehen. Zu ertrinken, war die schlimmste Angst jedes Seemanns. Er erinnerte sich an den armen Sam, der in dem Sturm, der die *Alexandria* an der japanischen Küste leckgeschlagen hatte, über Bord gegangen war. Das Geschrei des untergehenden Matrosen klang ihm immer noch in den Ohren. Ertrinken war kein ehrenvoller Tod.

Seine Gleichgültigkeit gegenüber der Not des Rivalen geriet ins Wanken. Es fiel ihm schwer, tatenlos zuzusehen, wie vor seinen Augen ein anderer Mensch ertrank. Unbesehen seiner Gefühle für Kazuki gehörten zu den Tugenden des Bushido die Gerechtigkeit – die Fähigkeit, moralisch richtig zu entscheiden – und die Güte, das Mitgefühl gegenüber anderen. Für Jack gehörten zu den anderen auch seine Feinde. Er kam aus einer christlichen Familie und sein Vater hatte ihm allabendlich aus der Bibel vorgelesen. Daran erinnerte er sich jetzt …

Lass dich nicht vom Bösen besiegen, sondern besiege das Böse durch das Gute![6]

War dies die Gelegenheit, Kazuki zum Guten zu bekehren? Ein Ausländer hatte Kazukis Mutter unabsichtlich getötet. Würde Kazuki sein Vorurteil revidieren, wenn jetzt ein Ausländer ihm das Leben rettete?

Jack stand vor einer schwierigen Entscheidung – Kazukis Leben lag in seinen Händen. Er konnte ihn ertrinken lassen … oder retten.

Die Hand, mit der Kazuki sich verzweifelt an den Pfeiler klammerte, wurde immer schwächer und seine Finger begannen abzurutschen.

Jack steckte sein Schwert ein und sprang auf den letzten noch stehenden Teil der Brücke direkt über Kazukis Kopf. Er hoffte nur, er bereute seine Entscheidung nicht. »Nimm meine Hand!« Er legte sich hin und streckte den Arm aus.

Kazuki starrte ihn ungläubig an.

»Sonst ertrinkst du.«

Eine Welle hob Kazuki hoch und er griff nach Jacks Handgelenk.

Doch Jack zog ihn nicht gleich zu sich herauf.

»Los, schnell … Gaijin!« Kazuki begann zu husten, denn er hatte Wasser geschluckt.

»Versprich mir erst, dass du Akiko in Ruhe lässt.«

Kazuki schwieg.

»Versprich es!«, drängte Jack.

Eine Welle spülte über Kazukis Kopf und er bekam keine Luft mehr. »Ja!«, rief er und nickte wütend. »Ja, ich werde ihr nichts tun.«

»Und dass du mich unbehelligt nach Nagasaki ziehen lässt.«

»Was du willst!«

Unter Aufbietung all seiner Kräfte zog Jack Kazuki aus dem Wasser. Mit dem Gesicht einander zugewandt standen sie im strömenden Regen auf den letzten Brettern.

Kazuki starrte Jack unverwandt an. Obwohl er sein Langschwert verloren hatte, schien er zu erwägen, ob er weiterkämpfen sollte. Dann verbeugte er sich.

»*Arigatō gozaimasu*«, murmelte er zum Zeichen seines Dankes.

Jack lächelte erleichtert. Offenbar hatte sein Akt der Güte etwas in Kazuki bewegt.

Da steckte Kazuki plötzlich die behandschuhte rechte Hand in den Kimonoärmel und riss ein blitzendes Messer heraus. Jack war so überrascht, dass er nicht mehr reagieren konnte.

Das Messer fuhr geradewegs auf sein Herz zu.

侍

55

Hana

Im letzten Augenblick wurde er zur Seite gestoßen. Kazukis Messer verfehlte ihn und bohrte sich tief in die Brust seines Retters Ronin. Der Samurai rang erbittert mit Kazuki, während sein Blut die Bretter, auf denen sie standen, bereits rötete. Dabei stießen sie gegen das Geländer, das unter ihrem Druck nachgab, und stürzten in die Fluten.

Jack rannte zum Geländer und sah Ronin und Kazuki verzweifelt im Wasser strampeln. Die Strömung hatte sie getrennt und Ronin hatte Mühe, den Kopf über Wasser zu halten. Jack vergewisserte sich, dass sein Bündel sicher an seinem Rücken hing, und sprang Ronin nach. Dem in Öltuch eingeschlagenen Portolan konnte das Wasser nichts anhaben.

Wie ein Stück Treibholz im stürmischen Meer wurde er hin und her geworfen und schluckte ständig Wasser. Durch die schäumende Gischt sah er für einen kurzen Moment Ronin. Er schwamm mit aller Kraft auf ihn zu, kam aber mit seinem geschwächten Arm kaum voran.

Im Strudel des Wassers verlor er ihn wieder aus den Augen, doch er schwamm weiter, getrieben vom Wunsch, den schwer verwundeten Freund zu retten. Heftig mit den Füßen ausschlagend näherte er sich der Stelle, an der er ihn zuletzt gesehen hatte. Ein abgebrochener Brückenpfeiler schoss an ihm vorbei und hätte ihn fast geköpft. Dann entdeckte er Ronin wieder. Der Samurai trieb auf dem Rücken und wehrte sich mit immer schwächer werdenden Bewegungen gegen das Ertrinken.

Mit letzter Kraft erreichte Jack den Samurai, als dieser endgültig unterzugehen drohte. Er packte ihn am Arm, zog ihn nach oben und begann auf das Ufer zuzuschwimmen. Sein Bündel, seine Schwerter und der bewusstlose Ronin hingen schwer an ihm und zogen ihn immer weiter hinunter.

Die Strömung riss sie unweigerlich flussabwärts und Jacks Kraft schwand mit jedem Schwimmzug. Eine Welle traf ihn ins Gesicht und er verschluckte sich. Zu erschöpft zum Weiterschwimmen spürte er, wie er unterging. Er strampelte heftig mit den Beinen und tauchte für einen kurzen Augenblick wieder auf. Als sie mit einem Teil der Brücke zusammenstießen, klammerte er sich verzweifelt daran fest wie an einem Floß.

So trieben sie am Ufer entlang und Jack mühte sich verzweifelt ab, ihm näher zu kommen. Seine Beine fühlten sich wie Blei an. Er war nahe daran, aufzugeben, da spürte er plötzlich festen Grund unter den Füßen. Mit letzter Kraft zog er den reglosen Ronin aus dem Wasser und sank erschöpft neben ihm zu Boden.

Der Regen hatte die Erde unter ihnen aufgeweicht und

Jack bohrte die Finger hinein, aus Angst, wieder in den tobenden Fluss gerissen zu werden.

Ronin stöhnte. Jack zwang sich, sich hinzuknien, und untersuchte den Samurai.

»Du blutest ziemlich heftig«, sagte er und drückte ihm die Hand auf die Rippen, um die Blutung zu stillen.

Ronin stöhnte vor Schmerzen auf. »Wo ist … Hana?«, fragte er.

Jack schüttelte traurig den Kopf.

»Ich habe sie nicht mehr gesehen, seit die Brücke überflutet wurde.«

»Wir müssen sie suchen.« Mühsam setzte Ronin sich auf.

Von der Brücke konnte man durch den endlosen grauen Regen hindurch nur noch einige Stützen erkennen. Sie war fast vollständig zerstört. Einige letzte Überlebende klammerten sich an die Reste.

»Ich sehe sie nicht«, sagte Jack und ihnen beiden war klar, dass ein Nichtschwimmer in den tosenden Fluten unmöglich lange überleben konnte.

Mit zitternden Fingern zog Ronin den zerknitterten Papierkranich aus seinem Kimono.

»Hana«, schluchzte er leise. »Meine kleine Hana.«

Er warf den kleinen Vogel ins Wasser und sie sahen ihm nach, wie er davontrieb.

»Lass uns gehen«, drängte Jack. Er fasste Ronin unter und half ihm beim Aufstehen. »Wir müssen uns verstecken und deine Wunden versorgen.«

Sie stolperten am Ufer entlang und auf den Wald zu. Gerade als sie in das Unterholz eintauchen wollten, hörten sie jemanden rufen und drehten sich um.

»Jack! Ronin!«, schrie Hana über das Tosen des Flusses hinweg.

Sie hüpfte auf dem gegenüberliegenden Ufer auf und ab und winkte wie verrückt.

Ein erleichtertes Lächeln breitete sich auf Ronins Gesicht aus. »Hana! Ein Glück! Sie ist in Sicherheit!«

Doch unmittelbar hinter Hana sah Jack eine weitere Gestalt aus dem Wasser steigen – Kazuki.

»Lauf!«, schrie er und zeigte aufgeregt auf ihn.

Hana sah Kazuki aufstehen und wich zurück. Hilflos mussten Jack und Ronin dem Geschehen von der anderen Seite des Flusses aus zusehen.

Kazuki wankte auf Hana zu, die behandschuhte Hand mit dem Messer erhoben, um sie zu durchbohren. Doch dann brach er plötzlich erschöpft zusammen. Der Kampf und die Flutwelle forderten endlich ihren Tribut.

»Lauf!«, riefen Jack und Ronin gleichzeitig.

Hana nickte und winkte ihnen zum Abschied zu. Sie hielt den Inro hoch, um Jack zu bedeuten, dass sie nach Toba aufbrechen würde. Dann verschwand sie zwischen den Bäumen.

56

Erlösung

Jack half Ronin dabei, sich auf den Strohfuton im Hinterzimmer des kleinen Bauernhauses zu legen. Auf der Flucht durch den Wald war Ronin mehrere Male zusammengebrochen. Jack hatte schon nicht mehr daran geglaubt, dass sie noch rechtzeitig einen Unterschlupf finden würden, um ihn zu retten, da war plötzlich das Gehöft vor ihnen aufgetaucht. Der Bauer hatte sie zunächst nicht aufnehmen wollen, doch dann hatte das Mitleid seine Angst überwogen und er hatte sie eingelassen.

Seine Frau hatte im Hauptzimmer, in dem sich auch die Feuerstelle befand, Wasser aufgesetzt, um Ronins Wunden zu säubern. Jack wechselte ein paar leise Worte mit dem Bauern. Der nickte und kehrte kurz darauf mit einer alten, angeschlagenen Flasche zurück.

»Hier«, sagte Jack und hielt sie Ronin hin. »Um die Schmerzen zu betäuben.«

»Was ist das?«, murmelte Ronin.

»Sake.«

Ronin schob die Flasche weg. »Nein, das brauche ich nicht … nicht mehr.«

»Aber du darfst nicht sterben, Ronin«, sagte Jack.

Ronin musste lachen und verzog schmerzerfüllt das Gesicht.

»Ich habe schon Schlimmeres erlebt und werde schon nicht sterben. Aber du musst jetzt gehen.«

Jack schüttelte entschieden den Kopf. »In diesem Zustand lasse ich dich nicht allein.«

»Aber du musst. Dieser Kazuki wird dich mit seiner Bande verfolgen. Du kannst nicht warten, bis ich wieder gesund bin. Geh, solange du noch kannst.«

Jack wusste, dass Ronin Recht hatte. Er musste auf dem Weg nach Nagasaki noch weitere Brücken und Kreuzungen überqueren und Kazuki würde nie von seiner Jagd auf ihn ablassen. Wenigstens hatte er Ronin an einen Ort gebracht, an dem er sicher war. Mehr konnte er für den Freund im Moment nicht tun. Ihn zu verlassen, war wahrscheinlich tatsächlich die beste Entscheidung. Es würde ihre Verfolger ablenken, sodass Ronin sich in Ruhe erholen konnte.

Der Samurai nahm seine Hand. »Ich hoffe nur, dass du dich … irgendwann einmal … überwinden kannst, mir zu verzeihen.«

»Ich gebe dir keine Schuld«, erwiderte Jack. »Ich weiß inzwischen, was damals passiert ist. Du hast nicht zu Botans Bande gehört, sondern wurdest wie ich von den Banditen betäubt. Und du wolltest verhindern, dass sie mich töten. Ich nehme alles zurück, was ich gesagt habe. Du bist ein Samurai im Geist des Bushido. Wenn ich ein Daimyo wäre, wäre ich stolz darauf, dich in meinen Diensten zu haben.«

Er griff in seinen durchnässten Kimono, zog die schwarze Perle mit der Nadel heraus und hielt sie Ronin hin.

»Dafür, dass du mir das Leben gerettet hast«, sagte er.

Ronin betrachtete die Perle nachdenklich. »Ich weiß, wie viel sie dir bedeutet«, sagte er und gab sie ihm zurück. »Und ich weiß zu würdigen, dass du dich an unsere Abmachung hältst, aber du hast mir schon etwas viel Kostbareres gegeben.«

Jack sah ihn fragend an.

»Meine Ehre und Würde.«

Ronin warf einen Blick auf die Sakeflasche. »Ich habe viel zu lange versucht, meinen Kummer zu ertränken. Seit damals, als ich meinen Vater nicht vor dem Spion und Mörder schützen konnte, der in Verkleidung eines Mönchs in unsere Burg eindrang, habe ich geglaubt, ich sei es nicht mehr wert, Samurai zu sein.«

Von Schmerzen überwältigt stöhnte er auf, wollte sich aber von Jack nicht helfen lassen.

»Ich schämte mich, weil ich meine wichtigste Verpflichtung nicht erfüllt hatte. Denn ich selber hatte, musst du wissen, den Mörder hereingelassen … und ich war zu langsam, um meinen Vater vor seinem Schwert zu retten … Sogar fliehen konnte der Mörder. Deshalb habe ich einen solchen Hass auf alle Mönche – einer von ihnen könnte der Mörder meines Vaters sein.«

Er blickte zu Jack auf. Seine Augen waren blutunterlaufen, diesmal jedoch nicht vom Sake, sondern vor Kummer und Tränen.

»Seitdem habe ich mit dieser Schuld gelebt. Doch jetzt kann ich wieder aufrecht gehen. Ich habe meine Pflicht als Samurai erfüllt, indem ich dir geholfen und dich beschützt habe. Damit habe ich meinen Fehler wiedergutgemacht. Ich hoffe, auch der Geist meines Vaters wird mir schließlich verzeihen.«

Er sah einen Strohhut auf dem Boden liegen und streckte die Hand danach aus. Behutsam setzte er ihn Jack auf und zog ihm die Krempe tief ins Gesicht.

»Jetzt bist du ein richtiger Ronin.«

57

Ronin Jack

Jack hatte das Bauernhaus hinter sich gelassen und marschierte durch den strömenden Regen. Vor ihm erstreckte sich eine mit Wasserlachen übersäte Straße, die zwischen endlosen Reisfeldern hindurch auf eine hinter tief hängenden Wolken verborgene Bergkette zuführte. Er war in Richtung Westen zur Ebene von Osaka unterwegs. Dort würde er an der Küste entlang weiter nach Nagasaki ziehen.

Niemand außer ihm trotzte dem Unwetter, aber er hatte sich den Strohhut vorsichtshalber trotzdem tief ins Gesicht gezogen. Ein beiläufiger Betrachter musste ihn für einen herrenlosen Samurai halten. Wer allerdings genauer hinsah, auf den wartete ein große Überraschung.

Wenigstens konnte Jack größere Ortschaften und Straßen einige Tage lang meiden. Mit dem wenigen Geld, das Ronin übrig hatte, hatten sie von dem Bauern ein wenig Reis und anderen Proviant kaufen können. Lange reichen würde er allerdings nicht, und da der Winter vor der Tür stand, würde Jack auch unterwegs nicht mehr viel finden. Er machte sich große Sorgen, von was er auf der langen Reise, die ihm bevorstand, leben sollte.

Doch dank Ronin und Hana hatte er jetzt seine Schwerter, Akikos Perle, Tenzens Wurfsterne, Sensei Yamadas *omamori* und vor allem den Portolan seines Vaters wieder.

Die erste Prophezeiung des Rätselmönchs fiel ihm plötzlich ein und er konnte in den geheimnisvollen Worten zum ersten Mal eine Art Sinn erkennen.

Was du findest, ist verloren … Er hatte die Banditen gefunden, die ihm sein Geld gestohlen hatten, doch der Glücksspieler hatte schon alles verspielt.

Was du gibst, erhältst du wieder … Er hatte Ronin die Perle gegeben, doch sein Freund hatte sie nicht annehmen wollen.

Was du bekämpfst, wird besiegt … Er hatte gegen Araki, Botan und Daimyo Sanada gekämpft und alle besiegt – mit Ausnahme Kazukis, gegen den der Kampf noch nicht zu Ende war.

Was du dir wünschst, musst du opfern … Am meisten sehnte er sich nach der Gesellschaft seiner Freunde. Er vermisste seinen treuen Kampfgefährten Yamato, den weisen Yori, den immer fröhlichen Saburo, die temperamentvolle Miyuki und vor allem seine beste Freundin Akiko. Er war wieder einmal ganz allein unterwegs, hatte seine Freundschaften opfern müssen, ohne dass er daran schuld war – vom Shogun zu einem Leben als Flüchtling verurteilt.

Er betrachtete den Regen, der auf das Reisfeld neben ihm fiel. Von jedem Regentropfen breiteten sich Wasserringe aus und er hörte wieder die Stimme seines Vaters und die Worte, die er am Tag ihrer Abreise nach Japan gesagt hatte.

Einzeln sind wir jeder ein Tropfen. Zusammen sind wir ein Meer.[7]

Da wurde ihm plötzlich klar, dass er es durchaus bis Nagasaki schaffen konnte, solange er das Glück hatte, unterwegs Freunde wie Ronin und Hana kennenzulernen.

Finde dein Herz und du wirst deine Heimat finden, hatte der Rätselmönch gesagt.

Und wo sein Herz war, dachte Jack, das wusste er genau. Er beschleunigte seine Schritte.

侍

Anhang

Anmerkungen zu den Quellen

1 »Was hinter uns liegt und was vor uns liegt, wiegt gering im Vergleich zu dem, was in uns liegt.«
Oliver Wendell Holmes, sen. (amerikanischer Dichter und Schriftsteller, 1809–1894)

2 »Geh nicht vor mir, vielleicht folge ich dir nicht. Geh nicht hinter mir, vielleicht führe ich dich nicht.«
Albert Camus (französischer Schriftsteller, 1913–1960)

3 »Es gibt viele Wege, aber nur eine Reise.«
Naomi Judd (amerikanische Sängerin, geb. 1946)

4 »Man sollte eine Reise in Freunden statt Meilen messen.«
Tim Cahill (australischer Sportler, geb. 1979)

5 »Ich sterbe lieber stehend, als dass ich auf den Knien lebe.«
Franklin D. Roosevelt (amerikanischer Präsident, 1882–1945)

6 »Lass dich nicht vom Bösen besiegen, sondern besiege das Böse durch das Gute!«
Bibel, Römer 12,21

7 »Einzeln sind wir jeder ein Tropfen. Zusammen sind wir ein Meer.«
Ryunosuke Satoro (japanischer Dichter, Lebensdaten unbekannt)

Eine Herausforderung für junge Samurai!

Löse die folgenden Rätsel …

Kannst du die folgenden Fragen des Rätselmönchs lösen, ohne darüber den Verstand zu verlieren?

1. Rätsel
Was ist schwerer? Eine Tonne Gold oder eine Tonne Federn?

2. Rätsel
Eine Heuschrecke halbiert mit jedem Sprung die Entfernung zu einer Mauer, die drei Meter entfernt ist. Wie oft muss sie springen, um die Mauer zu erreichen?

3. Rätsel
Jin steht hinter Kuzo, aber Kuzo steht auch hinter Jin. Wie kann das sein?

4. Rätsel
Ich habe keine Stimme, spreche aber zu dir.
Ich erzähle von allen möglichen Dingen, die Menschen tun.
Ich habe Blätter, bin aber kein Baum.
Ich habe einen Rücken und Falten, bin aber kein Mensch.

Ich habe dir alles gesagt, mehr kann ich dir nicht sagen.
Was bin ich?

5. Rätsel
Ich habe keine Beine zum Tanzen,
ich habe keine Lunge zum Atmen,
ich habe kein Leben zu leben oder zu beenden,
und doch kann ich diese drei Dinge.
Was bin ich?

6. Rätsel
Du stehst in einem Zimmer mit zwei Türen. Die eine führt zum Kerker, die andere in die Freiheit. An jeder Tür steht ein Wächter. Der eine sagt immer die Wahrheit, der andere lügt immer. Welche Frage musst du einem der Wächter stellen, um herauszufinden, welche Tür in die Freiheit führt?

Die Lösungen findest du am Ende des Buches auf Seite 405.

Das Spiel Go

Geschichte

Go ist eins der ältesten Brettspiele der Welt. Es entstand angeblich vor über dreitausend Jahren in China. Der Legende nach beauftragte der chinesische Kaiser Yao seinen Berater Shu damit, das Spiel für seinen widerspenstigen Sohn Danzhu zu erfinden, der dadurch Disziplin, Konzentration und Ausgeglichenheit lernen sollte.

Zwischen dem fünften und siebten Jahrhundert unserer Zeitrechnung gelangte das Spiel nach Japan und erfreute sich am kaiserlichen Hof rasch großer Beliebtheit. Ab dem dreizehnten Jahrhundert war es in der ganzen Bevölkerung verbreitet und 1612 verlieh der Shogun Stipendien an die vier besten Go-Spieler. Daraus gingen die vier großen Go-Schulen hervor – Honinbo, Hayashi, Inoue und Yasui.

In den folgenden zweihundertfünfzig Jahren führte die heftige Rivalität zwischen diesen Schulen dazu, dass die Spieler immer besser wurden. Ein System von Rängen wurde eingeführt. Die Spieler wurden in neun *dans* (Grade) eingeteilt, wovon der höchste *meijin* (Meister)hieß.

Go ist bis heute sehr beliebt. Allein im Fernen Osten wird es von rund fünfzig Millionen Menschen gespielt.

Meinungen, Fakten und Legenden

1. Man hat Go mit vier Schachpartien verglichen, die zur selben Zeit und auf demselben Brett gespielt werden!
2. Ein vollständiger Satz Go-Steine besteht aus einhunderteinundachtzig schwarzen und einhundertachtzig weißen Steinen, denn das Spielfeld mit seinen neunzehn mal neunzehn Linien hat dreihunderteinundsechzig Schnittpunkte. Da Schwarz anfängt, bekommt dieser Spieler einen Stein mehr. Die Steine werden traditionell aus Muscheln (Weiß) und Schiefer (Schwarz) gefertigt.
3. Der Legende nach wurde über die Zukunft Tibets einst auf dem Go-Brett entschieden, weil der buddhistische Herrscher sich weigerte, in die Schlacht zu ziehen. Stattdessen forderte er den Angreifer zu einer Partie Go heraus!
4. Go Seigen, der 1914 in China geboren wurde, aber hauptsächlich in Japan spielte, gilt als bester Go-Spieler der Neuzeit – vielleicht auch aller Zeiten.
5. Bei dem sogenannten »Atombomben-Spiel« handelt es sich um eine denkwürdige Go-Partie, die gespielt wurde, als am 6. August 1945 die erste Atombombe auf Hiroshima fiel. Die ungeheure Explosion unterbrach das

Spiel, beschädigte das Gebäude und verletzte einige Zuschauer, doch nach einer Mittagspause wurde die Partie erstaunlicherweise fortgesetzt! Weiß gewann mit fünf Punkten.

Lernen, wie man Go spielt

Weitere Informationen über Go und wie man es spielt, findest du auf *www.youngsamurai.com* oder auf der Website des Deutschen Go-Bundes *www.dgob.de*.

Japanisches Glossar

Bushido

Bushido bedeutet »Weg des Kriegers« und bezeichnet einen japanischen Verhaltenskodex ähnlich den ritterlichen Tugenden des europäischen Mittelalters. Die Samurai sollten bei ihrer Ausbildung in den Kampfkünsten und im täglichen Leben sieben Tugenden folgen.

義

1. Tugend: *Gi* – »Gerechtigkeit«
Gi steht für die Fähigkeit, moralisch richtig zu entscheiden und alle Menschen ungeachtet ihrer Hautfarbe oder Rasse, ihres Geschlechts und Alters gleich und gerecht zu behandeln.

勇

2. Tugend: *Yu* – »Mut«
Yu steht für die Fähigkeit, sich in jeder Lage mutig und selbstbewusst zu verhalten.

仁

3. Tugend: *Jin* – »Güte«
Jin ist eine Mischung aus Mitgefühl und Großmut. Die Tugend geht Hand in Hand mit *Gi* und soll verhindern, dass der Samurai aus Hochmut oder Herrschsucht handelt.

礼

4. Tugend: *Rei* – »Höflichkeit«
Rei ist das höfliche und angemessene Benehmen gegenüber anderen. Der Samurai begegnet allen Menschen mit Achtung.

真

5. Tugend: *Makoto* – »Wahrhaftigkeit«
Makoto bedeutet die Ehrlichkeit zu sich selbst und zu anderen. Der Samurai strebt danach, sich moralisch richtig zu verhalten und immer nach bester Kraft und Einsicht zu handeln.

名誉

6. Tugend: *Meiyo* – »Ehre«
Voraussetzung für *Meiyo* ist eine positive geistige Einstellung, allerdings auch richtiges Verhalten. Das Streben nach Erfolg gilt als ehrenhaft.

忠義

7. Tugend: *Chugi* – »Treue«
Chugi liegt allen Tugenden zugrunde. Ohne Hingabe an eine Aufgabe und Treue zueinander besteht keine Aussicht auf Erfolg.

Kurzer Führer zur Aussprache japanischer Wörter

Das Japanische hat fünf Vokale »a«, »i«, »u«, »e« und »o«. Sie werden so ähnlich ausgesprochen wie im Deutschen und können kurz oder lang sein. Langes »i« wird im Buch »ii« geschrieben, langes »o« entspricht »ō« und langes »u« entspricht »ū«.

Bei den Konsonanten wird geschriebenes »j« ausgesprochen wie »dsch« und »ch« wie »tsch«. »Z« ist ein stimmhaftes »s«.

Jede Silbe wird für sich ausgesprochen, also A-ki-ko, Yama-to, Ma-sa-mo-to, Ka-zu-ki.

Worterklärungen:

arigatō gozaimasu	vielen Dank
atari	beim Go Zustand der drohenden Gefangennahme, wenn nur noch eine Freiheit übrig ist
bitasen	Kupfermünze
bō	Langstock zum Kämpfen

bōjutsu	Kunst des Stockkampfes
bushido	»Weg des Kriegers«, Verhaltenskodex der Samurai
Butokuden	Halle der Kriegstugenden
daimyo	Feudalherr
futon	Schlafunterlage, die direkt auf dem mit Strohmatten belegten Boden ausgebreitet und tagsüber zusammengefaltet wird
gaijin	Fremder, Barbar
hachimaki	Stirnband, manchmal verstärkt
hakama	traditionelle japanische Kleidung
Hanami	»Blüten betrachten«; Kirschblütenfest
haori	bis auf Hüft- oder Schenkelhöhe reichende, kimonoähnliche Jacke, die für mehr Förmlichkeit sorgt
hinin	ein aus der Gesellschaft Ausgestoßener
inro	kleiner Behälter zur Aufbewahrung kleiner Gegenstände
janken	japanischer Name für das Knobelspiel »Schere, Stein, Papier«
jutte	Eisenstab mit einem kurzen, spitzen Haken
kami	im Shintoismus Gottheiten, Naturgeister
kampai	Trinkspruch
kesagiri	doppelter Diagonalschlag

kiai	wörtlich »konzentrierter Geist« – ein Schrei, der während der Ausführung einer Kampftechnik als Konzentrationshilfe ausgestoßen wird
kimono	traditionelles japanisches Kleidungsstück
koban	japanische ovale Goldmünze
komusō	Mönch der Leere
kōshakushi	traditioneller japanischer Geschichtenerzähler
kuji-in	geheime Handzeichen; besondere Art der Meditation im Buddhismus und bei den Ninja
manjū	eine japanische Dampfnudel aus Mehl, Reispuder und Buchweizen mit einer süßen oder scharfen Füllung
metsuke	Technik des Einen-fernen-Berg-Ansehens
nagare	fließend, Fluss
ninja	japanischer Auftragsmörder
ninjutsu	Kampfkünste der Ninja
ninniku	geistige Haltung der Ninja mit dem Ziel des »reinen und mitfühlenden Herzens«
Niten Ichi Ryū	»Schule der beiden Himmel«
obi	Gürtel
ofuda	von einem Shinto-Schrein ausgegebener Talisman aus Papier, Holz oder

	Metall; mit dem Namen eines *kami* beschriftet, dient er als Schutz im Haus
omamori	buddhistisches Amulett
onryō	rachsüchtiger Geist
origami	Kunst des Papierfaltens
ronin	herrenloser Samurai
sake	Reiswein
samurai	japanischer Krieger
sasumata	Stange mit U-förmiger Gabel, um einen Gegner an Hals oder Gliedern festzuhalten
senbazuru	eintausend Origami-Kraniche
sensei	Lehrer
sente	Vorhand; Begriff aus dem Go, dafür, dass ein Spieler die Initiative ergreift
sha	Handzeichen der Ninja, um sich und andere zu heilen
shinobi-aruki	lautloses Gehen
shuriken	Wurfstern aus Metall
soba	Nudeln aus Buchweizen
tanuki	japanischer Marderhund
umeboshi	in Salz eingelegte Pflaume
umeshu	Pflaumenwein
yamabushi	in den Bergen lebender Mönch; wörtlich »einer, der sich im Gebirge versteckt«

Japanische Namen bestehen gewöhnlich aus einem Familiennamen (Nachnamen), gefolgt von einem Vornamen, während in der westlichen Welt der Vorname dem Nachnamen vorangestellt wird. Im feudalen Japan spiegelt der Name den gesellschaftlichen Rang und die geistige Ausrichtung seines Trägers. Bei der Anrede fügt man dem Nachnamen (bei weniger förmlichen Gelegenheiten dem Vornamen) als Zeichen der Höflichkeit ähnlich dem deutschen »Herr«/»Frau« ein *san* an, bei einem höherrangigen Gegenüber *sama*. Bei Lehrern wird in Japan gewöhnlich die Bezeichnung *sensei* dem Namen nachgestellt, im vorliegenden Buch wurde die mehr dem Englischen und Deutschen entsprechende umgekehrte Reihenfolge gewählt. Jungen und Mädchen werden gewöhnlich mit dem Namenszusatz *kun* bzw. *chan* angeredet.

Rätsel-Lösungen

1. Rätsel: Beide sind gleich schwer, nämlich eine Tonne.

2. Rätsel: Sie kommt nie an. Wenn sie die Entfernung mit jedem Sprung halbiert, kommt sie der Mauer zwar immer näher, erreicht sie aber nie.

3. Rätsel: Die beiden stehen Rücken an Rücken.

4. Rätsel: Ein Buch.

5. Rätsel: Ein Feuer.

6. Rätsel: Wenn man nur herausfinden wollte, wer die Wahrheit sagt und wer lügt, müsste man fragen: »Was würde der andere Wächter sagen, wenn ich ihn fragen würde, ob du immer die Wahrheit sagst?« Antwortet der Wächter mit »Nein«, spricht man mit dem, der immer die Wahrheit sagt, antwortet er mit »Ja«, spricht man mit dem Lügner. Da man nur eine Frage hat, um die richtige Tür herauszufinden, müsste man also fragen: »Was würde der andere Wächter sagen, wenn ich ihn fragen würde, welche Tür in die Freiheit führt?« Anschließend wählt man die entgegengesetzte Tür.

Danksagung

Dass ein Autor bis zum fünften Band einer Serie kommt, ist keine geringe Leistung. Ich hätte das jedoch nicht geschafft ohne die Unterstützung meiner Fans, Freunde, meiner Familie und des fantastischen Teams hinter mir.

Zuständig für den festen Boden unter meinen Füßen, die Erde als einem der fünf Ringe, waren meine wunderbare Frau Sarah, meine Eltern, Sue und Simon, Steve und Sam (der beste Bruder und die beste Schwägerin, die ich mir wünschen könnte!) und meine vielen wunderbaren Freunde, insbesondere Karen und Rob Rose, Geoff und Lucy Roy, Matt Bould, Charlie Wallace, Russell und Jackie Holdaway, Nick und Zelia O'Donnell, Laura Colussi und andere. Danke für euren unerschütterlichen Glauben an mich und eure Geduld mit mir.

Anpassungsfähig und stark wie der Ring des Wassers sind Charlie Viney, mein stets zuverlässiger Agent und guter Freund, Shannon Park von Puffin, eine Lektorin, die ich sehr bewundere und die für mich ein Glücksfall ist, meine fleißigen Korrektorinnen Wendy Tse und Helen Gray, meine für das Ausland zuständigen Agentinnen von der

ILA Tessa Girvan, Franca Bernatavicius und Nicki Kennedy und außerdem Trevor von Authors Abroad.

Von der Kraft und Leidenschaft des Rings des Feuers sprechen die Kampagnen des fantastischen PR- und Marketing-Teams von Puffin (Lisa Hayden, Vanessa Godden, Jayde Lynch, Tania Vian-Smith, Kirsten Grant und andere) und die Arbeit Francesca Dows, Daimyo von Puffin Books, und außerdem die wachsende Schar treuer Fans und Leser auf der ganzen Welt – danke, dass ihr dazu beitragt, meine Bücher bekannt zu machen.

Die Freiheit des Rings des Windes zeigt sich in der verständnisvollen und geduldigen Betreuung durch Sensei David Ansell vom Shin Ichi Do Dojo (*www.shinichido.org*) und Sensei Peter Brown vom Shinobi Kai Dojo (*www.shinobi-kai.net*) und im unablässigen Wirken von Buchhändlern, Buchhandelsketten und Schulbibliothekaren, die meine Bücher verbreiten und neuen Lesern erschließen – ich weiß eure Unterstützung wirklich zu schätzen.

Und schließlich hilft mir die schöpferische Kraft des Rings des Himmels, meine Bücher zu schreiben – besten Dank, aber das nächste Mal könntest du es mir etwas leichter machen! Ich muss schließlich Fristen einhalten!

Auf meiner Seite bei Facebook oder auch über die Website *www.youngsamurai.com* könnt ihr mit mir Kontakt halten und euch über den Fortgang der Serie informieren.

Arigatō gozaimasu!

Die Bestseller-Reihe von Chris Bradford in neuem Look!

Band 1: ISBN 978-3-473-**58572**-4

Band 2: ISBN 978-3-473-**58573**-1

Band 3: ISBN 978-3-473-**58574**-8

Band 4: ISBN 978-3-473-**58575**-5

Band 5: ISBN 978-3-473-**58583**-0

Band 6: ISBN 978-3-473-**58584**-7

Band 7: ISBN 978-3-473-**58595**-3

Band 8: ISBN 978-3-473-**58596**-0

Band 9: ISBN 978-3-473-**58576**-2

Ravensburger

www.ravensburger.de

HCRTB_19_068

LESEPROBE

Chris Bradford

SAMURAI

DER RING DES FEUERS

Klirrende Kälte

Japan im Winter 1614
Jacks Glieder waren steif gefroren und ihm war so kalt, dass er nicht einmal mehr zittern konnte. Eisern musste er sich zwingen, einen Fuß vor den anderen zu setzen und sich weiter durch den Schneesturm zu kämpfen.

Die Entscheidung, den Weg durch das Gebirge zu nehmen, bereute er inzwischen zutiefst. Zwar war er den Häschern des Shoguns bisher entkommen, dafür hatte ihn die Überquerung des Funasaka-Passes beinahe das Leben gekostet. Über Nacht hatte sich das Wetter so verschlechtert, dass er hastig die Flucht ergriffen und ins Tal abgestiegen war.

Eisige Böen schnitten wie Messer durch seinen seidenen Kimono und drangen ihm durch Mark und Bein. Er hatte die Arme schützend um den Oberkörper geschlungen und hielt den Kopf gesenkt, da der dünne Strohhut kaum Schutz vor dem Schnee bot, den der Wind ihm ins Gesicht trieb. An seiner Hüfte baumelten klappernd die beiden Samuraischwerter mit rot umwickelten Griffen, die seine beste Freundin Akiko ihm geschenkt hatte. Auf dem Rücken trug er seine gesamte Habe, darunter Akikos schwarze Perle, fünf Wurfsterne und vor allem den Portolan seines Vaters – jenes unschätzbar wertvolle Logbuch, das er mit Zähnen und Klauen gegen alle Gefahren verteidigte. Doch so viel diese Dinge ihm auch bedeuteten, jetzt hingen sie wie Bleigewichte an seinem Nacken.

Jack fror, er war müde, hatte Hunger und seine Kräfte begannen nachzulassen.

Er hob den Kopf, um sich zu orientieren, aber es war nichts zu sehen. Eine dicke weiße Schneedecke hüllte die Landschaft ein und ein endloses graues Wolkenmeer bedeckte den Himmel. Die einsame Fußspur, die er hinterließ, verschwand bereits unter einer neuen Schicht Schnee.

Wenigstens bin ich nicht mehr in den Bergen, dachte er und ließ den Blick über die endlose Ebene von Okayama wandern. Vielleicht sollte ich mich eine Weile ausruhen.

Mich vom Schnee zudecken lassen. Niemand würde mich finden, nicht einmal Kazuki …

Jack schüttelte sich. Solche selbstzerstörerischen Gedanken durfte er nicht zulassen. Verzweifelt wehrte er sich gegen seine Erschöpfung und klammerte sich an die einzige Hoffnung, die ihn noch aufrecht hielt – dass er eines Tages nach Hause zu seiner Schwester Jess zurückkehren würde.

Nach der Trennung von seinen Freunden, dem Samurai Ronin und der Diebin Hana, war er auf seiner Flucht gut vorangekommen. Sein Ziel war Nagasaki, die Hafenstadt im Süden. Dort hoffte er ein Schiff nach England zu finden. Wie durch ein Wunder hatte er den Stadtrand von Osaka unbehelligt passiert. Anschließend war er der Küstenstraße gefolgt. Die Kontrollpunkte der Samurai hatte er sorgfältig gemieden. So war er nach Himeji mit seiner Burg gelangt. Und hier hatte er den ersten Fehler gemacht. Der Proviant war ihm ausgegangen und er hatte auf einem Markt von seinem letzten Geld ein wenig Reis gekauft. Doch die Häscher des Shoguns waren allgegenwärtig – und sie suchten nach Ausländern, insbesondere nach einem ganz bestimmten Gaijin-Samurai. Sie hatten Jack entdeckt, obwohl er sich den Hut tief ins Gesicht gezogen hatte. Er hatte fliehen müssen. Drei Tage lang waren sie ihm dicht auf den Fersen gewesen. Und er hatte sie nur dadurch abschütteln können, dass er seine Spuren verwischt hatte, wie er es als Ninja gelernt hatte, und von der Küstenstraße ins Gebirge abgebogen war.

Jetzt sah es allerdings so aus, als hätte er damit sein Schicksal besiegelt.

Blind stolperte er durch das Schneetreiben und betete um ein schützendes Dach über dem Kopf. Zweimal stürzte er und stand wieder auf. Beim dritten Mal verweigerte sein Körper den Dienst – der Mangel an Nahrung, Schlaf und Wärme forderte seinen Tribut.

Rasch bildete sich eine dünne Schneedecke auf seinen kältestarren Gliedern.

Während Jack langsam mit dem Boden verschmolz, hörte er in Gedanken die Stimme seines Freundes Yori … *Siebenmal unten, achtmal oben!*

Das Mantra, das ihn vor zwei Jahren beim Wettbewerb der Schulen in den Kampfkünsten gerettet hatte, wurde mit jeder Wiederholung lauter.

Siebenmal unten, achtmal OBEN! Siebenmal unten, ACHTMAL OBEN! SIEBENMAL UNTEN, ACHTMAL OBEN!

So sehr hatte er die Lektion verinnerlicht, dass man nie aufgeben durfte, dass sie auch diesmal stärker war als sein körperliches Versagen. Unter Aufbietung seiner letzten Kraftreserven richtete er sich auf. Und als er schließlich wieder stand, bildete er sich ein, in einiger Entfernung das flackernde orangefarbene Flämmchen einer Öllampe zu sehen. Schwankend stapfte er darauf zu. Weitere Lampen kamen in Sicht und zuletzt tauchte eine größere Ortschaft vor ihm aus dem Schneesturm auf.

Zwar mied Jack bewohnte Gegenden sonst möglichst, aber diesmal trieb ihn die Verzweiflung weiter. Mit letzter Kraft erreichte er das erste Haus und duckte sich in eine

Ecke der Veranda, wo er vor dem eisigen Wind geschützt war.

Sobald er sich ein wenig erholt hatte, sah er sich um.

Die Lichter zahlreicher Herbergen und Wirtshäuser, welche die Hauptstraße säumten, fielen in einladenden Bögen über die Straße und hießen den müden Reisenden mit ihrem warmen Schein willkommen. Lautes Gelächter und Grölen waren zu hören und kleine Gruppen von Samurai, Geishas, Händlern und Einheimischen eilten auf der Suche nach Unterhaltung und Schutz vor dem Unwetter von Haus zu Haus.

Jack bemerkte, dass er in seiner Ecke den Blicken der Passanten ausgesetzt war. Bestimmt würde man ihn bald entdecken. Hastig zog er sich den Strohhut tiefer ins Gesicht, stand auf und ging die Straße entlang wie ein ganz gewöhnlicher Samurai.

Der Geruch von gekochtem Reis, Sojasoße und gegartem Fisch stieg ihm in die Nase und das Wasser lief ihm im Mund zusammen. Auf der rechten Straßenseite stand die Schiebetür eines Hauses ein wenig offen. Drei Samurai waren dahinter zu erkennen, die an einem lodernden Herdfeuer saßen, Sake tranken und große Mengen gekochten Reis in sich hineinschaufelten. Jack wusste nicht mehr, wann er zuletzt eine richtige Mahlzeit zu sich genommen hatte. Eine ganze Woche lang hatte er sich mühsam etwas zusammensuchen müssen. Der Winter war eine magere Zeit. Ganz am Anfang hatte er mit einem Wurfstern ein Eichhörnchen erlegen können, ansonsten war er im Gebirge keinerlei Tieren begegnet. Sie hatten sich vor dem Schnee in ihre Verstecke geflüchtet.

Einer der Samurai schloss die Schiebetür und Jack überlegte angestrengt. Wenn er überleben wollte, musste er sich etwas zu essen beschaffen. Doch ohne Geld konnte er nur betteln, etwas eintauschen oder stehlen.

Plötzlich prallte er mit einem stämmigen Samurai zusammen, der von einer Geisha mit weißem Gesicht begleitet wurde.

»Aufgepasst!«, schimpfte der Samurai, während die Geisha anfing, haltlos zu kichern.

»*Sumimasen*«, entschuldigte sich Jack auf Japanisch und machte eine höfliche Verbeugung. Ein Streit war das Letzte, was er jetzt gebrauchen konnte.

Doch er hätte sich keine Sorgen zu machen brauchen. Der Samurai war betrunken und dachte nur an das nächste Wirtshaus. Jack hatte er schon wieder vergessen.

Weiter vorn wurde die Schiebetür einer Kneipe aufgerissen und drei Männer taumelten auf die Straße und landeten mit den Gesichtern im Schnee.

»Und lasst euch hier nie wieder blicken!«, rief der Wirt ihnen nach und zog die Tür mit einem Knall wieder zu.

Die drei Männer rappelten sich auf und klopften sich benommen den Schnee von den Kleidern. In ihren fadenscheinigen Kitteln und Hosen sahen sie aus wie verarmte Bauern oder Bettler. Jedenfalls begriff Jack, dass man in diesem Ort für Landstreicher nicht viel übrighatte.

Während er noch überlegte, was er tun sollte, kamen die

Männer auf ihn zu. Sie wirkten zwar nicht besonders angriffslustig, waren aber in der Überzahl und stellten angesichts seines geschwächten Zustands eine Bedrohung dar. Instinktiv griff Jack nach seinen Schwertern. Doch seine starren Finger wollten sich kaum um die Griffe schließen und es war fraglich, ob er überhaupt die Kraft haben würde, sich zu wehren.

»Mach schon!«, sagte einer der Männer, offenbar ihr Anführer, ein Bursche mit einem verdrossenen Gesicht, eingefallenen Wangen und dünnen, blutleeren Lippen. Er gab dem Jüngsten der drei einen Schubs.

Jack blickte ihm unbewegt entgegen.

Der junge Mann hatte Segelohren und eine Zahnlücke und war sichtlich nervös. »Seid Ihr ein … *ronin?*«, fragte er.

Ein herrenloser Samurai? Jack nickte nur und wollte weitergehen. Doch der andere trat ihm in den Weg. Jack erstarrte, bereit, sich zu verteidigen, während der junge Mann seinen ganzen Mut für die nächste Frage zusammennahm.

Er holte tief Luft, dann platzte er heraus: »Sucht Ihr Arbeit?«